# 我死了，然後呢？

派崔克・奈斯 著

謝雅文 譯

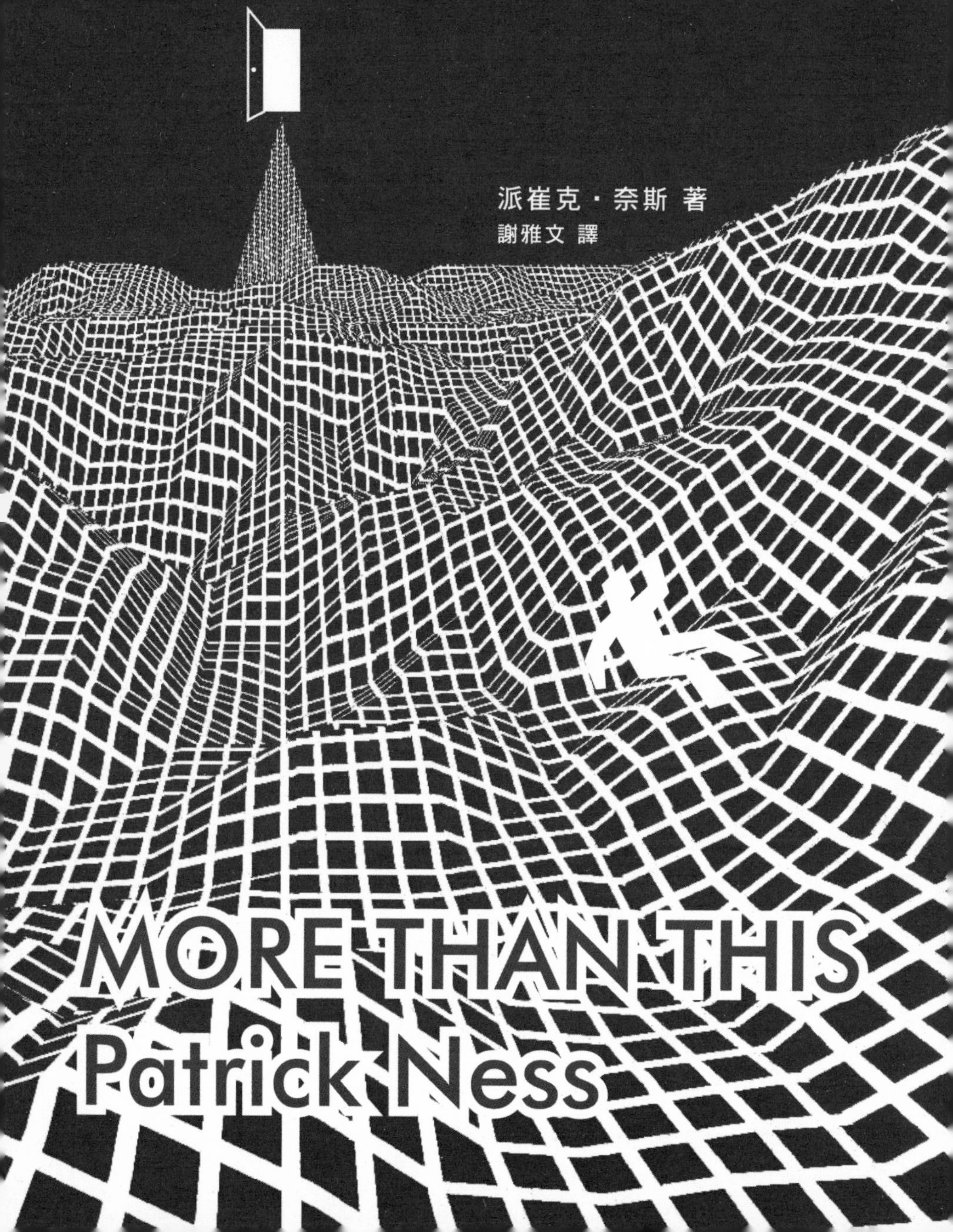

# MORE THAN THIS

Patrick Ness

# 各方媒體好評

派崔克·奈斯漂亮地利用反差概念：生與死、隱私與曝露、罪惡與純真，說出這個故事。這位「噪反三部曲」作者以其獨特風格，在如夢魘般的情境中作出一場人類心靈的存在主義式探索。

——寇克斯書評雜誌

被人用「令人驚豔」形容的書中，這是少數能讓我讀得連連高呼：「天哪！」的作品……關於內容，我不會再多說什麼，讀就對了。

——《生命中的美好缺憾》作者，約翰·葛林

節奏洗鍊、情節令人難忘的出色故事。

——波士頓環球報

對話生動，情節懸疑，劇情曲折離奇且寓意深遠。

——週日泰晤士報

驚魂動魄，提出質疑並富含哲思，令人印象深刻……從故事開始到最後，無不扣人心弦。

——每日電訊報

起初令人極度不安，繼而讓人振奮不已的故事。

——觀察家報

令人無法放鬆，始終緊抓住讀者不放。

——每日郵報

派崔克．奈斯超越了自己。

——衛報

這個複雜而讓人心驚膽顫的故事，正足以證明派崔克．奈斯得以屢屢獲獎的文學才華。

——金融時報

情節緊湊、突破想像邊界、極具挑戰性。

——書商雜誌

派崔克．奈斯在眾多角色與複雜情節間交錯的敘事手法能引人入勝，得要歸功於他對青少年成長期間的痛楚與渴望所抱持的高度同理心。

——愛爾蘭時報

我的本年度第一愛書。

——Simon Mayo，BBC電台「賽門．梅約讀書會」顧問

極大膽而不尋常的故事，優美文筆中帶著濃厚的憂傷。引人感嘆、後勁極強、令人心痛。

——英國圖書信託基金會

男孩溺水了。

在這最後關頭，奪走他性命的不是海水，而是寒意。無論他多努力掙扎要浮上水面，寒意卻抽乾體內的所有精力，迫使肌肉痛苦收縮、失去作用。他年輕力壯，將滿十七歲，但寒冬的浪濤一波波向他襲來，每波浪潮似乎都比前浪更猛。海浪拍得他暈頭轉向，將他翻轉傾覆，害他越來越往下沉。儘管他抓住幾秒鐘驚駭地破浪而出、喘了幾口氣，可是身子抖得厲害，吸不到一半空氣又往下沉。空氣不夠用，越消耗就越少，他內心渴求更多卻徒勞無功的同時，也感到肺部一個勁地巴望著空氣。

現在他慌了手腳。他很清楚，自己漂得離岸邊有點遠，遠到回不去了，酷寒的潮水以一波波海浪把他越拉越遠，推向使這條海岸線危機四伏的礁岩。他也知道不會有人及時發現他失蹤，不會有人在海水將他吞噬前有所警覺。他也不可能運氣好到獲救。不會有海邊拾荒的流浪漢或遊客從岸邊潛入水中救他，這個時節不會有的，天寒地凍下不會有的。

現在說什麼都太遲了。

他死定了。

而且會孤伶伶地死去。

教人措手不及、毛骨悚然的覺知更是令他發慌。他再次嘗試浮出水面，不敢去想這或許是最後一次，其實也什麼都不敢多想了。他強迫雙腿踢水，強迫自己用雙臂上撐，起碼回復頭上腳下，想辦法從咫尺之遙的水面吸到一口氣——

無奈波瀾太猛。讓他揪心地靠近水面，卻在能破浪而出前拽得他上下顛倒，把他拖向礁岩那頭。海浪耍弄著他，他再次嘗試。

再次失敗。

然後，毫無預警地，大海好像一直玩不膩的這個遊戲，讓他勉強呼吸、誤以為自己能撐過去的殘酷遊戲，彷彿要宣告結束了。

一陣洶湧波濤將他撞向無比堅硬的礁岩。即使在水中，即使在奔騰的浪潮中，他也能聽見啪一聲，右肩胛骨高聲斷成兩截。劇痛的生理反應大到讓他放聲慘叫，口中瞬間湧入帶鹽味的冰冷海水。他嗆得猛咳，但弄巧成拙，只是將更多海水吸進肺中。他疼得肩膀直縮，錐心刺骨的痛使得眼前一片漆黑，全身也隨之癱瘓。現在他就連試著游泳的力氣、抵禦海水的力氣也沒有，只能任憑海浪再次將他傾覆。

拜託，他就這麼一個念頭。就這麼兩個字，在他腦中迴蕩。

拜託。

巨浪最後一次緊攫住他。像準備扔擲般往後一拉，直接將他的腦袋撞上礁岩。他就這麼迎頭撞上，身後彷彿有隻怒海狂濤全力一壓的巨手。他甚至連舉起手，試圖緩和那一擊的力氣都沒有。撞擊點在左耳正下方。頭蓋骨裂開，碎片插進腦中，衝擊力也壓碎第三與第四節脊椎，切斷腦動脈與脊椎神經，這麼嚴重的傷勢，救不了也回不去。一點機會都沒有。

他就這麼死了。

# 第一部

# 1

對男孩來說，剛死的階段是一團亂糟糟、沉甸甸的朦朧。他依稀感到疼痛，但主要是覺得累到無以復加，像是被一層又一層厚到極點的毯子罩住。他盲目地試圖掙脫，但揮動手腳只（再次）令他恐慌，對於彷彿束縛著他的隱形繩索恐慌。

他腦袋不清。思緒發像高燒般疾馳狂悸，他甚至對思想毫無覺察。這比較像是種狂亂的、垂死的直覺，害怕將要面臨的事，害怕已經發生的事。

害怕他的死亡。

彷彿還能奮力一搏，還有機會跑贏對方。

他甚至依稀感到一股衝勁，身體繼續抵抗海浪，即使那場仗已經打輸。他感覺一波駭浪頓時湧現，將他往前、往前、往前推，可是他一定得想辦法掙脫束縛。因為，在黑暗中盲目掙扎的同時，肩膀已不再疼痛，他對什麼都沒感覺，唯獨那**必須移動**的駭人迫切感——

接著，他感覺臉涼涼的。幾乎像是微風徐拂。不過有太多理由可以證明這不可能發生。冰涼的感覺使他清醒過來——使他的心靈？他的魂魄？還是什麼來著？——在瘋狂的旋轉中暫停。

這一剎那，他靜止不動。

眼前的陰鬱有了變化。亮了起來。有道無法言喻，但覺得可以進入的光亮，他感覺自己倚向那頭，他那如此虛弱、幾近失能的身體，向增強的光亮靠近。

他跌落。落在一個堅硬的地方。冰涼感升起，他允許自己陷入，任它將自己裹緊。

他靜止不動。放棄掙扎。任憑自己陷入昏沉。

那昏沉宛如煉獄，是灰色的。他還算有意識，沒有睡著但也不太清醒，彷彿與一切脫節，無法移動、思考、接受輸入，只能被動地存在。

無法計算的時間過去了，是一天、一年、或甚至永恆，究竟多久他無從得知。最後，那道光在遠方慢慢地，微乎其微地有了變化。某個灰色的東西冒出頭，接著幻化成淺灰，他漸漸回過神。

他的第一個念頭，但應該說是依稀意識到而非清楚思考，是感覺自己貼著水泥磚。他朦朧察覺身子底下有多涼、多硬，他好像得緊扒著不放，免得飛向外太空。他不確定自己繞著這念頭轉了多久，讓它變得清晰，讓它與身體相連，與其他念頭相連——

停屍間這三個字在他內心深處倏地閃過——不然你還會躺在什麼冰涼堅實的塊狀物上——隨著恐懼加深，他猛地睜眼，這才發現眼睛一直閉著。他試著嘶吼，要他們千萬不能把他埋了，千萬不能解剖他，說這是天大的誤會。無奈喉嚨像是多年沒用過似地，不願組構詞句。飽受驚嚇的他咳著坐起身，兩眼混濁、霧濛濛地，宛如透過層層厚重的髒玻璃去看外面的世界。

他不斷眨眼，想看個清楚。周圍的影像漸漸成形。他發現，自己並非躺在停屍間的板子上——

而是在——

而是在——

他到底在哪裡？

迷惘中，他瞇著眼痛苦地望著高升的日光。他環顧四周，努力消化，去看、去理解。

他好像躺在一條鋪在房子前院的混凝土步道上，步道從人行道一路延伸至身後的大門。

但這不是他家。

而且，不對勁的事還不只這一樁。

他用力到幾近喘氣地呼吸了一會兒。他思緒茫然，視線逐漸變得略為清晰。他感覺自己打著寒顫，用雙臂環抱自己，感覺有東西濕濕地附在他的——

這不是他的衣服。

他低頭一看，只是生理反應趕不及下指令的念頭。他又瞇起眼，設法看個仔細。這些好像根本不是衣服，只是幾條勉強可稱為襯衫或褲子的白色布料，與其說是衣物，其實更像緊黏在身上的繃帶。而其中一側，繃帶濕了——

他止住念頭。

不是被海水弄濕的，不是浸在他剛——

（溺斃）的，又鹹又冷的海水。

而且身子只濕了一半。另一半，貼著地的另一半雖然冰涼，卻挺乾燥。

他左顧右盼，困惑得不得了。因為唯一可能沾濕他的只有朝露。太陽低垂，看樣子肯定是早上。他甚至可在身子底下一直躺著的地方認出一塊乾掉的輪廓。

彷彿他在那裡躺了一整夜。

但是不可能呀。他對冬季酷寒的海水記憶猶新，頭頂深灰色的冰冷天空絕不可能讓他撐過一晚——

但天空變了樣。他抬頭一望。這根本不是冬季的天空。他覺得冷只是因為清晨的寒意，這說不定是風和日麗的一天，說不定是**夏天**。跟海灘的凜冽冷風天差地遠。跟他——

跟他死去當下天差地遠。

他又花了點時間呼吸，可以的話，只做呼吸這個動作。圍繞他的只有沉默，只有他自己發出的聲音。

他慢慢轉身，目光再次落在那棟房子上。等雙眼越來越適應光線，幾乎像是等它重新適應「看」的動作時，房子的模樣也越來越清晰明朗。

接著，穿過迷濛的五里霧，他感覺被層層裹住的心微微一顫。

輕輕一拂、一個暗示、輕如一片鴻毛的是——

是——

是熟悉感嗎？

## 2

他試著起身，熟悉感消失了。起身好難，出奇地難，他也果真起不來。他感覺身體虛到一點力氣也沒有，肌肉連最簡單的指令都執行不了。光是把腰挺直坐好就讓他上氣不接下氣，他還得暫時停止動作，再歇口氣。

他伸手去抓步道旁看似強韌的植物，再試著坐直身子——

但短短的針扎進指頭，他急著把手往回抽。

這根本不是普通植物。而是高得驚人的野草。沿著步道到房子大門的花床上，植物長得出奇狂野，長得比兩邊低矮的石牆還高。石牆間的灌木像是活生生的動物對他張牙舞爪，擺出要是敢太靠近就會傷害他的架勢。而其他野草，那些有三、四呎、甚至六呎的高聳野草，根部已滲透每吋泥土和路面上可能的所有裂縫。其中一根野草就被他壓在身子底下。

他又試著起身，儘管一度晃得厲害，但終究成功了。他腦袋無力，有如千斤重，身子仍舊直打哆嗦。包覆他的白色繃帶豈止不保暖，更令他猛然驚覺的是，其實自己衣不蔽體。他的兩腿、軀幹和雙臂被緊裹著，整個背部也大半如此。不過令人費解的是，從肚臍一直到大腿中段，無論正面背面，這一整片都赤裸裸地面對世界，最私密的部位也教人難以置信地露在外面迎接黎明。他瘋了似地想把襤褸布料往下拉以遮蓋私處，可是那幾塊破布卻緊黏著皮膚。

他只好用手遮擋，東張西望，看看有沒有被別人瞧見。

但這裡沒人。一個人都沒有。

這是一場夢嗎？他不禁暗忖，那幾個字宛若從千里之遙的彼端，慢慢向他游來。死前的最後一場夢？

每座庭院都跟這裡一樣雜草蔓生。幾戶有草坪的人家，如今草已長到及肩高，好似片片原野。裂開的路面中央同樣長著高到可鄙的野草，其中幾根的高度直逼樹木。

路上停著車，可是車子覆滿厚重的塵土，每面車窗都矇住了。而且幾乎每輛車都因洩了氣的四個輪胎而下陷。

眼前毫無動靜。沒有車子駛過馬路，而且從野草的外觀看來，已是經年累月沒有來車。他左邊的馬路不斷延伸，最後與一條更寬的大街會合，看樣子那是條熙來攘往的大馬路。不過路上也沒有行駛的車輛，他還看見路上開了個四、五十呎寬的巨洞。洞裡似乎長了一整片野草。

他仔細聽。但哪裡都聽不見引擎聲。這條街沒有，下條街也一樣。他等了好久。等了又等。他望向右邊的馬路彼端，視線穿過兩棟公寓樓房間的夾縫，看見突起的火車鐵軌，彷彿等著要聽可能駛過鐵軌的火車。

可是沒有火車。

也沒有人。

倘若現在真如看起來的是白天，照理說人們會走出家門，開車上班。不然也該出門蹓狗、寄信、上學。

街上應該車水馬龍。大門應該開了又關。

可是，連個人影也沒有。沒有車、沒有火車、也沒有人。

如今，他的心和眼都稍微更加清晰，所以連這條街的地形看起來也怪怪的。房子全都擠在一塊兒，緊貼成一條線，沒有車也沒有寬敞的前院。每隔四、五間房子只能見到窄得不能再窄的巷弄。一點都不像他家那條街。其實看起來根本不像美國會有的街道。看上去幾乎——

看上去幾乎像在英國。

那兩個字好似金屬相擊，不停在他腦中迴響。感覺挺重要的，彷彿迫不及待想把什麼拴住鎖緊，無奈他的思緒太混亂、太震驚、太困惑，那兩個字只是徒增焦慮。

那兩個字很不對勁。不對勁到了極點。

他身子微晃，得倚著其中一叢看似較結實的灌木才能保持平衡。他有種強烈的欲望想要進門，想找東西遮掩自己的赤身裸體，但這房子，這房子——

他對它蹙起眉頭。

這房子怎麼了？

出乎意料的是，他還沒感覺下定決心，就邁開蹣跚步伐走向它，差點跌跤也無所謂。他還是無法清楚辨析自己的思緒。他說不上來究竟為何要走向那間房子，為什麼出於某種本能之外的東西想要進屋、想要躲避這詭異荒涼的世界；但他同時也意識到這一切，無論是什麼，都像一場夢，只有夢裡的邏輯才說得過去。

他說不上來為什麼，但這房子就是吸引著他。

所以他往前走。

他走到大門前梯，跨過第一階上的裂縫，最後在門前駐足。他在門前靜待片刻，不曉得接下來要做什麼，不確定要怎麼開門，或假如門鎖上了要怎麼辦。雖然如此，他還是伸出手——微乎其微地輕輕一推，門開了。

首先映入眼簾的是條長廊。這時陽光燦爛耀眼，照亮身後晴朗的藍天——天氣暖到肯定是某種樣貌的夏天，暖到他感覺烈日在曝露的皮膚上灼燒，他過於暗淡白皙的皮膚經不起這麼毒的陽光照射——不過，即使在陽光普照下，長廊過了一半之後也幾乎消逝在黑暗中。他只能辨出盡頭有道樓梯通往樓上。樓梯前的左方是通向主廳的門。

屋裡沒有燈光，也沒有聲響。

他再次環顧四周。還是一樣，哪裡都聽不見機器和引擎單調的運作聲，但這也是他第一次察覺，這裡沒有蟲鳴、沒有鳥叫，就連微風拂過葉面的聲音也聽不見。

只有自己的呼吸聲。

一時之間，他只是杵在那裡。他感覺自己病入膏肓，如此虛弱、如此疲憊，幾乎可以直接躺在門階上睡到天荒地老、海枯石爛，永遠不要醒來——

但他選擇踏進屋內。雙手扶牆好穩住身子，緩步向前，好像每一秒都可能被人攔下，都會聽見有人質問他為何擅闖這棟怪屋。不過，他踉踉蹌蹌步入暗影的同時，縱使雙眼無法按常理迅速適應光線變化，卻能感覺腳下的地面積了厚厚一層灰，可想而知，這裡似乎已經很久、很久、沒有人待過了。

越往內走就越暗，說也奇怪，那道透進敞開大門的陽光，竟然什麼也沒照亮，只讓陰影在他朦朧的眼前顯得更暗更險惡。他摸索前行，能看見得越來越少，抵達樓梯底層時，他身子一轉，這時還是悄然無聲，不只沒有居家的聲音，什麼聲音都沒有，只有他自己。

形單影隻的自己。

他在客廳門口駐足，感到新一波恐懼襲來。蟄伏在黑暗中的可能是任何東西，靜靜等他自投羅網的也可能是何東西，但他強迫自己往裡看，讓雙眼適應光線。

適應之後，一切盡收眼底。

幾束充滿灰塵的陽光射進他面前拉上的百葉窗，他藉光看見一間簡樸的客廳，與右邊開放式的餐廳合而為一，通往一道門，穿過門即是位於屋子後方的廚房。

屋裡有家具，跟一般房間沒兩樣。不同的是，家具都蒙著好厚一層灰，活像上頭多鋪了一塊布。仍舊精疲力竭的男孩，努力把這些形體跟腦中的字彙兜在一塊兒。

他的雙眼越適應光線，房間就越能展現原貌，不僅開始成形，細節也一一顯露——

壁爐台上那匹尖叫的馬浮現眼前。

一隻狂亂的眼，鐵釘般的舌頭，困在一個燃燒的世界，從畫框裡看著他。

直視他。

一見著牠，男孩立刻放聲驚叫，因為這下全都水落石出，他知道了，他知道，在疑慮的陰影背後，真相如浪潮襲捲而來。

他知道自己在哪兒了。

# 3

他以這雙疲憊的腿僅剩的力量盡快跑開。男孩搖搖晃晃退回走廊，掀起的朵朵塵雲直奔陽光的樣子，就像——

（就像溺水的人探頭吸氣——）

他能依稀聽見自己的哀嚎，但仍說不出話，字句仍未成形。

可是他知道。

他知道，他知道，他知道。

他蹣跚步向大門前的階梯，幾乎無法站直身子，後來也真的站不住了。他跪倒在地，使不出力氣起身，彷彿剛才的頓悟是壓在背上的一塊大石。

他倉惶地望著房子，覺得身後一定有什麼東西、什麼人尾隨著，追逐著他——

可是啥都沒有。

還是半點聲音都聽不見。機器運作聲、人聲、蟲鳴聲獸吼聲，全都沒有。這個世界萬籟俱寂，靜到他能聽見自己胸膛下的心跳聲。

他暗忖：我的心。這幾個字俐落地劃破他思緒中的一團迷霧。

他的心。

他那枯槁的心。他那溺水的心。

他不寒而慄，因為他看見的可怕真相，那可怕真相背後的意義，開始將他吞沒。

這裡是他的老家。

好多好多年前住的老家。英國的老家。母親說什麼都不願再多看一眼的家。他們飄洋過海、換了一個大陸才擺脫的家。

但是不可能呀。他好多年沒見過這個家、或這個國家了。小學畢業後就沒見過了。

自從那件事發生之後——

自從他弟弟出院後就沒見過了。

自從最教人不堪回首的事發生後就沒見過了。

他暗忖道：不要。

不，拜託不要。

他知道自己人在哪兒了。他知道為什麼會在——

在死後，來到這裡，在這裡醒來。

這裡是地獄。

專為他所打造的地獄。

一座他得注定孤單的地獄。

直到永遠。

他斷氣之後，在個人專屬的地獄中醒來。

他吐了。

他往前一撲、雙手撐地，將胃裡的殘留物吐進步道旁的灌木叢。費力嘔吐使他淚眼汪汪，儘管如此，他仍能看見自己吐了一片詭異而清澈的凝膠，嚐起來略帶甜味。他吐個沒完，直到最後精疲力盡，反正他早已淚眼婆娑，似乎離哭泣也相去不遠。他開始掉淚，最後直接往混凝土地面頹然倒下。

他一度像是重溫溺水的感覺，渴望著呼吸，抵抗著比自己強大、一心只想把他往下拽的力量；他根本打不過，怎樣也阻止不了它，只能任它將自己吞噬，使他在世間消失。他躺在步道上，把自己交給對方，就像海浪不斷要他棄械投降那樣——

（差別在於，他的確曾與海浪一較高下，一直拚到最後一刻，真的。）

然後，打從他初次睜眼後就不斷威嚇的疲倦感，終於將他擊潰，他也因此陷入昏迷。

越漂越遠，越漂越遠，越漂越遠——

# 4

「我們還要在這裡坐多久啊？」莫妮卡從後座問道：「我冷斃了啦。」

「哈洛，你女朋友一直都這麼嘮叨嗎？」古德蒙望著後視鏡逗他說道。

「不要叫我哈洛。」他嗓音一沉地說。

莫妮卡拍他肩膀一下。「所以你不喜歡這句話裡的**那個部分**？」

「是妳自己說要跟的。」H說。

「結果沒想到這麼好玩，」莫妮卡說：「把車停在卡倫．弗萊奇家門外，等他爸媽睡覺，然後去偷他家的小耶穌像。你還真懂女人心啊，**哈洛**。」

後座突然一亮，因為莫妮卡開始氣鼓鼓地點起手機螢幕。

「把它關掉！」古德蒙說，並從駕駛座向後伸手要遮住亮光。「燈光會被他們發現的。」

莫妮卡把手機從他手中抽走。「拜託，我們離那裡還有好幾哩遠。」她又點起螢幕。

古德蒙搖著頭，對後視鏡裡的H皺眉。說也奇怪。他們都喜歡H。也都喜歡莫妮卡。可是對於H跟莫妮卡交往，大家卻不怎麼捧場。好像連H跟莫妮卡自己也不怎麼看好。

「那我們要拿它幹嘛？」莫妮卡問道，手沒閒著繼續點螢幕。「我說的是小耶穌像？老實說？這不是有點褻瀆上帝嗎？」

古德蒙指向擋風玻璃外。「那才是褻瀆上帝吧？」

大夥兒望向弗萊奇家前院宛若部隊入侵似的那片聖誕布置場景。據聞弗萊奇太太的目標不只要登上亥夫馬奇的本地報紙版面，更期待波特蘭、甚至西雅圖的新聞台前來採訪。

布置由聖誕老人跟他的麋鹿打頭陣，以明亮的玻璃纖維為材質，由內而外亮起，繫在靠近弗萊奇家屋頂的一棵樹上，所以看起來像是一台過重的雪橇即將著陸。一切從那裡開始每況愈下。燈從每個想像得到的縫隙中亮起，屋子上乃至於每根樹枝和伸手可及的多用途橋台也都大放光明。十呎高的枴杖糖組成一座森林，林中還有機器精靈對觀眾緩慢揮手直到天荒地老。其中一邊有棵活的二十呎高聖誕樹，被裝飾得像座大教堂，旁邊那塊草坪則滿是與聖誕節相關的騰躍動物（其中令人不解的是，聖誕帽裡竟有隻犀牛）。

全景的重點是耶穌誕生的人物擺件，看上去像是上帝在拉斯維加斯出生：馬利亞跟約瑟夫以及馬槽、乾草、哞哞叫的牛、鞠躬的牧羊人、和宛如舞跳到一半靜止不動的喜悅天使。

正中央為他們所簇擁的，正是被聚光燈照耀、頭上有黃金光環的嬰兒，他喜樂地朝全人類的和平伸手。謠傳這是由進口的威尼斯大理石雕成，但結果證明只是烏龍一場。

「這個嘛，小到方便攜帶的，就是妳的小耶穌囉。」H向心不在焉的莫妮卡解釋。

「伸個手就能順走了，」古德蒙說：「總之比那頭犀牛容易。聖誕節擺犀牛幹嘛？」

「然後再把它拿到某家的草坪上埋到腰部。」H接著說，學小耶穌像舉起手，活像從土裡探出上半身。

「這樣就大功告成啦，」古德蒙微笑著做出結論。「聖誕節的奇蹟。」

莫妮卡翻個白眼。「我們為什麼不能跟其他人一樣自製毒品就好？」

全車哄然大笑。對嘛，她跟H分手的話，大家就開心多了，一切也會恢復正常。

「都快十一點了欸，」莫妮卡讀手機的時間說：「你們不是說——」

她話還沒講完，所有人就被一片黑暗籠罩，因為弗萊奇家的聖誕裝飾一瞬間全部熄滅，左鄰右舍向法院爭取的郡級宵禁法令，讓他們不得不遵守。這時即使他們把車停在離房子頗遠的碎石路上，也能聽見整晚悠閒開車賞燈的車龍末端發出失望的叫聲。

（卡倫．弗萊奇這笨拙的高個男，從感恩節一直到新年，無所不用其極地想在校園裡避人耳目。不過通常只是白費工夫。）

「好的，」古德蒙摩拳擦掌地說：「只要等到沒有來車，就可以出動了。」

「你們要知道，這是偷竊，」莫妮卡說：「他們那家人超迷聖誕裝飾的，萬一小耶穌像不見了——」

「他們會氣炸。」H笑著說。

「他們會提告。」莫妮卡說。

「我們又不是要把它拿到多遠，」古德蒙說，接著又調皮地補充：「桑默．布萊登家應該會很歡迎聖子造訪。」

莫妮卡一度面露驚恐，接著似乎不由自主地咧嘴回以笑容。「要小心點，可別打擾人家深夜啦啦隊練習之類的活動。」

「妳不是說這是偷竊嗎？」古德蒙說。

「是啊，」莫妮卡聳聳肩，仍舊笑不攏嘴。「但我沒說我會怕。」

「喂！」H怒氣沖沖地打斷她。「妳打算跟他打情罵俏一整晚嗎？」

「全都給我閉嘴！」古德蒙邊說邊轉身。「差不多是時候了。」

大夥靜默無聲地等待。唯一的聲響是H用衣袖擦拭車窗上凝結的水珠。古德蒙期待地直抖腳。

往來車輛越來越少，最後馬路空了，但車上還是鴉雀無聲，因為他們都沒發覺自己正屏息以待。

最後，街上徹底清空。弗萊奇家陽台的燈也關了。

古德蒙呼了好長一口氣，面色凝重地轉頭面向後座。H對他點頭示意。「動手吧。」他說。

「我也要去。」莫妮卡邊說邊把手機擱在一邊。

「早就知道妳不會錯過。」古德蒙笑咪咪地說。

他把頭轉向在副駕駛座上的朋友。

「賽斯，準備好了嗎？」他問道。

# 5

賽斯睜開眼。

他仍躺在混凝土步道上，蜷著身子，抵著硬梆梆的地面讓他因為僵硬而幾近抽搐。他暫時一動也不動。

賽斯，他心想。我叫賽斯。

這宛如一份驚喜，彷彿在這場夢或回憶或天曉得是什麼鬼的發生之前，他已將自己的名字忘得一乾二淨。這夢境清楚到就連回想都教人近乎心痛。剎那間隨之而來的訊息也令他痛苦。不只是他的名字。不，不只如此。

他曾待過那裡，這比任何回憶或夢境更歷歷如新。他確實跟他們一同到過那裡。跟H和莫妮卡。跟有車子所以總是開車的古德蒙。他的朋友。那晚他們從卡倫．弗萊奇家前院偷走了小耶穌像。那是不到兩個月前才發生的事。

賽斯，他又開始暗忖。這名字宛如手掌攤開接住的沙，在他腦中詭異地滑動。我叫賽斯．魏林。

我叫賽斯．魏林。

他深吸口氣，鼻孔吸滿令人反胃的氣味，氣味來源正是他在灌木叢嘔吐的所在。

他坐直身子。空中的太陽升得更高了。他雖在戶外待了一陣子，但感覺還沒到中午。

倘若這地方有中午這種東西。倘若時間在這裡有任何意義的話。

他的腦袋像被砰然重擊，即使被混沌的回憶沉重地籠罩，他卻強烈意識到一種嶄新的感覺，一種自始至終都明瞭，但直到現在才會描述的感覺，就一個字，現在他豁然開朗，也知道自己的姓名了。

渴。他很渴。是有記憶以來最渴的一次。渴到幾乎令他馬上站起來。起身後再次左搖右晃，不過他穩住腳步，設法保持直立。他這才發現，先前就是因為口渴所以才會進屋，那是種無以名狀又不可否認的衝動。

現在當他知道這叫什麼來著，感覺又更加無可否認。

他再次環顧周遭這古怪寂寥又空空蕩蕩的社區，只見它覆著層層塵土與爛泥。先前隱然的熟悉感，如今變得更加堅決、更加清晰。

他住的那條街，沒錯，他童年住過的、老家所在的那條街。向左通往商店林立的大街，右邊則有電聯車經過，這下全想起來了。除此之外，他還記得自己以前數過電聯車。在他們搬離這個英國小市郊，遠渡重洋來到太平洋西北地區[1]天寒地凍的海岸前，他曾清醒地躺在床上，不斷數著電聯車，彷彿這樣能夠幫助入眠。

他弟弟的空床就在臥室另一頭。

一想起那年夏天，他就畏縮不前，將回憶拋諸腦後。

因為現在是夏天，對吧？

他再次面向房屋。

他的老家。

---

1 Pacific Northwest，此處所指並非西北太平洋，而是美國西北部與加拿大西南部太平洋沿岸地區的統稱。

這是他的老家，肯定錯不了。

看起來歷經風吹日曬、乏人照料，窗框油漆剝落，簷槽漏水導致牆壁沾污，這條街上家家戶戶也都這般殘破。煙囪不知從哪段開始崩解，殘骸掉落屋頂，一小片倒塌的磚塊和灰塵從斜坡一直灑落屋簷，彷彿從來沒人發現它在崩落。

或許真的沒人發現。

怎麼會？他不禁納悶。再怎麼口渴，他還是勉強梳理思緒。怎麼可能發生這種事？

如今飲水的慾望幾乎像是困在體內的一種生物。這種感覺前所未有，口中的舌頭肥大乾燥，嘴唇乾裂，他試著把嘴舔濕，卻只是害它流血。

房屋像在等著他似地陰森矗立。他不想回屋裡去，一點也不想，可是他不得不去。他非得喝水不可。非喝不可。先前他奔出的大門仍舊驚慌地敞開。他記得壁爐台上令他怵目驚心的玩意兒，那東西像是朝他內臟揮了一拳，告訴他醒來之後要面對什麼樣的地獄——

但他也記得從客廳延伸出的餐廳，以及後面的廚房。

廚房。

裡面有水龍頭。

他又緩緩走到門口，步上三階前梯，這時他憶起最底層的那條裂縫，從沒嚴重到要修的裂縫。他往屋裡望，回憶也不斷湧現。那條依舊被陰影籠罩的長廊，孩提時他不知來回穿過多少次。而隱身屋內深處、那道幾乎看不見的樓梯，他也不知在那跌跌撞撞多少回。閣樓曾是他的臥室。他跟歐文同住的臥室。他跟歐文在那件事發生前同住的——

他又打斷這條思緒。他口渴到連腰都挺不直了。

他非得喝水不可。

賽斯非得喝水不可。

他又想起自己的名字。賽斯。我叫賽斯。

我要開口了。

「你好？」說話令他疼痛難耐，口渴把他的喉嚨變成一片沙漠。「你好？」他提高音量，再試一遍。「有人在嗎？」

沒人回應。還是沒有半點聲響，唯有他自己的氣息，提醒著他還沒聾。

他杵在門口，還沒移動腳步。這回要進去更難了，難上加難，他的恐懼顯而易見，恐懼自己還會在屋裡發現什麼，恐懼自己來這裡的原因，以及來到這裡的意義。

這樣下去直到永遠，又將有什麼意義。

但口渴的問題不容忽視，於是他強迫自己跨過門檻，再次揚起飛塵。他繃帶的顏色已和白色相去甚遠，皮膚上盡是一道道深色污漬。他再往內走一點，剛好在樓梯底層止步。他扳了一下電燈開關，但扳上扳下只是徒然，不管哪兒的燈都沒亮。他在樓梯前調頭，還不願勇敢面對它的黑暗，只能鼓起勇氣走進客廳。

他深吸一口乾燥的空氣，對著灰塵咳了幾聲。

接著踏入門口。

# 6

那裡跟他離開時沒兩樣。四散的陽光是唯一的光源，畢竟客廳裡的電燈開關已失去作用。這時他才徹底發覺屋裡塞滿他童年時的家具。

包括髒污的紅色靠背長椅，一大一小，父親堅持要等兒子長得夠大，不再搗亂，他才會換新的。他們舉家搬到美國時，把靠背長椅留在英國，留在這間屋子。

不過這裡也有沒被拋棄的咖啡桌，理應離這裡千萬哩遠的咖啡桌。

*這我就不懂了*，他暗自竊想。*這我就不懂了*。

他看見屬於母親的、跟著他們遷徙的一個花瓶。也看見一張醜不拉嘰，沒同他們飄洋過海的茶几。還有，在壁爐台上——

雖然明知那上頭有什麼，五臟六腑被人拿刀亂捅的感覺卻未消失。

那是他舅舅畫的一幅畫，隨著屋內某些家具一塊兒搬到美國的畫。畫的是引吭尖叫、比例失調的馬，眼底流露驚恐，舌頭插著駭人的尖釘。他舅舅模仿畢卡索的《格爾尼卡》，在馬兒周圍添加殘破的天空，和被狂轟猛炸的殘破屍塊。

很久以前他父親說過原版《格爾尼卡》的故事，他也早就明白畫中的涵意，縱使舅舅的臨摹相形見絀，失色到無以復加，這到底還是賽斯第一幅仔細欣賞過的畫，是他當年用五歲心智試圖搞懂的、如假包換的一幅畫。基於這個理由，它在他心目中所占的地位比任何經典名畫更加重要。

只有在惡夢裡才會蹦出這種事，這種駭人聽聞又歇斯底里的事，給你理由也聽不進去，施與恩惠也無法理解的事。

他上回看見這幅畫，是昨天的事，如果昨天仍有任何意義的話。如果時間在地獄中仍會推移。無論答案為何，那是他離開位於世界彼端的家的途中所看到的一幅畫；是他關上家門前，瞥見的最後一樣東西。

他真正的家門。不是這個。不是他寧可遺忘的往日時光夢魘版。

他盡量盯著那幅畫，能盯多久是多久，久到試著把它看作一幅普通的畫，僅此而已。但即使轉移視線，他仍感覺自己的心不停捶擂；同樣勾起他回憶的晚餐餐桌、擺滿書的書櫃，其中有些書他在另一個國家讀過。他拖著孱弱的身軀，盡快曳步走進廚房，把注意力只擺在口渴這件事上。他迎面走向水槽，從滿懷期待下如釋重負，差點哭了出來。

他轉動水龍頭，卻不見水流出來，不由自主地發出絕望的叫聲。他再轉一遍。其中一個轉不動，另一個只是徒勞無功地在掌心打旋，無論他轉得有多勤，卻什麼東西都出不來。

想哭的念頭再次油然而生，脫水的身體所擠出的淚水，鹹得他雙眼灼燒。他感覺好虛弱、好不穩，非得往前傾，把前額靠在流理台面，感覺額頭抵著覆滿灰塵、冰冰涼涼的流理台，希望自己不要暈倒。

地獄肯定是這個樣子，他暗忖。肯定沒錯。永無止盡地口渴卻又苦無水喝。肯定是的。

這八成是盜取小耶穌像的懲罰。莫妮卡自己都這麼說了。他感覺胃裡悔恨交織地急顫，再次憶起那一晚，憶起他的朋友：他們平常對每件事所表現的輕鬆自在，他們有多喜歡他扮演沉默的一份子，以及不管英美學制的差異，儘管這意味著他小其他人將近一歲，但仍被分到同年級上課，還有他們——特別是古德蒙——有多夠朋友，什麼事都算他一份。就連偷竊神像也不例外。

他們偷走了它，幾近可恥、輕而易舉地偷走了它，而唯一真正可能害他們被抓的，是幾個人的憋笑聲。他們把聖嬰像從馬槽舉起，不敢相信它竟然那麼輕，然後勉強按捺著激動的情緒，把它抱回古德蒙車上。一行人在逃跑過程中太過緊張，溜到馬路上時，只見弗萊奇家裡亮起一盞燈。

可是他們辦到了。接著按照預定計畫，把車開到啦啦隊長家，一邊興致高昂地噓著要彼此噤聲，一邊把小耶穌像從後座搬進戶外的午夜中。

就在那兒，H把它摔到地上。

原來聖嬰像根本不是用威尼斯大理石雕成，而是用什麼廉價陶瓷做的，接觸路面的瞬間，一碰就驚天動地摔個粉碎。他們站在支離破碎的殘骸前，陷入一片寂靜、戰慄的沉默中。

「我們一定會下地獄。」最後莫妮卡這麼說，從她的語氣聽來，絕對不是在說笑。

賽斯聽見自己的胸膛傳出一個聲音，這才驚覺那是笑聲。他一張嘴，就發出糟糕透頂的粗嘎聲響，但就是停不下來。他止不住地笑了又笑，無論笑聲令他多麼頭重腳輕，令他無法從流理台前站直身子。

對。地獄。就是這樣沒錯。

想哭的感覺一直接在笑聲後頭醞釀，在他要哭之前，他發現這段時間自己一直聽見另一個聲音。一種運轉的吱嘎聲，像是一頭迷了路的母牛在屋裡哞叫。

他抬頭一看。

原來吱嘎聲來自水管。顏色鏽蝕的污濁自來水開始從廚房的水龍頭涓涓滴落。

賽斯幾乎是向前一躍，奮不顧身地喝呀喝呀喝。

# 7

自來水嚐起來味道很差，無法想像得差，像是在喝金屬和爛泥，但他就是停不下來。這時水龍頭的水流得更快，他把冒出來的水全都一飲而盡。十來口吞下肚後，他感覺胃裡一陣翻攪，於是身子後仰，瀑布湧現般把剛喝的水全往流理台吐。

他喘了一會兒大氣。

後來他發現流出的水稍微清澈了點，不過看樣子還是不太能喝。他盡量再等一下，讓髒水多排出一些再喝，這回他喝得沒那麼急，其間不忘喘口氣歇會工夫。

他源源不絕地飲水。感受水的沁涼從胃裡向外蔓延。感覺真好，他再次發現這裡有多暖，特別是屋裡。空氣厚重滯悶，彌漫灰塵的味道覆滿一切。光是靠著流理台就讓他的雙臂變得污穢。

他稍微覺得舒服點、強壯點了。他一喝再喝，最後強烈的口渴終獲滿足。這回他徹底站直身子，不再感到暈眩。

透過後窗射入的陽光明亮清朗。他環顧廚房。這裡絕對是他的老家，即使舉家搬到美國後，廚房大到連吃早餐的牆角都足以容納一家子大象，他母親仍不忘抱怨老家有多小。不過話說回來，在母親眼裡，英國不管什麼都比不上美國，廚房自然不在話下。

這都是在英國辜負了他們之後。

他有好幾年沒去想它了，沒有好好想它。也沒有理由去想。何苦在最慘痛的回憶裡兜兜轉轉？

沒必要，畢竟日子還是要過，換到一個嶄新的地方，有那麼多新的事物要學，有那麼多新的人要認識。

再怎麼糟，他弟弟都熬過來了，不是嗎？其中不免遭逢難關，眼睜睜看著他在成長過程中，為神經損傷吃了多少苦頭。但不管有多苦，弟弟終究活了下來，在常態下也是個生活可以自理、可愛又歡樂的小孩。

在這段難以想像、他們心目中最低潮的時期，他們全望著賽斯，儘管嘴裡一而再、再而三地說不怪他，但心裡似乎還是——

他將這念頭拋諸腦後，嚥下喉頭的疼痛。他望向幽暗的客廳，不知接下來該做什麼。有目標要達成？有難題要解？

還是他該在這裡待上一輩子？

這是不是地獄？永遠孤獨地困在自己最慘痛的回憶中？

這倒也有幾分道理。

說不通的是繃帶，雖然黑黑髒髒、沾了灰土與污漬，但緊黏身體的排列很不尋常，該貼的不貼，不該貼的全貼了。還有，說到合不合理，如今流到近乎清澈的自來水也沒道理可言。倘若這是懲罰，又何必讓他解渴？

他還是什麼聲音都聽不見。沒有機器運作聲、人聲、車聲，啥都沒有。只有水流聲，令人欣慰的水流聲，他捨不得把它關掉。

令他驚訝的是，這時竟感到飢腸轆轆。胃裡的東西被清空兩次後，他發現自己現在餓了。但他沒有臣服於因此引發的恐懼——在地獄裡能吃什麼？——反而近乎不自覺地打開最近的碗櫥。

架上擺滿了杯碟，雖然置於密閉空間、灰塵較少，卻擺脫不了遭人遺棄的氛圍。隔壁的碗櫥放了較高級的玻璃杯和漂亮的瓷器，這些他都認得，其中少數禁不起舟車勞頓，但大多都隨他們搬到美國。他迅速換到下一個碗櫥，終於給他找到吃的。幾袋脫水的義大利麵、幾包發霉的米，一碰就碎；還有一罐硬成腫塊的糖，任憑手指怎麼戳，就是不動如山。他接著尋找，發現一些罐頭食物，有的已經鏽蝕，有的鼓脹得驚人，不過少數幾個看起來還算像樣。他取出一罐雞湯麵。

他認得這牌子。這是以前歐文愛不釋手、拜託母親一買再買的牌子——

他按下暫停鍵。這個回憶太危險。他感覺自己又要站不穩了，困惑與絕望的深淵正仰頭回望他，揚言要是敢再偷瞄幾眼，就要將他吞噬。

*那些等等再說*，他這樣告訴自己。*你餓了。就這件事等不及。*

光是在腦袋裡想，他還是不信，乾脆逼自己把罐頭上的字再讀一遍。「湯。」他說，嗓音雖仍低沉沙啞，但喝過水後是好些了。「湯。」這回說得更加堅決。

他開始翻抽屜。在第一個抽屜就找到開罐器——生鏽僵硬，但仍堪用——，他「哈」的小小歡呼一聲。

試了十七次，他才把罐頂開了個洞。

「他媽的！」他吼道，他的喉嚨這時還沒辦法大吼，只能把話咳出口。

不過起碼開了個口，可以就著那個洞口繼續開。但他的手光是轉開罐器都會痛，有那麼一個可怕的瞬間，他以為自己虛到累到再也使不上力。但在挫折的驅使下，他最終飽受折磨地，開了個夠大的孔把湯倒出來。

他斜舉罐子，倒入口中。湯已凝成膠狀，嚐起來有濃濃的鐵味，不過未失去雞湯麵的味道，這味道頓時令他感激不盡，邊笑著邊稀哩呼嚕吞下麵條。

然後他發現自己不爭氣地掉了眼淚。

喝完雞湯麵，他砰地一聲把罐頭放回桌上。

不准哭，他暗地告誡自己。振作精神。在這裡該做什麼？接下來該做什麼？他把腰桿再挺直一點。換作古德蒙會怎麼做？

想到這裡，賽斯在這地方頭一次露出笑容。雖然微弱、稍縱即逝，但終究是個笑容。

「古德蒙會撒泡尿。」他沙啞地說。

因為這確實是他接下來要做的事。

# 8

他轉身面向灰塵滿布的陰暗客廳。

不。還沒。他還沒辦法面對。絕對踏不過幽暗的樓梯，到達位於第一層樓梯平台頂端的臥室。

他轉身面向後院——印象中那裡是後園，英國人是這麼稱呼的，他爸媽也總是這麼稱呼。他花上挫敗的幾分鐘打開門鎖，然後再次邁入陽光下，穿過父親在某年夏天所建的露台。

左右兩旁鄰居的園籬，跟他和家人最後在美國落腳的寬敞宅邸相比，距離出奇地近。草坪如今已成宛若小麥莖稈的野草叢聚的森林，即使賽斯站在低矮的平台上，植物也幾乎與他同高。賽斯可在後園籬看見自二戰起就一直在它壯觀的拱門下屹立的防空壕。母親後來把它改建為陶藝室品，不過實際上也很少使用，因此那裡很快就成了堆放舊單車和破損家具的儲藏室。

後園籬彼端的築堤升起，形成鐵絲刺網糾曲的一道牆。因為土地角度的變化，再後頭有什麼就看不見了。

就是因為那座監獄還在，賽斯才會把這裡看作地獄。

他轉移目光，踏上平台邊緣。身子略往前傾，等著撒尿在長草上。

等著。

等著。

哼的一聲使個勁。

再等一下。

最後他終於把一道看似有毒的深黃涓流射入院子，同時如釋重負地由衷唉了一聲。

但下一秒他馬上疼得大叫。彷彿尿出的是強酸似的，他驚慌失措地低頭一看。再定睛一瞧。

他的鼠蹊和臀部皮膚佈滿密密麻麻的小傷口、小擦傷和小記號。他發現一塊糾結的白色膠帶黏在體毛最濃密的部位，還有更大一塊貼在底下毫無遮蔽的大腿上。

他畏畏縮縮地撒完尿，開始在陽光下更仔細檢查自己的身體。兩條手臂的肘彎都有許多割傷和擦傷，屁股兩側也各有一排傷口。他開始拉扯軀幹上的繃帶，想看看底下的肌膚。膠帶黏性很強，但終究還是撕開了。每條繃帶內側都嵌著奇怪的金屬片，隨著黏呼呼的一坨被拔掉，也扯掉不少原本他以為沒多少的胸毛。胳臂和腿上的繃帶也是一個樣。他不斷撕扯繃帶，留下疼痛而無毛的區塊，也找到更多擦傷和割傷。

他撕個不停，直到撕光繃帶為止，再將它們攤在露台上。繃帶儘管沾了灰塵髒污，金屬部分卻捉住日光，銳利而近乎挑釁地反照向他。他在金屬片上找不到文字，這玩意他也從未在美國或英國見過。

他退開幾步。金屬片的樣子好陌生。有點怪怪的。有點侵入性。

這赛斯雙臂交抱、緊貼著身子，雖然燦爛的艷陽高照，他還是打了個寒顫。如今他渾身赤裸，這正是下一件必須搞定的事。衣不蔽體讓他感到無比脆弱，比現實處境更加脆弱。他突然驚覺這裡的某處暗藏凶險。他回望圍籬以及後方他看不見卻深知存在的監獄一眼。然而，這地方比表面所見更詭譎。所有的灰塵，所有的野草下，蟄伏著虛幻感。土地看似堅實，但說不定隨時就會塌陷。

他仍在陽光的溫熱中打顫，在沒有一架飛機飛過、晴空萬里的藍天下打顫。他在剎那間覺察到剛才進食和飲水所耗費的精力，疲勞好似一條厚重的毯子覆在身上。他感覺好虛弱、難以置信的虛弱、肉體上的虛弱。

他仍舊交抱雙臂，轉身回到他家。

在那裡矗立著，等著他的，是要求他重返的一份回憶。

# 9

**再看看啦**，賽斯輕敲手機螢幕。**你也知道我娘那個人。**

**是媽啦，娘炮**，古德蒙回訊。**她又發什麼神經了？**

**我歷史只考八十幾。**

**你媽為了成績不爽？！？！她到底活在幾世紀啊？**

**別的世紀就對了&只有女生才傳那麼多字啦，娘炮。**

手機馬上震了起來，表示有人打來。「不是說了再看看嗎。」他用氣音對著手機說。

「她有什麼毛病啊？」古德蒙說：「她不相信我哦？」

「沒啦。」

「哦，好吧，她比我想得更聰明。」

「她比任何人想的都要聰明。所以她火氣總是那麼大。說什麼她已經住在這裡八年了，大家還是把她當老外，提高音量一字一句慢慢跟她講話。」

「她本來就老外啊。」

「她是英國人。還不都講英文？」

「還是有差啦。你講話幹嘛那麼小聲啊？」

「他們不知道我醒了啦。」

賽斯花了點時間在床上仔細聆聽。他可以聽見母親到處踩步，八成是在找歐文的單簧管。同時，歐文正在隔壁臥室玩某種跟激動的吉他獨奏有關的電玩。每隔一陣子，樓下廚房就會傳來砰的一聲，因為他爸在那裡做理應三個月可完成但已堂堂邁入第十個月的工程。典型的週六早晨，所以，不了，謝謝，只要沒人想到他，他要在床上賴到天荒地老——

「賽斯！」他聽見樓下有人喊他的名字。

「先掰囉。」他對著手機說。

「賽斯，你一定得來啦，」古德蒙不死心。「要我說多少次？我爸媽不在家。這簡直就是下了一道非辦轟趴不可的命令嘛。這種機會以後很難遇到。高中要畢業了，老弟，畢業後我們就要離家了。」

「我盡量啦。」賽斯慌張地說，因為母親已朝他的房門跺步而來。「再打給你。」他掛上電話的同時，她剛好使勁把門打開。「天哪，」他說：「都不敲門的哦？」

「你沒什麼祕密我不知道的。」她嘴上這麼講，臉上卻勉強擠出一點笑容，他看得出她想道歉，只不過是用一種拉不下臉的詭異敵對態度。

「我有什麼祕密，妳才不知道咧。」他說。

「這我不懷疑。起床了。要出發了。」

「為什麼一定要找我？」

「有沒有看到歐文的單簧管？」

「只有一小時，他不會有事——」

「有沒有看到？」

「妳到底有沒有聽我講話？」

「那你又聽我講話了嗎？歐文他該死的單簧管到底在哪裡？」

「我哪知道啦！我又不是他該死的管家！」

「講話注意點，」她厲聲喝斥。「你明知道他常忘記東西放在哪裡。明知道他做事不像你那麼機靈。自從他——」她話沒講完。不是越說越小聲，而是嘎然而止。

賽斯不用多問也知道她指的是什麼。「我沒看到，」他說：「但我還是不懂幹嘛一定要我出現呆坐在那裡。」

他的母親用憤怒但強忍著耐心的語氣，一字一字咬字清晰地說：「因。為。我。想。去。慢。跑。」她晃了一下懸在手上的慢跑鞋。「我自己的時間少得可憐，你也知道，要是讓他自己跟貝克老師上課，歐文會不高興的——」

「他沒事啦，」賽斯說：「都是為了引人注意裝出來的。」

他的母親深吸一口氣。「賽斯——」

「如果我下去陪他，今晚可不可以去古德蒙家過夜？」

她頓了一下。他母親對古德蒙沒啥好感，至於為什麼，她自己也說不上來。「我就連他的名字都不喜歡。」有天晚上，他無意間聽到她在隔壁對他父親說：「古德蒙是哪門子名字啊？又不是瑞典人。」

「古德蒙應該是挪威人的名字吧。」他父親這麼回話，並不怎麼在意。

「是哦，那他也不是挪威人啊。連愛爾蘭裔或印第安人也不會用這種方式強調自己的背景。老實說，除非是感到威脅，否則沒人會拿自己的出身血統來命名。」

「那妳一定經常聽到他們說自己是美國人了。」他父親乾巴巴地說，後來這段對話也莫名走了調。

賽斯真的搞不懂。古德蒙這小子近乎完美到沒話講。受人歡迎，但又不至於太出鋒頭；充滿自信但不會跩得二五八萬；對賽斯的爸媽好，對歐文也好，而且有車開，所以總會在宵禁前送賽斯回家。他跟賽斯的其他同學一樣，稍微年長一點，但也只大他十個月，賽斯十六，他十七，也沒差多少。他們跟莫妮卡和H都是越野賽跑校隊的隊員，沒什麼事比這更有益身心了吧。雖然古德蒙的父母是那種典型的美國恐怖保守派，容易引起歐洲人反感，不過就連賽斯的雙親都不得不承認面對面相處時他們相當友善。

況且，儘管他父母強烈懷疑他跟古德蒙在外面惹是生非，卻從沒發現他們惹上什麼麻煩。他們也沒幹什麼窮兇惡極的勾當。也沒嗑藥，雖然經常飲酒作樂，但絕對不曾酒醉駕車。古德蒙點子多，人又隨和，大多數父母會很高興有他當兒子的朋友。

但賽斯的母親似乎不吃這套。她自稱有第六感，所以對他沒好感。

或許她不是亂蓋。

「你明天還要打工欸。」她話是這麼說，但他已感覺她在這場談判中走上妥協之路。

「下午六點才上班。」賽斯盡量平心靜氣地說。

他母親正在考慮。「好吧，」她簡短地說：「現在給我起床。要出發了。」

「關門。」他在她身後叫道，不過她已經走遠。

他下床找了件衣服往頭上一套。陪歐文上那堂要人命的單簧管課，跟身上散發洋蔥味的貝克老師共處一小時，好讓母親可以沿著海濱步道暴怒狂奔，藉此交換一晚上的自由，其中包括暢飲古德蒙父親私藏卻又遺忘的啤酒（但不是在古德蒙的車上邊開邊喝。他們真的是守規矩的好孩子，所以她起疑又逮不到把柄只會更惱羞成怒。賽斯因此幾乎想要幹點壞事、而且是真正傷天害理的壞事來給她瞧瞧）。不過，就目前看來，這交易勉強說得過去。

任何能離開的機會。任何能感覺不那麼拘束的機會。哪怕只有一下下。

他都不會錯過。

五分鐘後，他換好衣服走進廚房。「嗨，爸。」他邊說邊取下一盒麥片。

「嗨，賽斯。」他父親嘆了口氣，專心研究新中島流理台的木框，那木框無論怎麼鋸就是裝不上去。

「為什麼不請人來弄就好？」賽斯邊問邊抓一把花生醬口味穀片往嘴裡塞。「一星期就能搞定。」

「那要請誰？」父親心不在焉地反問。「自己動手做能讓我平靜下來。」

這話賽斯聽過千百遍了。他父親在一所小小的文學院當英文老師，光是那學校就為亥夫馬奇添了三分之二的人口，而這些動手做的粗活兒——多到賽斯數不完，他還是襁褓中的嬰孩時，父親為英國老家蓋了座露台，搬到這裡後，又為車庫加了雜物間，直到現在的廚房擴建工程，父親全都堅持自己來——這是誓言從倫敦搬來美國這沿海小鎮後，唯一能讓他保持理智的事。這些工程最後都完工了，而且全都盡善盡美。不過，那份平靜或許和工程本身關係不大，而是來自抗憂鬱症藥物。那劑量比他某些朋友服用的一般抗憂鬱藥重，重到使他父親偶爾看起來就像在自家出沒的幽魂。

「我到底是哪一步做錯了？」他父親咕噥道，對那疊裁切不符規格的木材迷惑地搖頭。

他母親走進廚房，將歐文的單簧管重重擱在桌上。「有人願意解釋一下，為什麼它會跑到客房嗎？」

「妳有沒有想過去問歐文？」賽斯張開滿是穀片的嘴說。

「問我什麼？」歐文邊說邊穿門而入。

這就是歐文。他的弟弟。

睡醒後亂翹的滑稽髮型，使他看起來比快滿十二歲的實際年齡小很多，唇邊沾了一圈果汁的紅色污漬，下半身穿的雖是正常的牛仔褲，上半身卻套著餅乾怪獸睡衣，無論就他的年紀或身材，這件睡衣都該屬於小他五歲的人。

歐文，總是沒頭沒腦，雜亂無章。

但賽斯可以發現母親的態度變得近乎喜悅。

「沒事啦，寶貝，」她說：「快去洗臉換件乾淨上衣。我們差不多要走囉。」

歐文眉開眼笑地回望。「我升到第82級了！」

「親愛的，你真厲害。好了，快去準備。我們要遲到了。」

「好！」歐文說。他離開廚房時，對賽斯和父親綻出燦爛的微笑。賽斯母親的目光貪婪地跟著他走出門，彷彿這是唯一可以不把他吞進肚裡的替代方案。

等她轉頭面向廚房，笑逐顏開的表情令人窘迫。直到發現被賽斯跟他父親盯著看，她才收斂一些。這無言的片刻教人尷尬，不過至少她是心甘情願地表現尷尬。

「賽斯，動作快，」她說：「我們真的要遲到了。」

說完她就走了。抓了滿手穀片的賽斯只杵在原地，直到父親不發一語地重新慢慢開始鋸櫃台木框。想逃走的那股熟悉渴望，好似有形的壓力在賽斯的胸口竄升，那渴望強烈到他覺得如果扯開胸膛，或許肉眼就能看見。

再等一年，他暗忖。還剩一年。

高中的最後一年攤在眼前，然後就要上大學了，（也許，但願能）跟古德蒙、說不定還有莫妮卡上同一所學校。地點在哪無所謂，只要遠到可以逃離華盛頓州西南這個消沉的小角落就好。遠到可以逃離這些自稱是他父母的陌生人。

不過後來他又想起，儘管離家不遠，但也能算是小小的逃離。

他再暗忖：只要旁聽一小時的單簧管，整個週末就是我的了。

他沒料到的是，想到這裡，自己竟會如此憤怒。

在此同時，他也發現自己沒那麼餓了。

# 10

有兩張紅色靠背長椅，賽斯在較大的那張長椅上醒來，這次同樣得花點時間破繭而出，從那——這絕對不會只是一場夢。

他很清楚，這回是睡著了，但如同上一次，畫面太過逼真，太過清晰。不似夢境的朦朧，沒有場景的轉換，不僅行動自如，話語也能清楚表達，時間和邏輯更沒有出錯。

他來過這裡。就在這裡。再次造訪。經歷。

他對那天早晨記憶猶新，印象清楚得像是剛在電視上看過。那是夏天，偷小耶穌像是發生在幾個月前，那時他剛去本地的牛排館當服務生，是他第一次兼差打工。古德蒙的爸媽飛到加州洽公，留古德蒙一人看家，那個可遠眺華盛頓州冰冷澎湃大海的家。H跟莫妮卡也來這裡晃了一下，他們其實什麼正事也沒做，喝了點被古德蒙父親遺忘的啤酒，閒聊打屁，有一搭沒一搭地嘲笑你所能想到最蠢的事。

那真是美好。徹頭徹尾地好，一如升上畢業班前的整個暑假，那時什麼事都有可能，感覺什麼好事都觸手可及，只要他能撐下去，終能諸事圓滿——

賽斯感覺胸口一緥，哀傷宛如將他溺斃的海浪，威脅著襲捲而來。

那真是美好。

但已不復見。

早在他死前就不復見。

他坐直身子，雙腳踏上童年家中覆滿灰塵的硬木地板。他撥了一下頭髮，沒想到頭髮竟然那麼短，幾乎像大兵一樣短，比他現實生活中短得多。靠背長椅上方掛著一面大鏡子，他站起來，拂去鏡面的塵埃。

眼前的景象怵目驚心。他看起來像個戰亂中的難民。頭髮幾乎理光，臉龐削瘦，雙眸好似這輩子從未在安全的地方睡上一覺。

他在心中自嘲：我還真是漸入佳境。

先前，他從皮膚上撕完繃帶，返回屋內。在那當下，他疲累到無以復加，猶如重劑量麻醉劑在體內發酵。僅剩的力氣只夠他走到較大的靠背長椅，從椅背取下毛毯，抖落毯上的灰塵，再蓋到自己身上，與其說是陷入沉睡，其實更像被人擊昏。

接著他就作起夢來。或說重溫往事。怎麼叫它都好。

站在鏡前，他再次感到揪心，索性把毛毯當海灘巾往身上一裹，依稀懷抱著尋覓晚餐的想法，再次走進廚房。過了半晌，他才發現透進後窗的光線已有變化。

太陽升起。再次升起。窗外又是另一個破曉。

他睡了將近一天一夜。接著他又納悶，不知地獄裡的時間是如何推移。

倘若時間真會流逝。而不是同一天從頭來過的話。

這回開罐器比較好用了——休息過後他覺得強壯了點——他打開一罐豆子。嚐起來糟得難以形容，於是他吐出來。在碗櫥中找更多罐頭湯。

可惜找不到。事實上，食物所剩無幾，除非他打算吃脫水的義大利麵。儘管沒抱多大希望，他還是轉了一下爐台開關，看能不能燒點開水，但電熱偶冒不出瓦斯；也沒有電，所以那台滿佈灰塵的老舊微波爐也動不了。他扳動開關，頭頂的燈沒有一盞跟著亮起；冰箱的門即使緊閉著，仍散發微微臭味，所以他不敢貿然打開。

其他啥也沒有，只好再靠水龍頭的水充飢。他惱怒地哼一聲，從碗櫥取出一個玻璃杯。注滿看起來近乎清澈的水，一飲而盡。

那麼，他一面忖度，一面不讓恐懼再次浮現。接下來呢？接下來呢？接下來呢？接下來呢？衣服。接下來要找衣服穿。就是這樣。

他還是無法面對樓上——現在還不願看見從前的臥室，在這屋子裡與歐文同住的那間臥室——但想起樓梯底下有個小隔間，於是拐回客廳。餐桌後方的牆上，有兩扇活門可通往了無生氣的洗衣機和烘衣機，它們靜悄悄的，有如在圍欄中熟睡的牲畜。他在烘衣機底部找到一條田徑褲，歡欣鼓舞地叫了一聲。鬆鬆垮垮，但還合身。他找不到上衣，洗衣機裡除了陳年霉味，其餘啥都沒有。不過他在晾衣繩鉤上發現一件西裝外套。雖然背部繃得很緊，衣袖只勉強過手肘，但至少有東西穿了。他在小隔間的陰暗擱板上東翻西找，找到一隻破爛的黑色紳士鞋，和一隻完全不搭嘎的超大網球鞋，不過起碼另一隻腳還套進去。

他回到客廳的鏡前。他看起來簡直是個無家可歸的小丑，但至少不是赤身裸體了。

好吧，他心想。輪到下一件事。

腦筋剛轉到這裡，他的肚子就發出令人不悅的聲響，但響聲的緣由不是飢餓。他又衝回長草叢，找個角落，以進行一些更噁心的生理機能。他的肚子劇烈絞痛，這絕非雞湯麵和一口腐壞的豆子就能造成。這是飢餓的劇痛，強烈到令他嘔吐。

等待胃痙攣結束已夠教人難受，但後院的氛圍愈加令他不安，一疊捲曲的繃帶仍攤在露台上，還有高到沒道理的野草，以及築堤上的鐵絲刺網。

更別提那後頭的監獄。

他一有力氣就回到室內，用凝固的洗碗精和水龍頭的冷水設法洗了個克難澡。沒東西能擦身子，所以只能等著自然風乾，順便想想此刻該做什麼。

他人在這裡。在這棟沒有食物但充滿灰塵的舊屋。穿的衣服像個笑話。喝的水八成會讓他中毒。

他不想外出，卻又不能窩在屋裡。

該怎麼辦呢？

要是這裡有人能拉他一把、為他指點迷津、分攤他古怪的重擔就好了。

可是沒有人。只有他自己。

和眼前空蕩蕩的廚房碗櫥。

沒有吃的，穿的也不成體統，總不能老窩在這兒。

他抬頭望向天花板，沉思片刻，想想是否該探索樓上的臥房。

不行。那裡不能碰。還不行。

他杵在那裡，待了好久，任高升的豔陽進一步為廚房注滿光亮。

「好吧，」最終他自言自語：「一塊兒瞧瞧地獄是什麼鬼樣子吧。」

## 11

他打開大門，發現門鎖被撬開。他整晚就待在這門沒上鎖的屋子裡。儘管這地方杳無人煙，他仍不免憂心。問題是外出時他無法鎖門，否則回來就進不了家門。他踏進微弱的陽光下，把身後的大門關上，希望它起碼看起來上鎖了。

街景一如昨天。或天曉得像是什麼時候，大概像昨天吧。他靜觀其變。但不用說也知道什麼變化也沒有，於是他拾階而下，踏上步道，那裡是他——他怎樣？醒來？重生？還是死亡的地方？他匆匆離開那裡，抵達通往人行道的小門。停下腳步。

那裡依舊悄無聲息。依舊空空蕩蕩。依舊是那時間靜止之地。

他努力回憶這個社區。右邊是火車站，除了車站建築外沒什麼其他的。但他左邊是大街，那裡曾經有家超市。大概還有幾家服飾店。稱不上高級，但總比身上的奇裝異服要好。

那就向左走囉。

左。

他沒有移動。世界也沒有動靜。

他在心裡暗忖：要嘛向左走，要嘛窩在家裡挨餓。

第二個選項一度似乎更加誘人。

「管他的，」他說：「你都死了。還能發生什麼更慘的事？」

於是他往左走。

他拱著肩膀走路，雙手插在西裝外套口袋，雖然口袋位置高得很不舒服。這件外套是誰的啊？他好像不曾見過爸爸穿這件啊，但話說回來，誰在年紀那麼小時就會記衣服的樣子啊？

他一邊走路，一邊鬼鬼祟祟東張西望，時常回頭看身後有沒有人跟蹤。他來到通往鎮上的那條街。撇開路中央一個巨大的滲坑——野草如雨後春筍長成一座森林——這裡與別處無異。車胎洩氣，車身覆滿灰塵，房屋油漆剝落，不管哪裡都沒有生命跡象。

他在滲坑邊緣停步。看起來像是哪裡的水管破了，地面爆開一個大洞，就像有時新聞上會看到的那種，通常會有記者坐直升機在上方盤旋，待很久卻講不了幾句話的那種。

沒有車子掉進坑裡，滲坑附近也沒車輛停靠，水管爆破大概是車子不再往來許久之後發生的事。

除非這裡從來沒有車輛往來，他不禁心想。除非這地方從來不存在，直到我——

「別想了，」他說：「別胡思亂想。」

他腦袋閃過一個瞬眼即逝、近乎漫不經心的念頭，忖度有多少綠意盎然的植物在這裡生長，那些野草和不可思議的青草，全面失控、張牙舞爪地蔓生，一如這個巨坑裡的面貌。

免不了讓人聯想到——

他還沒想到動物這個詞，便瞧見一隻狐狸。

牠在洞底不敢動彈，藏在野草中，晨光下雙眸晶亮、露出驚訝的眼神。

一隻狐狸。

一隻活生生、如假包換、有生命氣息的狐狸。

牠對他警覺地眨眨眼，不太恐懼，還不算是。

「搞什麼鬼？」賽斯低聲說。

洞裡傳出微弱的吠聲，三隻小狐狸——寶寶？不，他記得那個詞應該叫幼崽——嬉戲著爬到母親腳邊，然後看見賽斯在頭頂，也跟著定格。

牠們觀望著，作勢準備逃跑，準備看賽斯接下來的反應見招拆招。賽斯也想知道自己接下來要做什麼。為這些生物那幾張紅棕色臉孔和目不轉睛的雙眸好奇。想知道牠們代表什麼意義。

他隔了好久才離開滲坑，可是即使走回街上，那隻狐狸和牠的幼崽仍盯著他不放。

*狐狸*，他揣想著。*真真正正的狐狸耶*。

他在此時此刻想著牠們。

簡直像是他親手創造出來的。

現在他匆匆前往大街，仍舊低垂著頭，疑心病更重地東瞄西望。每分每秒，他都期待著有東西從灌木叢、從乏人修剪的草坪、從路面雜草叢生的縫隙蹦出來。

不過沒有任何東西蹦出來。

他又覺得累了，累得好快，也太快了，等他抵達行人徒步專用的大街，整個人就快倒在鄰近的長椅上，才翻過一個小斜坡就累得氣喘吁吁。

這讓他憤怒。他在鮑斯威爾高中加入三年越野賽跑校隊，跑步這個嗜好與習慣承襲自母親，照理說能讓這對母子關係更加緊密，但實在不然。沒錯，他對爭冠得獎沒多大興趣，鮑斯威爾也常被對手打得落花流水，但他也不至於弱成這樣。才走一段短短的上坡路，沒理由喘成這樣。

他左顧右盼。其實大街只是個長而窄的小鎮廣場，每個盡頭都被金屬柱堵死。每逢賣杏仁糖跟爆米花的攤販把廣場占滿，母親就會帶他和歐文來這裡採買。這裡還有自製蠟燭和治關節炎用的手鐲，以及民族風時鐘和繪畫，但就連蹣跚學步的歐文都嫌醜。

如今什麼都不見了。廣場只是個空曠寬敞的空間，長著令人逐漸熟悉、無法無天的野草，兩旁矗立著看似荒廢的樓房，和別條街沒兩樣。

賽斯小憩片刻才從長椅上起身。

狐狸不是他變出來的吧。他啥也沒做。牠只是躲在草叢，剛好被他發現而已。他來到這裡之後想過許多事，像是他爸媽、歐文、古德蒙、H、和莫妮卡，他看到掛在壁爐上方的畫還想到舅舅，可是他們也都沒有憑空出現啊。

野生植物在此地蔓生，無論從哪方面看起來都像英國，狐狸又怎會例外？

狐狸本來就是英國常見的動物。他記得以前住這兒的時候，曾見過牠們像成年人般超然淡定地在街上走動。所以看見狐狸也不足為奇。有啥好大驚小怪？

但狐狸也得吃東西嘛。賽斯仔細凝視從大街磚圃中長出的樹，從中尋找鳥類，又或是松鼠和老鼠的蹤影。這裡肯定有。只要有一隻狐狸，肯定就有更多動物，更多其他東西。

不是嗎？假如那不是他變出來的——

「喂，」他喊了一聲，打斷那條思緒，但仍不滿足。

「喂，」他又喊一聲，不曉得自己為何而喊，只想再喊一遍。

這次嗓門更大。

「喂，」他站起來喊。

「喂！」

他喊了一遍又一遍，緊握雙拳，喉嚨因嘶吼而粗嘎，他叫到嗓子沙啞、聲音分岔。

直到此刻，他才發覺自己淚流滿面。

「喂，」他又喊一聲，不過現在已成低語。

沒人回應。

沒有鳥、或松鼠、或狐狸、或牠的幼崽。

四面八方全都沒有回應。

只有他一個人。

他往發疼的喉嚨吞了口唾液，開始看自己能找到什麼。

# 12

大街上的商店全都大門深鎖。如今陽光更加燦爛，賽斯得遮擋眼前的強光，才能貼著櫥窗看店裡的商品。有些店家似乎清空了，像是甜甜圈店、賽百味潛艇堡、和一家叫頂尖小舖的服飾店，只有空蕩蕩的衣架和空空如也的陳列架，滿地散落包裝材料，赤裸的人體模型貼著牆壁。

但店舖也不盡然全是空的。慈善商店看來倒是應有盡有，問題是他不需要茶具組和一疊發霉的平裝書，一家婚紗店對他同樣沒有幫助，即使身在地獄，那裡仍舊不是他心目中挑衣服的實際選項。

接著，他望穿隔壁戶外用品店的櫥窗，頓時心跳加速。

「不會吧？」他說：「不會吧？」

他看見店裡陳列著健行背包和露營裝備，天曉得還有什麼無敵有用的東西。

他一度覺得這「有用」的店也出現得太可疑，但又將這想法拋諸腦後。世界各地都有戶外用品店。到處都有，這裡也不例外對吧？

玻璃門鎖住了，他環顧四周尋找破門工具，最後在其中一個樹架上找到幾塊磚頭。他拾起一塊磚，即使這鬼地方空無一人，心中那把尺還是強烈反對他將要做的事，因此他只是把磚頭在手中拋接幾次。他在體育課打過棒球跟籃球，前者快把他無聊死了，後者則是跑來跑去大聲喊叫，勉強算得上有趣，而當其他人對球賽夠認真投入，也意味著他不用積極參與。但他知道，即使自己技巧不特別高超，球扔得也不特別遠，但至少丟點東西還辦得到。

不過話說回來。拿磚頭砸店門嘛……

他再次左顧右盼，結果依然形單影隻。

「豁出去了。」他低聲說。

他身子後仰，使出吃奶的力氣丟擲。

玻璃碎裂聲震耳欲聾，簡直足以終結世界。賽斯本能地低頭彎腰，準備尋找藉口，說不是他幹的，說這只是意外——

但這裡當然一個人也沒有。

「白癡。」他尷尬地笑著說。他再次起身，剛幹了一番大事業、有所作為的感覺，確實令他有點得意地走向如今破裂的大門。

這時一群黑撲撲的玩意以迅雷不及掩耳的速度尖聲飛過他頭頂。他跌坐地上，雙手摀著頭，嚷出無語的恐懼——

但它來得快，去得也快，世界再度陷入沉默，只剩他急速喘息。

他抬頭一看，只見那群鳥驚恐地縮成一團球狀，消失在停業的書店屋頂上。

蝙蝠。

是蝙蝠。

他暗自竊笑，然後起身，踢開仍嵌在門上的碎玻璃，彎腰鑽進門內。

這裡是個藏寶窟。

他從展示架取下一個健行背包，又在旁邊發現整面牆的手電筒，起初他無比興奮，但到處都找不著電池。他不管那麼多，還是拿了一支大手電筒，它夠長夠重，即使不發光也能當作武器。他也在附近找到一堆乾口糧。這些玩意看起來很噁心，諸如冷凍乾燥的燉牛肉塊、膨脹的乾燥蔬菜湯之類的東西，不過聊勝於無。他還找到一小堆丁烷行動爐，可以用來烹煮食物，但願初次使用時，爐子不會炸爛他的雙手。

這家店的門比其他家密閉得多，所以不管什麼東西，上頭的灰塵也就沒那麼多。有一排急救箱特別乾淨，於是他拿了一個塞進背包，然後停住。他把另一個急救箱在現場打開。箱內的用品再尋常不過：繃帶、酒精綿片，不過在箱內深處，他找到一包標明「導電膠布」的東西。他用牙齒撕開。一捆繃帶滾落地上。

他不用撿起來看，就知道繃帶背面覆著金屬薄片。

他再次閱讀空包裝，可是上頭只寫著「導電膠布」和幾張繪有使用說明的圖示，教人該怎麼把它黏在皮膚上。但沒交代用途、為何需要、又天殺地幹嘛拿它往身上裹那麼多圈。

「導電膠布。」他唸出聲。

彷彿意思顯而易見，無須解釋。

滾落的膠布留在地上，他不想再次拾起，逕自走向店內深處的衣架。

衣架很滿，他喜出望外地大笑。連內衣褲也一應俱全。沒錯，都是隔熱衣，所以夏天穿可能稍嫌熱了點。不過他腦筋還沒轉到那裡，就把邋遢的田徑褲脫掉，套上新內褲。清涼潔淨的感覺真好，他幾乎要站不住了。

其他衣物大多是登山或健行專用，他也拿了T恤、短褲、以及一件適合全天候的昂貴夾克。他拿身上的舊田徑褲換了條價格較高的田徑褲，但至少新褲子讓他看起來不像個遊民。這裡的襪子種類也多到教他數不完。

他花了點時間才找到合腳的鞋。首先得蹚過一堆散發阿摩尼亞味的蝙蝠糞便才能抵達儲藏室，找到合尺寸的鞋子。他很快整裝完畢，拿起所有東西，邁步迎向陽光。

但一接觸豔陽，他就渾身濕透，因為這麼沉重的衣物穿在身上實在太熱。有那麼一會兒，他不在意。只是閉眼接受陽光的洗禮。他沒赤身裸體，也沒裹著髒繃帶，身上也不全是髒污的塵土。他穿著乾淨的衣物和新鞋，這是他死後頭一回感覺自己像個人。

大街盡頭的超市比其他店家來得更深、更暗。然而，透過正面櫥窗，賽斯覺得還是能看見架上堆滿東西。他挪動一下背包，這才傻呼呼地發覺包裡塞了太多衣物和其他補給品。沒空間裝食品雜貨了。他放下背包，從裡面取出可以之後再回來拿的東西，就在那時，牆邊有個玩意兒吸引了他的目光。

這樣也行。

他花了將近十五分鐘才將一台生鏽的購物推車從一整排宛如石化的推車中分離，推車卡得難分難捨，但終究還是被他拆散。如果推得夠用力，車輪也幾乎能轉動自如。

第二次朝店門扔磚頭就沒那麼多顧忌了，雖然一進去，發現店裡遠比他想得陰暗。天花板很低，走道遮住視線，不知深處暗藏了些什麼。他又想起蝙蝠。要是裡面盤踞著什麼比狐狸更大的動物呢？英國有沒有大型肉食動物？他在美國的家鄉的森林裡有山獅和熊，可是他不記得住在英國時有誰提過什麼危險生物。

他聆聽這一片寂靜。

什麼也沒有。除了他的呼吸，什麼也沒有。沒有嗡嗡作響的電器運作聲，沒有什麼東西窸窣作響。不過，他猜想，在剛才驚天動砸了門後，不管什麼東西都會安靜下來吧。

他按兵不動。但還是一點動靜也沒有。

他開始把那無情的推車往走道推。

農產品區一點不剩。陳列隔間宛若張大了嘴，只有底部殘留無法辨認的皺縮蔬果外皮，他逛了一條又一條走道，一顆心微微下沉。架上雖仍擺著商品，但損壞程度都和他家廚房碗櫥裡的食物差不多。灰塵滿布的舊箱子一碰就塌；一罐罐曾經鮮紅的番茄醬，如今由內而外地發黑；紙盒盛裝的雞蛋區，顯然曾被一頭餓得發慌的野獸撕扯得四分五裂。

等他拐過轉角，好事終於降臨。電池，好多電池。其中不少已經腐蝕，但有些還堪用。他只試了幾次，那支大手電筒就大放光明。

電燈筒（torch），他一面暗忖，一面將它照向又長又暗的走道，看見幾包麵粉撒在地上。英國人管這叫電燈筒。

他把電燈筒穩穩架在購物推車上，慢慢逛完超市剩下的區域，除了瓶裝水外，他收穫不多。最後他發覺不管哪裡都找不著有用的東西，一條條麵包在包裝內化成灰、未插電的冷藏箱雖存放著雞胸肉，但肉已長滿黑色黴菌，聞起來就像腐壞的橄欖、一包包餅乾零嘴如今成了粉末——只有兩條多半擺放罐頭的走道有點用處。

只是許多罐頭跟家裡的一樣過期生鏽，不然就是鼓脹起來，賽斯幾乎能聽見細菌在裡面滋生。不過，他拿著電燈筒在貨架間上下移動，也找到許多雖被灰塵覆蓋、但樣子還正常的罐頭。他在推車裡裝滿罐頭湯、義大利麵、玉米、豆子，令他喜出望外的是，居然還有蛋奶凍。事實上，這裡的罐頭多到滿坑滿谷，他得搬上好幾趟才能清出個小洞。

這樣，就足夠餵飽他了。一陣子吧。

不管他會在這裡待多久，應該是不愁吃喝了。

超市的黑暗與寂靜，以及手裡重得要命的電燈筒，突然把他壓得喘不過氣。太壓迫、太沉重了。

「別鬧了，」他對自己說：「再這樣想下去，你會把自己逼瘋的。」

但他還是把身體的重量壓向推車，把自己送到陽光下。

他能感覺到自己又累了，這回飢餓感不是鬧著玩的，幾乎和昨天的口渴一樣強烈。從超市望出去，轉角周圍有些綠意，他這才想起那裡有座公園，便順著斜坡往下走，走進一個有噴泉和步道的小山谷。

他哼著使勁推車，最後來到公園頂處。不出所料，這裡的植物蔓生成一座叢林，只是原本的地形沒怎麼變。附近甚至有個小小的沙箱遊戲區。那大概是這裡唯一沒長草的地方。

「這就成了。」他邊說邊把背包扔到腳邊。

他拿同樣從店裡偷來、鏽蝕狀況沒那麼差的開罐器打開一罐義大利麵，並遵照行動爐上的指示操作，五分鐘後罐中殘留的丁烷便能將義大利麵熱熟。直到麵開始滾，他才發現根本沒拿刀叉。他把爐火關掉，別無選擇，只能等它變涼再說。

他從推車中取出一瓶水，對著陽光舉高。瓶裝水看起來很清澈，比他家水龍頭的水還乾淨。不過，即使封口還沒拆，水還是蒸發了一半。他把瓶蓋扭開，水瓶發出一點嘶嘶聲。聞起來沒有異味，於是他喝了一口，俯視底下的公園。

沒錯，即使看起來蠻荒但依然眼熟，不過眼熟代表什麼他就不懂了。這地方彷彿是他被困在時空中的童年時的家，但這也不表示這就真的是他的老家。

感覺倒是很真實。觸覺自然逼真，嗅覺也不在話下。可是這世界好像只有他一個人，這就不像真的了吧？如果他只是困在一個塵封的舊回憶中，那這裡根本算不上是個地方，大概只是把臨終前的最後幾秒變成永恆。在這裡，人生最谷底的低潮被永遠凍結，但腐朽卻不會真正結束。

他又啜了口水。無論這地方到底是哪兒，都跟真實版的公園有段差距。撇開沙箱和小遊戲區不講，小丘的坡陡成這樣就不怎麼好玩。大斜坡底那一整面磚牆，就連滑板高手也望之怯步。因此，這裡肯定是給在大街工作的人出來抽菸小憩的地方。

不過坡底還是有座腎形池塘，池水出奇清澈。他原以為池水會覆上一層水藻，沒想到在這炎炎夏日看起來倒挺清涼誘人。池中央有塊岩石，以前常見群鴨在石上以喙理毛。今天一隻也見不著，但陽光普照，如此暖和晴朗，感覺鴨子隨時都會現身。

他抬起頭，猜只要自己念頭一動就會把鴨子變出來。但是不然。

一身過暖的健行裝把他悶得透不過氣，池水又那麼令人心動，他心裡不禁倏地閃過一個念頭，想要往池裡跳，游個提神醒腦的泳、讓自己泡個澡、或者就這麼在水上漂著、浮著——

他就此打住。

在心裡暗忖：*在水上浮著。*

他怕水，那純然的惶恐不安似乎從未止息。倘若看得到邊，恐懼他倒承受得起。問題是舉目所及，酷寒的海浪漫無邊際，大海無情的拳頭毫不憐憫地將你翻來倒去，弄得你暈頭轉向，不僅把水灌進肺裡，還拿你的血肉之軀往礁岩上砸——

他伸手探了探折斷的肩胛骨。錐心刺骨之痛還記憶猶新，骨頭咔嚓一聲無法挽回地斷裂是怎樣也忘不了。即使在這裡，在這地方，他的肩膀運作正常，但追憶這段往事仍教他隱隱作嘔。

接著他不禁納悶自己究竟身在何處。

無論這是哪裡，都不是他死去的地方，那他到底在哪兒？不曉得他的屍體被沖上岸了沒。不曉得人們知不知道該往海裡或岸邊找，畢竟就常理而言他不該出現在那裡，在這時節沒有人應該出現在那裡。寒冬中礁岩暗生的狂暴海岸？怎會有人願意靠近海水，更別提下水了？

除非被逼。

除非受人脅迫。

他再次感到胃痛，憶起死前在沙灘上的最後一段時光，令他更加作嘔。他把水瓶蓋子扭緊，逼自己的心思回到涼得已可下嚥的義大利麵上。他狼吞虎嚥，直接把麵倒進嘴裡，濺得新T恤上都是也毫不在意。

不曉得爸媽會怎麼得知他的死訊。他失蹤的時間是不是夠久，在屍體被找到前家人就開始思念？警察現身門口，警帽夾在腋下要求進屋時，他們會不會驚訝？或者為他的不見人影擔憂，憂慮與時俱增，最後確定大事不妙？

或者，如果時間在兩處的運作方式相同——儘管這裡是溫暖的夏日，那裡是凜冽的寒冬，這樣的推論令人質疑，而他也不知自己當初在步道上昏迷受罪了多久，但還是先這麼計算——他可能是前天晚上或昨天清早才剛死去。搞不好他們根本還沒發現。他爸媽可能以為他到朋友家度週末，歐文要上單簧管課，他媽媽要慢跑，他爸又決定改裝浴室，他們說不定還沒察覺他不見了呢。

他們從來就不關心他。自從發生那件事之後。

老實說，搞不好他們對於溺斃的不是歐文感到既內疚又竊喜。說不定，他們還稍微鬆了口氣，因為少了賽斯當人型活動看板提醒他們搬家前那年夏天的事。說不定——

賽斯放下義大利麵罐頭，拿衣袖擦擦嘴。

接著用另一邊衣袖抹抹眼角。

不過，他心想，一個人有可能在「死亡」之前就真的死了。

雖然沒人在公園走動，這個世界完全沒人會看見他坐在沙箱邊上，他還是低頭抵著膝蓋，不由自主地再次落淚。

# 14

「拜託，你也幫幫忙，看看她們那副騷樣，」莫妮卡說。他們正躺在越野賽跑教練視線範圍外的小山上，看啦啦隊在足球場上排練。「沒隆乳的話咪咪怎麼可能這麼翹？」

「是秋天的寒氣，」H挖苦地引述英文老師艾德遜先生那天早上講過的話。「把一切變得尖挺。」

莫妮卡往他腦袋上用力一拍。

「哎喲！」他痛得叫道。「打我幹嘛？是妳叫我們看的欸！」

「『我們』不包括『你』。」

那是初秋時分，他們升畢業班後的第二週。他們全都講好，要在練跑路線中跑那條眾所周知的捷徑，先在接近終點線附近明目張膽地躲起來，偷懶二十分鐘，再於預定的時間回來。雖然每到這時節總是晴空萬里、艷陽高照，但吹上岸的海風已為空氣多添了一分寒意。

賽斯不禁暗忖：這樣的一天說美好也不為過。

「寒氣讓乳頭尖挺？」古德蒙邊問H，一邊往身後青草斜坡仰躺下去。「所以你的命根子每到秋天就一直勃起？」

「是一年到頭都在勃起。」莫妮卡咕噥道。

「只要你們兩個小朋友別鬧出人命就好。」古德蒙說。

莫妮卡對他擺了個眼色。「說得好像我就一定要幫他生小孩似的。」

「喂！」H說：「嘴巴很壞欸。」

「他們又開始了。」賽斯說。

他們的目光全都轉回足球場上，果不其然，鮑斯威爾高中的金髮與褐髮怪物又開始排練。賽斯心想：但這麼說也不公平。其實她們多半人都蠻好的。只不過，他們的視線都隨著其中一個比較差勁的人移動；綺亞拉．黎莎瑟離開隊伍，走回學校主樓。

「她要去哪兒？」古德蒙問。

「放學後忘記幫馬歇爾校長打手槍了吧。」H竊笑著說。

「拜託哦，」莫妮卡說：「綺亞拉自以為是聖女貞德。連布萊克．伍德羅都不能碰她胸罩。」

古德蒙聳聳肩。「那很好啊。」

莫妮卡笑了，見他沒回話，便仔細端詳他的臉。「你不是認真的吧？」

古德蒙又聳聳肩。「至少人家有原則嘛。有原則錯了嗎？總得有人在天平另一頭抵銷我們這群沒道德的傢伙。」

「等我們被古道爾教練抓到，你就可以這樣跟他說。」賽斯之所以這麼說，是因為他們發現越野賽跑教練正站在球場彼端，惱火地望著手錶，不知他的高年級選手怎麼第一次練長跑就大超時。

「有原則當然沒錯，」莫妮卡說：「可是拿自己的原則害四個邊緣人被排擠出團體就有問題。」

「那只是她的個人意見，」古德蒙說：「沒人叫妳一定要聽。」

莫妮卡張口準備反駁，但隨即又驚又喜，下巴垮得更厲害了。「你煞到她了！」

古德蒙故意作出無辜表情。

「你真的煞到她了！」莫妮卡幾乎用吼的。「天哪，古德蒙，這等於愛上集中營女衛兵嘛！」

「別傻了，我又沒說我煞到她，」古德蒙說：「我只是要說，我把得到她。」

賽斯直盯著他。

「把她？」H問道。「你是說——」他把髖部往前一推，讓現場陷入一片死寂。「怎樣？」他問全都呆望著他的友人。

莫妮卡搖搖頭。「一百萬年都把不到啦。她像是這輩子能有的樂子有限，所以學校裡什麼活動都不想錯過。」

「那種女的最好把，」古德蒙說：「道德大旗舉得高高。輕輕一推就倒了。」

莫妮卡又搖搖頭，一如往常地對他綻露微笑。「聽你在唬爛。」

「不然這樣好了，」H突然興致高昂地說：「我們來打賭，怎麼樣？好比說，春假或什麼時候之前，古德蒙跟綺亞拉．黎莎瑟會在哪裡上床？老兄，你一定辦得到。幫她上一下健康教育。」

「自己健康教育都不及格了，還有臉提。」莫妮卡說。

「喂！」H委屈地壓低嗓音說：「不是說好不提我們的私事嗎？」

莫妮卡呼了口粗氣轉身背向他。

「賽斯，你覺得呢？」古德蒙發問，試圖在火藥味漸濃的此刻轉移話題。「我該打這個賭嗎？去把綺亞拉．黎莎瑟？」

「什麼？」賽斯說：「然後不知不覺發現她有顆善良的心，結果真的愛上她，但等她發現這只是打賭的騙局，就會一怒之下把你甩了。可是你為了證明自己的真心，不惜冒著傾盆大雨站在她家門外，為她彈奏你們的定情曲，然後到了畢業舞會，你們的真情一舞不只閃瞎全校，也讓傷痕纍纍的全世界重新認識什麼叫真愛？」

他打住不講，因為三人六眼全盯著他。

「靠，賽斯，」莫妮卡崇拜地說：「傷痕纍纍的全世界。這句話我要寫進給艾德遜的下一份報告裡。」

賽斯交抱雙臂。「我想表達的重點只是：打賭看古德蒙有沒有辦法跟綺亞拉．黎莎瑟上床，聽起來很像我們再一百萬年也不會看的那種噁爛青少年電影。」

「完全沒錯！」古德蒙邊說邊從草地上站起。「反正她也配不上我。」

「說得對，」莫妮卡說：「跟全校最帥最凱的當紅炸子雞交往，真是莫大的懲罰。」

H發出輕蔑的聲音。「布萊克．伍德羅也沒那麼帥。」

大夥兒的目光又全落在他身上。「你們這樣很機車欸！」他說：「我又不是每句話都那麼白目。布萊克．伍德羅的髮型那麼娘，額頭又像山頂洞人。」

大家又愣了一下，莫妮卡才點點頭。「好，沒錯，這次算你說得對。」

「還有，古德蒙有心的話，絕對把得到她。」H邊說邊起身加入其他人。

「謝啦，兄弟，」古德蒙說：「這話從你嘴裡說真是天大的讚美。」

「你真不打算試試看嗎？」H滿心期盼地說。

莫妮卡又揍他一下。「夠了啦。我雖然看她不爽，但人家也不是做雞的。不要再把她講得這麼廉價。」她望著古德蒙。「你也一樣。」

「只是隨口講講，女權達人，」古德蒙面帶微笑地說：「我只是說有這個可能。如果我想的話。」

莫妮卡對他吐個舌頭，然後穿過足球場，奔向跑道。H緊跟在後，兩人都努力裝作跑了半小時的樣子。

古德蒙瞄了賽斯一眼，對方正面色凝重地望著他。「你覺得我沒這能耐？」

「到時候莫妮卡一定會打翻醋桶，八成會嫉妒到噎死。」賽斯說話的同時，也和他們一同穿越球場往回跑。

古德蒙搖搖頭。「沒啦，我跟莫妮卡跟兄妹一樣。」

「你跟你妹會這樣打情罵俏？她哈你哈到像是有牙在痛卻永遠好不了。」

「最好是啦，賽斯，你確定吃醋的是她嗎？」古德蒙戲謔地捶了一下賽斯的肩膀。「娘炮。」他說。

不過他是咧嘴笑著說的。

他們一起跑向這時高聲叫嚷的古道爾教練，然後——

# 15

他猛一抬頭。

世界依舊如昔。艷陽依舊高照。公園依舊在腳底下蠻荒。感覺絲毫不像打了個盹。

他呻吟一聲。難道每次闔上眼，回憶就要上門糾纏嗎？那些悲慘至極，或美好過頭的，如今回憶起來，無論酸甜苦辣，都最教人揪心。

地獄，他提醒自己。這裡是地獄。怎麼可能不難受？

他收拾東西，把推車推回大街，但馬上又感到疲憊鋪天蓋地而來。

「好白癡。」汗流浹背的他咕噥著，穿著閉不透風的隔熱衣、肩上背著背包、還要推手推車裡沉重的罐頭。他在超市門口歇腳，脫掉被義大利麵弄髒的T恤，換了件新的，然後把一半的罐頭卸到地上，等之後再回來拿。

他拭去前額的汗，又喝了口水。大街上沒有半點動靜。他硬闖戶外用品店而砸碎的玻璃仍躺在原處，在陽光下閃爍。蝙蝠飛得不知去向。這裡只剩野草與寂靜。

怎麼數也數不盡的寂靜。

他又感覺到了。詭譎。威脅。這鬼地方除了表面上詭異至極，暗地裡更是不對勁。

他又想起那座監獄。它蟄伏在肉眼不及的暗處，彷彿在等他自投羅網。這樣巨大沉重的東西，幾乎像是擁有自己的引力般，把他拉向——

他還是把食物搬回家好了。

對，也許這才是他該做的事。

把推車推回大街的途中，他感到愈加疲憊，不合理地疲憊，彷彿他病得很重。等他來到滲坑前（狐狸和小狐崽子早就不見了），宛如跑了一場馬拉松，非得停下來喝點水不可。

他轉入老家那條街。逐步接近前院步道時，推車也變得愈加沉重。儘管有千百個不願意，覺得不該把推車扔在人行道上，他仍然累得沒力氣把東西全搬回家。他背著背包，拿了電燈筒和幾罐食物走向家門。

大門被他輕碰一下便開啟，他高舉電燈筒，心不在焉地揮動，萬一遇到不速之客，就要拿它迎頭痛擊。走廊仍是暗影重重，電燈筒的光為他領路。他一邊穿過走廊，一邊想著要是那些罐頭食品沒壞，接下來要熱點蛋奶凍。蛋奶凍，他多久沒——

他瞬間停在原地不動。

電燈筒的光照亮階梯。這是他第一次正眼往那兒瞧，第一次有足夠的光將它照亮，而他看見——腳印。

佈滿灰塵的階梯有下樓的腳印。

原來他不是一個人。這裡還有別人。

他趕忙往後撤，沒想到新背包卡住了門，反把身後的門壓得關上，他一度恐懼得和那人共囚一室，於是手忙腳亂轉身開門，奔回前門階梯，扔下罐裝蛋奶凍，回望身後，抵禦潛伏的怪客——

他喘著大氣，在購物推車旁歇腳，像拿球棒似地手握電燈筒，因腎上腺飆升而不停顫抖，隨時做好戰鬥的準備。

可是一個人也沒有。

沒人跑出來追他。也沒有人攻擊他。屋裡半點聲音也沒有。

「喂！」他嚷道。「我知道你在裡面！」他把電燈筒握得更緊。「是誰在裡面？你是誰？」

同樣沒有回應。

這個嘛，當然沒有回應。就算裡面有人好了，又怎會表露自己的身分？

賽斯的視線在街上來回掃視，心臟狂顫，不知如何是好。放眼望去，只見成排的連棟房屋和它們緊閉的門與拉上的窗簾。或許每棟屋裡都藏著某人。或許這裡並非空無一人。或許他們只是在等他——

他頓了一下。等他幹嘛？

這條路，這些房子。不可能這麼多人同住，這麼多東西卻能不受干擾。擺明了不可能。泥地裡沒有別的軌跡，植物沒被破壞，步道也沒清理。人總得出門吧，就算不出門，也得有送貨到府吧。

但這條街除了賽斯以外，已經很久沒人走過了。

他回望自家大門，他飛奔而出依然大敞的門。

等了。又等。

什麼變化都沒有。沒有聲音，沒有動靜，也不見動物的蹤影。只有晴朗的藍天和燦爛陽光嘲弄著他的恐懼。最後，他慢慢冷靜下來。以前怎麼樣，現在也一樣。即使他在這裡只待了一、兩天（或不管在這裡算是多久），卻沒看到什麼東西，即使一件能指出還有其他人的東西都沒見著。

可能只是時候未到。

他還是靜觀其變。

直到最後，腎上腺素逐漸消退，但疲憊感又趁虛而入。他得躺下，只能這麼辦。也得進食。他必須戰勝讓一切變得困難的虛弱體力。

但是到頭來，真正要面對的是，他還能上哪兒去？

他把電燈筒伸向前，緩緩穿過步道，拾階而上返回門口。他在門前停步，拿燈照向樓梯。現在他定睛一瞧，把從樓梯頂層往下的足跡看個仔細，有的足跡清晰，有的和灰塵糊成一片，像是有人跌跌撞撞地下樓。

下樓，但沒再回去。足跡只有一個方向。

「有人嗎？」他再次呼叫，只是這次更加遲疑。

他緩緩往內走，朝客廳的門口移動。心臟劇烈跳動的他拐過轉角，準備拿電燈筒迎擊某人。可是連個人影都沒有。無論是客廳還是餐廳，乃至於小隔間，除了被他弄亂的地方外，其餘一切如常，就連廚房也和他離去時一個樣。他連後院也沒放過，但那裡同樣照舊，邊緣嵌著金屬片的繃帶依舊堆成一疊，動也不動。

所以，天曉得腳印已在那裡留了多久，一想到這兒，他就稍微覺得安心。腳印可能一直都在，早在他——

但他就此打住。

跌跌撞撞地下樓，他反芻這幾個字，字裡行間突然有了點道理。

他回去站在樓梯底。望著腳印，不是鞋印，而是光腳的足跡。

他踢掉一隻運動鞋，再脫掉新襪，把腳壓在最低的、佈滿灰塵的腳印上。不大不小。剛好吻合。

這是他頭一回往樓上瞧。打從他初次進屋起，上樓這念頭就一直使他倦怠。那間他跟歐文小時同睡的閣樓小臥室。多少個夜晚，他獨自待在房裡，不知人們會不會帶歐文回來，接著又擔憂他回來時是生是死。

不過，看樣子他自己上過樓了。

他在室外的步道上醒來，顯然是因為他在死後驚恐困惑的過程中，跌跌撞撞地下樓。他穿過走廊，迎向陽光，然後在步道上頹然倒下。

也在步道上醒來。

顯然那裡並非他初次醒來的地方。

他拿電燈筒往樓梯井照，但最遠只能看到樓梯平台頂端和大門緊閉的浴室。浴室在廚房正上方，樓梯平台接著轉向，通往位於頭頂的書房和他爸媽的臥室，再往上走就是閣樓。

他在樓上幹嘛？

又為什麼要跑下樓？

他脫掉背包、扔在地上，然後一腳踏在樓梯末階，刻意避開自己的腳印。他往上一階。又一階。電燈筒伸在前方，抵達浴室門口。浴室門底探出一絲亮光，於是他把門一開，讓陽光從浴室的窗戶灑落樓梯平台。

浴室地板還是同樣糟糕的酒紅色油氈，他母親恨得要命，父親又從不願抽空去換。佈滿灰塵的油氈上沒有腳印，這裡沒有被人動過的跡象。他不關門，讓室內透光，轉身走向樓梯平台。穿過自己的赤腳迎面走來的模糊足跡。

穿越平台的過程中，他沒來由地刻意避開自己的腳印。右邊首先經過的是書房，他往內探看。場景完全和他印象中一樣。有個母親不願千里迢迢運到美國的陳年櫃案櫃，和一台笨重得誇張的老式電腦。他沒抱多少希望地扳動電燈開關，也果不其所然地沒有亮起。不過，和浴室相同的是，書房也沒人動過。

雖然沒有腳印從爸媽的臥室出來，賽斯還是把房門開了。臥室的床鋪好了、地板潔淨、衣櫃的門緊閉。賽斯走向窗簾，俯視家門前的人行道。購物推車仍舊好端端地擱在那裡，一動也不動。

他返回樓梯平台，證實了一直以來的揣測。他的腳印是從樓上，從他的臥室所在的閣樓下來的。下來之後就沒再上去。

無論是怎麼開始的，那裡終究是起點。

他拿電燈筒照亮第二段階梯。梯頂只有一小塊平台，因為房子往屋頂越縮越小。閣樓的房門就在彼端。

門是開的。

賽斯看見一道微光穿透房門，那無疑是從天窗，也是臥室唯一的一扇窗，射進來的。

「有人嗎？」他問道。

他仍舊將電燈筒伸向前方，拾步登上第二段階梯。他感覺呼吸更加困難，爬樓梯的同時目光始終盯著房門，最終在最後一階止步。手汗讓手裡的電燈筒變得滑不溜丟。

*該死，他暗罵道。我在怕什麼？*

他又深吸一口氣，幾乎把電燈筒高舉過頭，穿過門口，跨進他的童年臥室，做好攻擊和被人攻擊的準備——

不過房裡還是沒人。跟別處一樣。

就只是自己的童年臥室。

唯一天大的差異是。

有具棺材擱在地板中央。

棺蓋開著。

# 16

其他一切如常。

新月圖樣壁紙仍貼在牆上，傾斜天花板的天窗下仍然可見潑濺的水漬。他好像還能看見人臉形狀的水漬，以前他老是用它來嚇歐文，叫他一定要在一分鐘內睡著，否則那張臉會將他生吞活剝。他們的床鋪也還在，抵著兩處角落，令人難以置信地窄小，歐文的床只比吊床大不到哪兒去。他們的書架也在，放著雖然翻爛卻仍然心愛的書。書架下面是玩具箱，裡面堆放著機器人、玩具車、僅能射出噪音的雷射槍，歐文的床上堆了一整排填充玩偶——其中多半是他最愛的「大象」——但賽斯知道這裡的每一隻玩偶都已遠渡重洋，擺在他弟弟的美國臥室中。

占據房間中央，擺在兩張床中間地上的，就是長長的黑色棺材，棺蓋宛若巨型蛤蜊般打開。

百葉窗遮蔽了天窗，所以房內光線朦朧，可是賽斯不想跨過棺材把百葉窗拉開。

他愣了一下才發覺電燈筒除了拿來當武器還有別的用途，於是便拿它來照棺材。他試著回想現實生活中有沒有見過棺材。他從沒參加過葬禮，即使九年級時譚美．費南德茲在學校操場發病過世後，他也沒出席。幾乎每個人都到場了，但賽斯的爸媽不願更改到西雅圖過夜的旅程。「你根本不認識她。」他母親這麼說，就這麼拍板定案。

不過，這具棺材肯定正對著他反射光芒，而且不像一般的拋光木材。它幾乎像是名車的引擎蓋。事實上，根本就是名車引擎蓋的樣子。看起來甚至好似某種黑色金屬做成。邊角是圓弧狀。賽斯的好奇心占了上風，靠近了些。看起來古怪，越看越怪。看起來滑溜名貴，樣式近乎未來主義，彷彿是從電影裡迸出來的。

但絕對是棺材沒錯，畢竟棺材內層全鋪了白色軟墊、枕頭、和——

「我靠！」賽斯輕聲咒罵。

交叉盤繞內墊的，是一條條側面嵌著金屬的膠帶。

看起來被人拉扯過，彷彿有人被這些膠帶束縛，然後使出全力掙扎，直到脫身為止。脫身之後，不分東西，跌跌撞撞地下樓，最後倒在戶外的步道上。

賽斯在棺材前杵了好久好久，不知該怎麼想。

一具超現代的棺材，大到足以裝載幾近成年的他，卻擱在他童年時離棄的臥房。

但沒有歐文的棺材。也沒有他父母的。

只有他的。

「因為死掉的只有我。」他低聲說。

他把手搭在開啟的棺蓋上。冰冰涼涼，摸起來跟他預期的金屬一樣。但令他訝異的是，把手拿開時，手上沾了層薄薄的灰。即使在百葉窗遮蔽窗子，光線昏暗的情況下，棺材內層仍然顯現近乎熾烈的白。四面加裝符合身體輪廓的靠墊，看上去依稀是個人形。

棺材從頭到尾都能見到金屬繃帶——「導電膠布」。還有大大小小的管線，有的埋進棺材側面，管線零散的尾端在潔白的枕頭上留下污漬，無一處倖免。

他想起身上的擦傷，以及撒尿會痛的事。

那些管線是不是接在他身上？

又為什麼要接？

他蹲在地上，拿電燈筒照向棺材底部。棺材由圓圓短短的四條腿支撐，底部中央有條小小的管子直接通往地板。賽斯摸了一下。感覺比棺材的其他部分要熱，好像有什麼電流從中經過，但他也不確定。

他再次起身，雙手插腰。

「別鬧了，」他高聲說：「搞什麼鬼啊？」

他怒氣沖沖地拉開天窗前的百葉窗。惱火地再次俯視底下的街景。街上的那排房屋。

每幢房屋看起來都跟這棟一樣門戶緊閉。

「不，」他低語道。「不可能。」

下一秒，疲憊的他以僅剩的體力，用最快速度奔下樓梯。

## 17

他拿起一尊花園矮人像，使勁吃奶的力氣往隔壁住戶正面的窗戶砸。它伴著令人滿意的劇烈破碎聲破窗而入。他用電燈筒清除殘留的玻璃碎片，然後往屋內爬。他對孩提時的隔壁鄰居毫無印象，只記得他們家好像有兩個比他年紀稍長的女兒。又或許只有一個。

不管怎樣，他們家都可能有人過世。

他們的前廳跟他自家舊宅一樣灰塵滿佈、無人照看。格局大同小異，他步履如飛，穿過餐廳和廚房，沒找到異常之處，只發現更多鋪著一層灰的家具。

他跑上樓。這棟房子只有一個樓梯平台——屋主根本懶得改建閣樓——賽斯還沒來得及思考，就進了第一間臥室。

這是女孩的臥室，八成是青少女。牆上掛著賽斯依稀聽過的歌手海報，梳妝台上有些收得整齊的化妝品，床上鋪著薰衣草色床罩，還有一隻看了就知道很受喜愛、常被主人抱著哭的聖伯納犬絨毛玩偶。

可是不見棺材。

主臥室也是一個樣，比他爸媽的臥室更悶更擠。一張床、一個五斗櫃、還有塞滿衣服的衣櫃。沒什麼不該出現在房裡的東西。

他用電燈筒把閣樓出入口推開。他得跳好幾次才搆著梯子底階的橫檔，最後梯子終於嘩啦啦降下來。他往上爬，拿電燈筒照向開闊的空間。

但他馬上被一群受驚的鴿子嚇得往後一跌，鴿群一面驚懼地咕咕叫，一面倉惶撲翅，從後屋頂的開口逃離。等鳥兒鎮定下來——賽斯抹掉手上的鴿糞，一時之間，連發現鳥的蹤影也讓他樂不起來了——他憑著電燈筒和洞口滲入的光，卻只看見打包好的箱子、殘破的器具、跟更多驚嚇的鴿子。

沒有裝死人的棺材。

「好吧。」他說。

他前往探察對街的房屋，沒有任何理由，手拿同一尊花園矮人像來砸碎前窗。

「天哪。」賽斯邊說邊爬進屋內。

屋裡亂得不像話。每個角落都堆滿報紙，肉眼可見的空間盡是食品包裝紙、咖啡杯、書、小雕像、和無所不在又如浪花起伏的灰塵。他勉強穿行。每間房都是一個樣。廚房像是屬於上世紀的古宅，就連樓梯的每一階都堆著雜物。

可是樓上的房間，包括閣樓，只有凌亂不堪。不見棺材。

隔壁的屋主顯然是印度家庭，家具上披著色彩鮮亮的布，照片裡，新郎新娘穿著傳統印度服飾。

但無論檢查多少房間，都找不到異狀。

他提著同一尊花園矮人像，砸破隔壁和再隔壁的前窗，但同時開始感到排山倒海的絕望。

每一棟都佈滿塵埃。每一棟都空空蕩蕩。

如今他愈加疲累，精疲力竭到難以招架。到了第十還第十二棟房子——他記不清了——他再也沒力氣拿矮人像砸破窗戶。它彈到地上，雙眼向上斜睨著他。

賽斯癱在白色木園籬上。他全身沾上十來棟房子，十幾棟空屋的塵埃，又把自己搞得蓬頭垢面。沒有一棟屋子在任何一個房間留有空位給令人費解的亮面棺材。

他想要哭，大半是因為挫折，但還是強忍淚水。

到頭來，他找到什麼？得到什麼消息？

該想到的，他之前就想到了。

只有他孤伶伶一個人。

無論他是怎麼淪落至此，那具棺材是打哪兒來，他又是怎麼進入棺材，他的爸媽弟弟並沒有棺材。這條街上其他住戶也沒有。仰望天際、遙望列車鐵軌、看遍每條馬路，都不見半個人影。

無論這是怎樣水深火熱的地獄，都千真萬確只有他一個人。

徹頭徹尾地孤獨。

他一面步履艱難地回家，一面暗忖：這並不是，我最不熟悉的感覺。

# 18

「靠，賽斯！」古德蒙的嗓音是前所未聞的嚴肅。「他們把它怪在你頭上？」

「他們嘴上不怪。」

古德蒙翻個身，一隻手肘撐著床墊。「但心裡怪你。」

賽斯不假思索地一聳肩，或多或少回答了這問題。

古德蒙把手掌輕擺在賽斯赤裸的腹部。「爛死了。」他的手往賽斯胸膛拂掠，然後又往回滑到腹部，接著再往下走，不過動作很輕很柔，沒有要求更多，只是透過手的撫觸讓賽斯知道他多難過。

「不過，說正經的，」古德蒙說：「哪有國家把監獄建在民宅旁邊的啊？」

「不是真的蓋在我們家隔壁，」賽斯說：「要穿過一哩長的圍籬跟警衛才會到真正的監獄。」他又聳個肩。「總得找地方蓋監獄嘛。」

「沒錯，比方蓋在小島上或採石場中間。但不是蓋在住宅區。」

「英國地窄人稠。總要有監獄關壞人。」

「話是這麼說，」古德蒙搭腔的同時，手又往賽斯腹部移動，食指緩緩在他的肌膚上畫圓。「但還是很瞎。」

賽斯啪地一聲撥開他的手。「會癢啦。」

古德蒙微微一笑，把手放回原位。賽斯任他這麼擺著。古德蒙的父母這週末又不在家，外頭是會扎人的十月滂沱大雨，啪嗒啪嗒打在窗上，嘩啦啦地犁過屋頂。天色很暗，凌晨兩、三點吧。他們窩在床上聊了好幾個小時，有一搭沒一搭地聊。

大家知道賽斯在古德蒙家過夜，這裡的大家是指賽斯的爸媽、H、跟莫妮卡，但沒人知道這個。據賽斯所知，根本沒人起疑。這麼一來這就像件最隱而不宣的事，彷彿他們活在獨立的祕密宇宙。

賽斯每次造訪都不願離開的宇宙。

「不過，問題在於，」古德蒙邊說邊閒來無事地拽了拽賽斯肚臍上的毛。「你有沒有怪你自己。」

「沒有，」賽斯仰望古德蒙臥房的天花板說：「不，我沒有。」

「你確定？」

賽斯輕聲笑了。「不確定。」

「你那時候還小。不該被迫面對那種事。」

「但也大到該懂事了。」

「不，還沒大到該承擔那樣的責任。」

「古德蒙，我只是賽斯，」賽斯與他四目相交。「你不必裝得那麼有智慧。我又不是老師。」

古德蒙以溫柔化解他的責難，輕吻一下他的肩膀。「只是說說而已嘛。你小時候大概跟現在一樣是個獨立自主的怪咖吧？」

賽斯沒有反駁，只半開玩笑地用手肘推他一下。

「你爸媽大概很開心有個裝大人的怪兒子。」古德蒙繼續往下說：「你媽以為——我們可以說，她是明知不可卻偏這麼做——她以為只是幾分鐘而已，何況事出緊急，所以我們的小賽斯可以照顧小歐文一下下，讓我趕回那個叫什麼去的——」

「銀行。」

「沒差啦。反正是她錯。不是你錯。可是情況太嚴重，遭遇太慘，她沒辦法承擔這種指責，只好怪到你頭上。她心裡八成還是為此悔恨，但那是另一回事。賽斯，她這麼處理糟透了。別信這一套。」

賽斯不發一語，那天早上的情景現在歷歷在目，他不想記那麼清楚，平常就算想要也沒法記得這麼周全。那天他媽媽一回到家就撂下一個髒字，嗓門大到讓歐文慌得抓緊賽斯的手。原來她這麼一路走回家，卻把剛領的一千鎊留在銀行櫃台。

直到此時此刻，賽斯才感到納悶，不曉得那筆錢是作什麼用途。即使在他小時候，凡事就已都能透過電子化處理，信用卡、個人辨識碼、帳戶扣款金融卡。她要那筆現金做什麼？

「我馬上回來。」她特別強調。那家銀行不在大街上，還要再往前一直走，是家較小的銀行，以往媽媽帶孩子出門辦事時從沒去過那家。「頂多十分鐘。什麼都別碰，有人來也別開門。」

她幾乎飛奔穿過走廊跑向大門，留下賽斯握著歐文的手。

十分鐘過去，賽斯跟歐文只從他們的原位移到餐廳，往餐桌旁的地板上一坐。

就在這時，一個穿古怪藍色連身衣的男人敲起廚房的門。

「是我讓他進來的，」賽斯說：「她特別交代，有人來也別開門，但我還是開了。」

「當年你才八歲。」

「八歲也該懂事了。」

「你當年才八歲！」

賽斯不再吭聲。其實故事裡不只開門那個橋段，但那些事就算對著古德蒙他也說不出口。他感覺喉嚨緊鎖，疼痛從胸口往上竄。他轉過身側躺著，為了隱忍不哭而身體微顫，努力不讓淚水潰堤。

他身旁的古德蒙一動也不動。「賽斯，我跟你說，」最後他吐出這幾個字。「看到你哭，我真的不曉得該怎麼辦。」他輕撫賽斯的胳臂幾下。「真的覺得不知所措。」

「沒關係，」賽斯咳著說：「沒關係。這實在很蠢。」

「這不蠢。只是……我很不會安慰人。真希望我這方面強一點。」

「別擔心，」賽斯說：「只是酒後講講真心話。」

「對耶，」古德蒙表示同意，儘管他倆加起來還喝不到四罐。「啤酒。」

他倆沉默片刻，然後古德蒙說：「我想到幾件事，或許能讓你開心點。」他用身子貼著賽斯，腹部抵著賽斯的背，手伸到正面抓向賽斯會熱切回應的部位。

「這就對了，」古德蒙欣喜地對著賽斯耳畔說：「不過，老實說，還有什麼問題嗎？壞人抓到了，歐文也活了下來，而且是個好孩子。」

「可是他變了，」賽斯說：「有神經上的問題。整個人……失魂落魄。」

「你們真能感覺得出四歲男孩的變化嗎？意外之前一個樣，之後是另一個樣？」

「可以，」賽斯說：「感覺得出來。」

「你確定那是因為——」

「古德蒙，沒關係。不用替我收拾殘局。我只是跟你分享，好嗎？就這樣。說說而已。」

接著是一陣漫長的沉默，他感覺古德蒙的氣息呼在耳畔。猜到古德蒙在思考、在想法子。

「這件事你沒跟別人提過對吧？」古德蒙問他。

「沒，」賽斯說：「還能跟誰講？」

他感覺古德蒙把他摟得更緊，彷彿在說，他明白此刻意義有多重大。

「問題是我改變不了，對吧，」賽斯說：「但你想像一下，這問題會永遠如影隨行跟著你。每個人明明心裡有數，卻又隻字不提，最後問題累積下來，變成像是屋裡多出來的一個人，你卻還得挪出空間給他。如果硬要提起，其他人會裝作不知道你在說什麼。」

「我爸媽去年在我的平板上發現男男色情片，」古德蒙說：「你猜之後他們找我聊過幾次？」

賽斯轉身注視他。「我怎麼都不知道？他們一定抓狂了吧。」

「早猜到你會這麼想，但這只是必經階段，不是嗎？那不是上教堂、假裝它從沒發生，腦袋就會自動把記憶清空的。」

「那我老是來你家，他們不會起疑嗎？」

「安啦，」古德蒙咧嘴笑說：「他們覺得你是個好榜樣。我有點把你的運動才能吹捧過頭了。」

賽斯聽了忍俊不禁。

「所以說，我們兩個的爸媽都是不願理解小孩的麻煩鬼，」古德蒙說：「不過，我得承認，你爸媽還更糟一點。」

「其實這跟好壞沒關係。反正就是這樣。」

「賽斯，這是會害你哭的事，」古德蒙輕聲細語。「所以肯定跟好沾不上邊。」他又緊抱賽斯一下。「總之我不喜歡看你這樣。」

賽斯默不作聲，在那一刻，他如果開口，可能會泣不成聲。

古德蒙任沉默籠罩片刻，然後歡欣鼓舞地說：「最起碼你們搬離英國啦。假如沒搬走，我也不會認識它。」

「不要拽啦，」賽斯笑著說：「又不是不知道包皮是什麼。」

「理論上知道，」古德蒙說：「畢竟我也曾經有過，可是有人膽大包天，沒經過我允許就把它割掉——」

「別鬧了，」賽斯把古德蒙的手拍掉，依舊笑個不停。

「你確定？」古德蒙一手伸進賽斯身子底下，雙臂將他完全摟進懷中，再用鼻子緊挨他的脖子。

「別動。」賽斯突然低語。

古德蒙不敢動彈。「怎麼了？」

「就這樣。」

「就怎樣？」古德蒙問道，還是不敢動。

但賽斯要怎麼解釋呢？就哪樣？

就這樣，讓古德蒙的雙臂將他圍繞，摟著他，緊摟著他不放。摟著他，彷彿那是世上唯一存在的地方。

就這樣。對，這樣就夠了。

「你真的好神祕。」古德蒙輕聲說。

賽斯感覺古德蒙把手伸到床外，轉身發現古德蒙正對著他倆高舉手機。

「跟你說過了，」賽斯說：「要照相的話，我絕不會讓那裡——」

「不是要拍你那裡啦。」古德蒙說，並咔嚓拍下他倆肩膀以上的一張照片，只是兩人待在床上的一張合照。

「我留著，」古德蒙說：「自己留念。」

他面向賽斯，吻他的唇，接著又拍一張。

然後他放下手機，把賽斯摟得更緊，再吻他一回。

# 19

躺在靠背長椅的賽斯猛一睜眼，胸口的重擔壓得他喘不過氣。

哦，天哪，他揣想道。哦，拜託不要。

這次回憶同樣比夢境更寫實，他把臉埋進掌心，看看指縫間是否依然留著古德蒙的體香。他記得那個味道，鹽、木頭、和肌膚的味道，可是現在什麼也聞不到，只是讓他一顆心更往下沉。

「可惡，」他邊坐起身，邊用沙啞的嗓音咒罵。「可惡，可惡，可惡，可惡，可惡，可惡。」他身子前傾蜷縮，輕輕前後搖晃，一嚐相思的滋味有多難受。

相思之苦。思念古德蒙的苦劇烈到他難以承受。思念待在他身邊有多安全、多自在、多有趣、多輕鬆。對肉體的思念自然也不在話下，但那思念也不只這樣，兩人的親暱、貼近，也同樣令他思念。他思念這樣被摟著、被照料。

或許也這樣被愛。

但這苦也源自於思念他自己專屬的回憶。他私密的、不與別人分享的回憶；那個世界連他的父母、弟弟、就連其他朋友也進不去。

化為泡影。

死一次還不夠嗎？他在心中揣想。非得要我一而再、再而三受這種罪？

但他又想到：不。因為一個人有可能在「死亡」之前就真的死了。

沒錯，有這個可能。

所以為什麼不可能一死再死？

他再次與古德蒙纏綿。而醒來就跟死了一樣，比溺斃更慘的死法。

我承受不了，他暗想道。我承受不了。

他似乎又睡了一整晚。百葉窗周圍的光亮透著拂曉的淡藍。他不想起床，也覺得起不了床，可是膀胱的壓力最終還是逼得他到樓上的浴室。歷經昨天闖空門的插曲，又為了盡量避免這般夢境侵擾的睡眠，他把洗臉槽跟淋浴間吱嘎作響的水管給修好了，然後將乾涸已久的馬桶注滿一杯杯水，結果第一次沖水就成功了，這樣的勝利教他又喜又窘。

他進浴室小解。接著就著淋浴間的冷水沖澡，拿樓下結成塊狀的洗碗精充當黏乎乎的肥皂。他喘著氣把臉一次又一次探進殘暴的冷水中，試著讓自己瞬間清醒。

但願他能從依舊壓在胸口、只要一鬆懈就會將他擊垮的重量中清醒。

他拿其中一件新T恤把身子擦乾，走回客廳換套乾淨的衣物。他也得再多拿點穿的，更適合夏天穿的，或許還要拿些夜間提燈。食物還需要更多。他會把推車裡的食物先搬進來，然後再去填滿，這回要花多點時間精挑細選。

沒錯。這就是他的計畫。

不斷行動，他再次叮嚀自己。不要停。不要停下來胡思亂想。

但他在裝衣服的背包前杵了一會兒，感受四周空蕩蕩的屋子，感受通往廚房的走廊，和更遠處、通往戶外露台的那道門。

他幫連身衣男子所開的那道門。

以及樓上的閣樓臥室。有多少個夜晚，他一個人在那裡提心吊膽地等待，尋找男子和歐文的行動持續進行，在那樣的夜晚，父母幾乎鼓不起勇氣看他或面對彼此，他爸也開始服用他一直以來都戒不了的抗憂鬱藥。

賽斯沒對古德蒙全盤托出，雖然當下可以這麼做，有機會得到——

得到什麼？原諒？赦免？

假如其他人能原諒他，他就一定能得到古德蒙的原諒。他大可當下請求原諒，到現在他還搞不懂自己怎沒那麼做。

他記得待在那兒，和古德蒙同床共枕，被他能摟多緊是多緊，向他傾訴只對父母和警方說過的心底話。

他的胸口又開始隱隱作痛，危急地作痛，於是他安撫自己：「沒事的。沒事的。」

他出門把食物從推車上搬回家，竭盡所能不讓淚水再次潰堤。

在上午結束前，他一共跑了超市三趟。載的多半是罐頭食品和幾瓶看起來還能接受的水，不過他也找到一些還沒硬到削不碎的糖，和幾包塑膠真空包裝、可能還沒硬到無法下嚥的乾肉。另外，他找到兩袋麵粉，只是不曉得拿來要做什麼。

他從戶外用品店拿了幾盞露營提燈，又在往前的轉角找到一家小型馬莎百貨，從裡面挖到更多衣物。店裡的上衣和短褲古板到穿在身上活像他爸，但起碼不用在炎夏裹著滑雪裝，這令他想到，要是地獄裡也有冬季，而他還在這裡的話要如何是好。

日正當中之際，他利用行動爐多熱點義大利麵。他在昨天進食的同一地點熱麵，再次俯瞰斜坡草地，和草地後方清澈的池塘。

當他看見兩隻鴨子在池子中央的岩石上曬太陽，差點把罐頭都丟了。就鴨子本身而言，牠們沒啥特別的，就只是純褐色的鴨子，正相互輕聲鬥嘴。

但有牠們在，真是太驚奇了。

「喂！」賽斯不假思索對底下的鴨子叫道。牠們幾乎瞬間飛離、驚慌地呱呱叫。「喂！回來啊！」他在鴨子身後呼喚。「是我把你們變出來的。是我幹的！」

牠們消失在樹叢後方。

「真是的，」他邊說邊再咬一口義大利麵。「我又不會開槍拿你們當晚餐。」

講到這裡，他抬起頭。可以這麼做嗎？那得先找把槍，他的思緒即刻轉到戶外用品店——然後才赫然想起這裡是英國，或者該說是他心目中的英國。買槍不像在美國那麼容易。在那裡，他可以先去麥當勞買吃的，再去本地購物中心買槍，買完後再去看場電影。他的父母為了這點而嚇壞了，多年來每次談到這個，都以歐洲人的角度矛盾地又怒又喜，但從不允許家裡擺槍。因此，賽斯幾乎沒有近距離看過槍，更別提開槍射擊。

所以狩獵這個選項，至少短期內大概可以排除。不過，跟烤鴨的美味相比，他的義大利麵罐頭瞬間降級。雖然他不曉得該怎麼烤，在丁烷行動爐上烤不烤得成也不知道。

他嘆了口氣，用他這回記得拿的湯匙再舀口麵吞下肚。他很疲憊，但跟昨天相比好多了。不曉得自己是不是終於補完剛死之後該睡的覺。死亡，想當然，是件累人的事。或許是世上最累人的一件事。

他的視線移回變得空蕩蕩的池塘，發現有樣新變化。長滿小丘的長草隨著微風輕搖。其實不只輕搖。賽斯感覺一陣風撲面而來，吹得草晃呀晃。他抬起頭。

這是第一次天空起了變化。雲。一朵朵又大又蓬的雲。又大又蓬的烏雲朝這頭襲捲而來。

賽斯不敢相信他的眼睛。「地獄也會下雨？」

他剛進家門沒多久，就降下傾盆大雨。這是夏季雷陣雨，地平線上的藍天依然可見，所以雨下不了多久，只是真夠嗆的，瓢潑似地來得兇猛。他從家門口往外望，只見暴雨迅速將灰塵滿佈的街道泡成泥漿，在廢棄的車窗上畫下一條條泥痕。

氣味出奇地好聞，如此清新，教賽斯情不自禁地踏入雨中，讓雨水浸濕他仰著的臉，雨滴進眼裡時，他奮力閉眼。雨水出奇溫暖，他突然喘著氣罵了句：「白癡！」並跑回屋內拿結成固體的洗碗精。這一定比早上洗冷水澡要暢快得多——

他再次衝出大門，無奈雨勢開始轉小，從街坊撤退的速度和它進攻時一樣快。

「該死！」他咒罵道。天上的風肯定吹著什麼調皮的玩意兒，因為雨雲正如遭暴民追趕般退散，經過賽斯的家門後，繼續往——

往哪兒跑？

對啊，雨雲要往哪兒跑？

地獄又有多大？

顯然大到有氣候變化。陽光再次露臉，微風漸歇。他家門前的那條街，爛泥變硬回復為粉塵，蒸氣不斷升騰。

那條街，他來回走了好幾遍，卻沒往外探尋。

他心想：或許是時候到外面探險了。

# 20

勞動了一上午，他再次感到疲累，只是不肯小憩，怕就怕作了比昨晚更寫實的夢。所以他索性往背包裝了些補給品和一瓶水後出門散步。

他想了一下才決定該往哪個方向走。往左是大街，街上有些什麼他已見過好幾次。不過商店街後面還有社區，沒記錯的話，那社區一路向外蔓延好幾哩遠，不過再往東走就成了一片農田。

往右走是火車站。

他暗忖道：我可以一路沿著鐵軌走到倫敦欸，想到這裡他莫名有點雀躍。就算沒有手機能顯示地圖、沒網路可查資料又怎樣？只要他沿著火車鐵軌走，就能一路走到倫敦。

不過他沒打算這麼做。天殺的要走很久欸。

他在此刻止步。天殺的。他認真思考「天殺的要走很久」。就連他父母也不用「天殺的」這講法了，美國俚語幾乎已將一切抹滅，但他母親還是堅持要他叫她「母親」。

「天殺的，」他說出聲來嘗試。「天殺的，天殺的，天殺的。」他抬起頭。「天殺的太陽。」

艷陽再次高照，炙熱程度更勝以往，連爛泥也幾乎全乾了。這絕非他父母老掛在嘴邊抱怨的英國濕冷天氣。連他在這裡住過那麼久，也從沒這種印象。雖然八歲孩童對天氣的記憶或許沒那麼牢靠，但也沒那麼離譜。天氣熱到遠超他的想像。人行道上冒出蒸氣，這裡幾乎像是「熱帶」。沒人用過這個詞來形容英國。

「詭異。」他說道，然後調整一下背包往右走，走向火車站。

他穿行的馬路和別處一樣滿是塵埃、空空蕩蕩。他覺得展開系統性的搜屋行動、更徹底搜查那幾戶窗子被他砸破的人家、然後蔓延至全社區，應該會有所斬獲。天曉得會找到什麼實用的東西？說不定有更多罐頭食物、工具、更好穿的衣服。搞不好一戶或更多戶家裡還有菜園——

他止步不前。城市菜園，這幾個字閃現腦海。

怎麼忘得了。一整片隔成小塊的私人菜園，是在什麼後頭來著？他絞盡腦汁回想。運動中心？沒錯，應該就是那裡。火車鐵軌彼端有個運動中心，再往後走就是政府出租給民眾的菜園。那裡自然雜草蔓生，但肯定仍舊長了某些可食用的東西吧？

他加快腳步，幾乎不自覺地記得要踏上兩棟公寓樓房——他想起來了，是兩棟單元樓——之間的混凝土階梯。英式辭彙不斷浮上心頭，不曉得他的英國腔是不是也回得來。古德蒙老是要他用「英國腔」講話，老是要他說——

他不敢往下想，強烈的失落感又回來了。太強烈了。

繼續走，他暗忖道。走得越久越好。

階梯通往一條開闊的人行道，一直走就能走到座落於小崗頂的火車站。現在可以看見車站建築了。如果要到出租菜園，他得橫越車站，穿過月台間的天橋，從另一頭出去。他帶著近乎激動的心情進車站入口、不假思索地躍過驗票閘門、直上短短的階梯到第一月台——

只見有列火車在那兒等著。

這列火車很短，只有四節車廂，電聯車的用途就是透過鐵軌把通勤的人在住家與城市間來回接送，他有點期待看見乘客下車，或看見火車緩緩駛離月台。

不過火車當然哪兒都沒去。它只是待在原地，如地上的岩石一樣沉默，覆滿這裡的粉塵。野草在月台縫隙撒野，有些甚至霸占了火車車頂的排水管。這列火車跟外面街上的車子一樣，很久不曾移動了。

「有人嗎？」他呼喚道。他橫跨月台，透過車窗往裡看，裡面大抵一片陰暗，車窗的灰塵多到阻絕了午後絕大多數的陽光。他在最近的車門按下開關鈕，可是沒通電，車門依舊緊閉。

他望向列車彼端，看見前面通往駕駛室的車門開著。他往前走，從背包掏出電燈筒，腦袋往駕駛室一探。令他驚訝的是，控制台後方只有一個座位。他原以為會像飛機的駕駛艙有兩個座位。儀表板螢幕要嘛裂了，要嘛佈滿灰塵，沒有通電自然不亮。

駕駛室有扇門通往火車車廂，門也開著。賽斯踏進駕駛室，拿電燈筒往門裡照，光線直達第一節車廂的中央走道。

車廂很臭。顯然有動物待過。有尿和麝香的悶臭味，走道鋪的亞麻油地氈彎折不平，被刮了好幾道令人反感的條痕。他能想像各種各類的狐狸正蜷在座椅下，盯著手持電燈筒的他，看他下一步會做什麼。

他環顧四周，幾乎要被回憶淹沒。陽光烈到夠讓一抹幽光穿過污穢的車窗，其中好幾扇畫了難以辨認的塗鴉，不過他仍能看見藍色座椅套交叉排線的花紋。他伸手摸向一塊座椅套，用指尖拂掠絨毛。

火車。火車。

搬離英國後，他就再也沒搭過火車了。一次都沒有。美國西岸的居民不搭火車。他們開車。上哪兒都開車。這千真萬確是他和家人飄洋過海後，第一次踏上火車。

小時候，火車對他具有無限意義！對六、七、八歲的男童來說，那代表去倫敦玩，見識五彩繽紛的大城市。動物園、摩天輪、蠟像館、還有其他沒有蠟像所以不那麼有趣的博物館。不然往反方向走也行，去海岸，古堡倚丘陵而建，還有巨大的白色懸崖，他媽媽不准他和歐文靠近。以及有許多卵石的海灘。和通往法國的渡輪。

對八歲大的小孩來說，火車總是通往神奇的地方。它們是離開相同的房屋、面孔與商店的出口。其實怪難為情的，百萬通勤族每天搭乘的火車旅程，竟教他如此興奮。話雖如此，賽斯仍感到一抹微笑在臉上綻開。他往車廂深處前進，拿電燈筒照頭頂的置物架和混雜的座椅，這頭兩張，那頭三張，還有通往噁心隔間廁所的小門，無論列車往哪個方向開，只要出站不到五分鐘，歐文就一定要用廁所，沒有一次例外。

賽斯搖搖頭。他差點忘了火車的存在。看著火車，他不敢相信它在他的孩提時期竟如此神奇。

話說回來，他心想。火車欸。

想到這裡，廁所的門被猛然撞開，一隻怪獸咆哮著朝走道上的他直撲而來。

# 21

賽斯驚聲呼號，沿走道往回狂奔，冒險偷瞄背後——

一個又黑又大的形體向他猛撲——

尖嘯和咆哮好似發飆——

回瞪他的兩眼無庸置疑流露著惡意——

賽斯奔進駕駛室，臀部撞上控制板，痛得他唉唉叫。他手忙腳亂地翻過駕駛座，有那麼驚心動魄的一瞬間，背包肩帶卡住了，但所幸在那形體衝進來前又鬆開。

賽斯跳出列車門，拔腿就逃，在月台上飛奔，電燈筒掉了也不撿。他再次回頭，剛好瞧見龐然大物衝出駕駛室，把門撞得前後劇烈搖晃。那玩意兒頭一轉便繼續追逐。

跑起來比賽斯快多了。

「該死！」他邊嚷著邊使勁揮動雙臂，努力回想越野賽跑模式，也不管那是長途賽跑而非短距衝刺。雪上加霜的是，他的體力根本還沒完恢復——

他的身後傳來一聲尖嘯。

（尖嘯？）

他拾階而上，準備過橋到對面月台時，又往後瞄了一眼。

那龐然大物是他見過最大最醜也最髒的野豬。

野豬？他一面思忖一面拚了命地爬樓梯。有隻野豬在追我？

野豬火爆地穿過月台，跟著爬上階梯；賽斯只見牠長了一對看似粗礪的污穢獠牙，彷彿很樂意將他開腸破肚。

「**該死！**」他又大喊一聲，在天橋的橋面奔馳而過。但他還是那麼疲憊虛弱，肯定跑不過野豬。看來他跑不到對面的樓梯就要被牠追上了。

我要沒命了，他不禁暗想。兇手是豬。地點是地獄。

這念頭蠢得沒道理，荒唐地令人憤怒，害他差點錯失逃命的機會。

這座天橋是橫越鐵軌的一條通道，兩邊覆有方形毛玻璃板，腰際設有金屬護欄。在將近天橋彼端樓梯處，可見高處有兩塊毗連的玻璃掉落。

空間正好夠他這樣的身形攀爬。

只離他不到五呎的野豬再次尖嘯，看來搆不著窗子了，他搆不著了，他——

他往玻璃窗縱身一躍，跳躍時千真萬確感覺到野豬用頭撞上他的腳底。這股衝勁差點把他撞上半空，有那麼幾秒鐘，他以為自己會從二十呎高筆直落在鐵軌上，但他抓住窗戶間的直立支柱，一腳設法踏在金屬桿上——另一條胳臂和腿懸空狂擺——差點就無法保持平衡。

但下一秒野豬又朝他腳邊的內壁衝撞，幾乎害他失去重心。

「**好啦！好啦！**」他咆哮道，無處可逃之下，只能往上爬了。他緊抓頭頂的天溝，撐起身子上了天橋屋頂。野豬不斷撞擊護欄，但賽斯還是伸腿往上攀，在屋頂翻了個身，上氣不接下氣，背包被他彆扭地壓在身子底下。

他只在那兒躺了一下，一心想歇口氣。野豬持續衝撞，時而呼嚕時而尖嘯，用身體的重量撞擊天橋內壁，撞掉另一塊玻璃板，玻璃墜落鐵軌上，碎成千萬片。

賽斯傾身探向邊緣，俯視野豬，只見牠抬起頭，怒氣騰騰抽著鼻子。牠無比龐大，比任何的普通豬隻都要高大野蠻，幾乎像是卡通裡才會出現的角色。鬃毛茂密，覆著厚厚一層泥土，毛髮顯得暗沉。牠對他高聲尖嘯。

「我是哪裡犯到你了？」賽斯問道。

野豬再尖嘯一聲，重展撞橋攻勢。

賽斯再次翻身仰躺，望著天空。

他覺得自己可以想起野豬從農場掙脫、展露粗野原貌的故事[2]，但他從沒想過故事竟能成真。甚至不確定是不是記錯了。

不過，話說回來，他揣想著：反正這裡是地獄。

他一直躺著，等呼吸恢復正常、心跳減緩，再把背包從身子底下抽出來，取出水瓶。最後他終於聽見野豬放棄的聲音。牠抽抽鼻子又噴鼻息，最後發出挑釁的呼嚕聲。他聽見牠拖著沉重到難以想像的腳步循原路撤離，又看見牠下樓梯進月台，然後消失在列車後方，肯定是回被牠拿來當家的列車廁所了。

賽斯笑了。接著笑得更放肆。

「野豬，」他說：「天殺的野豬。」

他開始喝水，回首來時路，視野不差。他站起來，在人行橋微彎的屋頂保持平衡。起身後，就

2　作者所指的可能是喬治．歐威爾的《動物農莊》。

連大街商店的頂樓都盡收眼底。他的老家太矮了，看不見；但他能看見往老家延伸的社區。左側，他老家後方是塊空地，向外蔓延能通往監獄。

他盯著那裡瞧。圍籬和高牆依舊矗立，其中有些空隙只長著微乎其微的雜草。他看不到監獄那棟建築。它座落在小山谷內，前面種了一排濃密的樹，被鐵絲網和層層磚塊森嚴守衛著。

但他知道它在。

光是它的存在，就能撩撥他胃裡一根詭譎的弦。它彷彿回望著他。看他有什麼動靜。等他來訪。

他別過頭，不知能否從這兒找到菜園，找到走向菜園的捷徑。他抬手在雙眼上方遮陽——然後看見鐵軌彼端的一切——運動中心、菜園、幾十條相連到地平線的街道和房屋——都被燒成灰燼。

## 22

火車站彼端的土地是往下的斜坡，一路延伸至山谷底部，無論往左或往右，幾哩內都沒有肉眼可見的高地。就這麼漫無邊際地往後蔓延，過了一條又一條街，最後抵達梅森丘——這名字賽斯至今仍記憶猶新——那是連綿幾哩內唯一真正的高地，是風景上樹繁葉茂的隆起地，其中一面是高達五十呎的峭壁，下面有條馬路，所以年輕人常跑來這兒對底下往來的車輛扔石頭。

火車站和那遙遠的山丘間是一片焦黑的廢墟。

有些街區只剩灰燼和瓦礫，其他的雖有磚殼，屋頂和門卻不知去向。就連馬路都彎曲變形，有些地方根本分辨不出哪裡是路、哪裡是房屋。賽斯相當肯定那裡有塊地是運動中心的舊址，一個貌似大方洞的遺跡，其前身應該是游泳池，只不過現已滿是木炭和野草。

然而，他發現那頭的野草沒有身後的街上茂密，也長得沒那麼高。其餘被烈焰紋身的土地四散著野草和牧草，但既然心裡萌生尋覓的念頭，他便放眼一望，這些草比他家那條街的乾瘦許多，其中有些根本已經枯死。

整塊土地都遍尋不著菜園的跡象。他以為憑記憶能找出位置，無奈那兒佈滿灰燼、焦黑的木材和殘破的混凝土，硬把菜園安在哪處，可能只是出於他的想像。

毀滅的範圍肯定連綿好幾哩，因為他在朦朧陽光下放眼望去，無論左右皆是斷垣殘壁。烈焰——或是其他原因；說不定是某種炸彈才能造成這麼巨大的毀滅——一路蔓延至梅森丘，在丘底周圍止歇，一如它在火車站座落的高地停止肆虐。因為要橫越太多混凝土，導致無法真正燒毀火車站。

他望著這片荒原。這看似無論再過多久都將如此延續的荒原。怪不得有那麼多灰，是賽斯心裡的第一個念頭。一層又一層灰塵，幾乎將身後的街道完全覆蓋。不只灰塵，還有灰燼，隨著那場大火飛落，再也沒清走。

這也是過去式了，他說不上來為什麼，但這件事就是困擾著他。什麼東西著火了、或被炸毀、不然就是發生了什麼事，接著熊熊火勢一發不可收拾，連鄰近社區也跟著遭殃，過些時日之後燃燒殆盡。

這意味著有：火災前、火災時、和火災後。

他感覺為這件事煩惱其實很蠢——野草到處生長，這很明顯，而食物並不會瞬間腐壞——歸根究底，關鍵在於時間，在靜止中挪移的時間。

可是，火災是真切存在的事件。這裡發生過火災。

既然是事件，自然有事件發生的時間點。

「那是什麼時候的事？」賽斯自問，伸手在眼前遮光，來回掃視廢墟。

然後他轉身面向鐵軌另一頭的自家社區。

假如火災發生在那頭而非這頭呢？假如被燒毀的是他家，而非那些陌生人空空蕩蕩的家？

那他還會醒來嗎？

另一方面，他暗忖道：我的心是不是想跟我說些什麼？

因為焦黑的土地感覺像是一道壁壘對吧？像是地獄到此為止。他外出探險，卻到了一個好像豎起招牌，上頭寫著：「禁止通行」的地方。

世界，這個世界，瞬間變小很多。

今天探險的興致頓時煙消雲散。他默默把背包扔進天橋的空窗，自己也跟著爬下去。他下樓梯，取回電燈筒時躡手躡腳、輕聲踏步，以免驚擾火車裡那頭巨大又怪異的野豬。然後他手插口袋、拱起肩膀、步履艱難地走路回家。

# 23

「不然你要我們說什麼？」他母親怒不可遏地說：「要我們怎麼反應？」

他父親嘆了口氣，在賽斯對面的另一把椅子上翹起腿。他們在廚房，賽斯不曉得父母究竟知不知道他們在對他嚴加拷問，每次要談正經事總會來這裡，尤其是他惹上麻煩的時候。

他與父母的廚房對談次數遠比歐文要多。

「爸媽其實……」──他父親抬頭望著空氣，試著找到恰當的詞彙。「並不**介意**，賽斯──」

「你胡說什麼？」他母親氣沖沖地打斷。「我們當然介意得很。」

「甘蒂絲──」

「哦，我早知道你在想什麼。你早就打算原諒他──」

「這跟原不原諒有什麼關係──」

「總是採取這種放任態度，只要沒人打擾你組裝那寶貝小工程，你就什麼都無所謂。難怪他表現得跟白癡一樣。」

「我才不是白癡。」賽斯交抱雙臂，低頭望著自己的網球鞋。

「不然要叫什麼？」他母親質問道。「這情況對你來說難道不是個愚蠢的大災難嗎？你也知道這裡的人都是──」

「甘蒂絲，夠了！」這回他父親的語氣更加強硬。母親舉起雙手嘲諷地示意投降，然後死命瞪著天花板。他父親轉頭望著他，賽斯這才驚覺父親幾乎沒正眼看過他幾次。這種感覺就像一尊雕像突然開口向你問路。

不過，問題在於，賽斯甚至無法反駁母親的論點。關於這是場大災難的論點。照片被人發現。外流了。從一個他們怎麼也想不到的、不可能的來源。但話說回來，以為這事絕對不會被發現也太天真，畢竟在這什麼屁事都互相串連的世界，還能有什麼祕密？

「賽斯，」他父親繼續往下說：「爸媽想說的是……」他頓了一下，思考該怎麼用字遣詞。在這轉瞬即逝的駭人間隔，賽斯以為父親一定會拉他一把、替他撐腰。「無論……你做了什麼選擇，我們還是你的爸爸媽媽，也會永遠愛你。無論如何。」

接下來是一陣令人不安的漫長沉默。

**無論如何**，賽斯只在心裡想，但沒說出口。「無論如何」早在八年前就發生了。來了又走，後來證實那句話在當年也沒有兌現。

「可是你……」他父親又長嘆一聲——「你……害自己陷入的這個困境——」

「我早有預感不能相信那個男的，」他母親搖著頭說：「我第一眼見到他就知道他不是好東西。從他的蠢名字開始——」

「不准妳這麼講他！」賽斯雖沒提高音量，但嗓音裡的怒氣卻嚇得爸媽乖乖閉嘴。賽斯今天見古德蒙的時間短之又短，只夠在被他爸媽逐出家門前告訴他、警告他。「妳永遠不准再用任何方式提起他。」

他母親的嘴垮得好大。「你怎麼敢這樣對我說話？怎麼敢**以為**你能——」

「甘蒂絲——」他父親邊說邊試著阻止從椅子上起身的她。

「你作夢都別想再跟他見面了！」

「那妳就想辦法攔住我啊！」賽斯的雙眸有如烈焰。

「夠了！」他父親吼道。「你們兩個！」

以目光對峙的賽斯和母親一度僵持不下，但最後她還是退讓坐回去。

「賽斯，」他父親說：「或許你該考慮服用抗憂鬱藥物，或者藥效更強烈的——」

他母親惱怒地叫了一聲。「這就是你的解答？跟你一樣像是人間蒸發？或許你們兩個下半輩子可以相依為命，一起沉默地做你們的工程。」

「我只是想說，」他父親再次試著解釋：「賽斯擺明了很掙扎——」

「他掙扎個頭。他只是想引人注意。受不了弟弟得到更多關注，所以才放膽做這種事。」她搖搖頭。「賽斯，你要知道，你這麼做只是在傷害自己。下星期要上學的是你，不是我們。」

賽斯覺得忐忑不安，她完全戳中他的要害。

「不想上學就不要去，」他父親說：「等這件事的風頭過了再說。不然我們可以轉學——」

他母親氣急敗壞地倒抽一口氣。

「我不想轉學，」賽斯說：「也不會就這樣跟古德蒙斷了聯絡。」

「我不想再聽到他的名字。」他母親說。

他的父親面露痛苦。「賽斯，你不覺得你的年紀可能還太小，不適合做這麼重大的決定嗎？做這些事……還是跟……」他越說越小聲，不太有勇氣把「跟男的做」這幾個字說出口。

「你明知我們為了歐文有多少事要心煩，還在這節骨眼出紕漏。」他母親說。

賽斯翻個白眼。「妳每分每秒都要為歐文心煩。這就是妳愚蠢的生活重心。為歐文心煩。」

他母親臉色鐵青。「你還有臉說這種話？全世界就你沒資格說這話。」

「什麼意思？」賽斯回嗆她。「全世界就我沒資格？」

「爸媽的意思是，」他父親高聲說，把他倆的音量都壓下去：「你可以向我們求助。有什麼事都可以來找爸媽。」

然後又是冗長的沉默，誰也懶得填補的沉默，或許他們都在懷疑這句話的真實性。

賽斯的目光再次下垂，盯著雙腳。「歐文現在又怎樣了？」他問道，情不自禁地把所有怒意全都傾注在「現在」這兩個字上。

他母親的回應是飛快起身離開廚房。他們聽見她跺步上樓，直奔歐文的臥室，聽他興奮地解釋上週聖誕節得到的電玩禮物。

賽斯不解地望著父親。「她幹嘛這麼火大？這件事有哪裡傷到她了嗎？」

他父親眉頭緊蹙，但不是針對賽斯。「不全然是為了你的事。你弟的掃描報告回來了。」

「他眼睛毛病的掃描報告？」

幾星期前，歐文的眼睛開始莫名抽搐。擺在正前方的東西他看得見，比方說電腦遊戲或他的單簧管；問題是，只要一走路就會鬧得天下大亂，不是把東西撞倒，就是直撞跌在地上。過去十天內，他在撞得人仰馬翻下流了四次鼻血。

「神經損傷，」他父親說：「之前……之前那次造成的。」

賽斯幾乎不自覺地別過目光。

「隨著年紀增長，要不是更加嚴重，就是逐漸好轉。」他父親說。

「現在是更加嚴重了。」

父親點點頭。「之後還會每況愈下。」

「開刀，」他父親說：「還有做認知治療。幾乎每天都要做。」

「那現在呢？」

賽斯再次抬起頭。「你不是說我們家付不起嗎？」

「是付不起。保險付得就那麼多。你媽要重新回去工作，幫忙分擔開銷，爸媽的積蓄要掏出來一大部分。賽斯，之後我們日子會過得很辛苦。」

賽斯的思緒縈繞，為弟弟的病情，為全家的財務危機，為他羞於去想的事實：他今年秋天就要上大學，屆時得動用父母積蓄的一部分，如果積蓄沒了——

「所以說，你跟你朋友這整件事？」他的父親說：「來得不是時候。」

樓上傳來陣陣笑聲。他們轉過頭，雖然什麼也看不見。賽斯的母親和歐文一如往常，在他倆的世界裡分享祕密。

「什麼時候才是對的時候？」賽斯問道。

父親輕輕拍拍他的肩。「兒子，我很遺憾，」他說：「真的遺憾。」

可是，等賽斯轉過頭來，他的父親的視線已經移開。

# 24

隔天早上賽斯醒來，又在下雨了。只是夢境依舊在體內迴響，所以他花了好幾分鐘才注意到天候變化。

他一動也不動地在靠背長椅上躺著。他還沒在樓上任何一張床上睡過。閣樓自己臥房的床，就算想睡（但沒這個意願）也顯得太小。在父母的床上睡覺又感覺太詭異，他索性窩在滿是灰塵的沙發上，任憑壁爐台上畫中恐怖的馬睜眼盯著他瞧。

作夢。

他胸口的重量變得更沉，沉到幾乎移不開。

跟古德蒙相處是最幸福，也是最私密的事。他倆那樣待在一塊兒，打造了兩人專屬的小宇宙。以他倆為界，居民限定兩人。他們就是世界，世界就是他們。沒人應該知道，爸媽不該，朋友也不該，這個節骨眼，那個當下，還沒人知道。

這不代表他做壞事——這絕非壞事——重點在於，這是他的私事。完全屬於個人的事。後來這世界發現了，他的父母也得知了。儘管跟有些男同學拍給他們女友的自拍照相比，古德蒙拍的那兩張照片純情到令人揪心，卻無比私密，不該被外人所見，教賽斯現在想起仍舊惱羞成怒、激動不已。

他媽說得對。回學校上課是惡夢一場。整個世界在一夕間變調，在賽斯幾乎住不下去的地方崩塌。等過完聖誕節假期，他重新踏進校園，他和其他同學便顯得涇渭分明。離得遠遠的。搆也搆不著。學校試圖嚴禁霸凌，無奈這種事層出不窮，抓也抓不完。風聲耳語無所不在。他的手機即使夜裡也震個不停，傳來無窮無盡的奚落簡訊。他也不敢登入任何一種社群網站，因為照片——和伴隨而來的閒話——似乎舉目可見。他的私密小宇宙如今成了人家搧風點火的笑柄。

但他不能說走就走。古德蒙還沒上學，他父母仍在決定該怎麼處置他。賽斯必須待著，看他什麼時候回來。他得獨自承受。

古德蒙曾用「沉默寡言」來形容他，但他真正想說的是，賽斯好像打從有記憶以來，就一直背負著一個見不得人的重擔，而且這擔子或許不全然跟歐文發生的事有關。更慘的是，它還伴隨著一個同等艱難的終生嚮往：一定還有別的什麼；除了肩頭的重擔之外，一定還有別的。

因為倘若只有受苦，那人生的意義何在？

那就是古德蒙帶來的另一樣美好。從高二尾聲的春天那個驚奇之夜開始，他倆就不再只是普通朋友。彷彿在轉瞬間，在那千分之一秒，他的負擔被人拎起，彷彿完全沒有地心引力，彷彿終於卸下肩頭重擔——

他知道不該再往下想，應該要有所行動，滿腦子要想著該怎麼在這裡活下去，可是他覺得自己置身井底，陽光、生命、與脫逃全都遙不可及，即使聲嘶力竭，也沒人聽得見他的呼救。

這種感覺，以前他也體會過。

他躺著聽雨聲，聽了好久、好久。

最後又是生理需求逼得他起床。他撒了泡尿，然後站在大門前。大雨滂沱，小溪在爛泥間流動。有那麼一會兒，他不禁納悶，雨水怎麼沒直接把爛泥沖走；不過他發現街道慢慢變成一條停滯的洪流，雨水在堵塞的排水管形成大水塘，一切都在混亂的爛泥中打旋。

天氣幾乎和昨天一樣溫暖，於是他拾起結塊的洗碗精，把自己的衣服扔成小山，直接在大門步道上淋雨沖澡。

他把身子塗上皂沫，把一頭短髮弄得像沾滿肥皂的抹布，接著閉上眼、仰著臉，任雨水洗淨一切。反正閒來無事，他想看看自慰能不能帶來什麼愉悅，問題是他胸口的重量太沉重，往日回憶不堪負荷。於是他乾脆作罷，只是交抱雙臂，任肥皂從身上緩緩沖走，皂沫流到在步道積聚的混濁污水中。

是我造成的嗎？他一面思忖，一面用胳臂把自己摟得更緊。這場雨是我喚來的嗎？是我把這裡變得更悲慘嗎？

他一動也不動地站著，最後打起哆嗦。

看來雨水其實沒那麼溫暖。

下了一整天的雨，街道其中一頭淹得厲害，但他家附近的雨水大多還沒淹得太深就緩緩流進排水孔。他希望狐狸和牠的幼崽都安然無恙。

他熱了一罐馬鈴薯湯。熱湯的同時放眼望向後園，看雨水打在露台和那堆如今已浸濕的繃帶上。天空是灰撲撲的一片，無從分辨哪兒有雲朵，只有一望無際的傾盆大雨，天曉得地平線離這有多遠。等湯熱了，他趁食慾沒減退前先嚐兩口，然後把剩下的擱在關了火的行動爐上。

不用說也知道，家裡沒電視。沒電腦。沒電玩。沒別的事好做，所以他從書櫃拿了本書。是他父親的書，賽斯幾年前趁父親不注意時，從書櫃偷偷取下讀過一部分。這本當時對他太超齡的書，現在大概已過時，想到這裡，他臉上泛起苦笑。書裡有大量香艷銷魂的性愛場面、純粹為了好玩的隱喻、以及對於長生不死的哲學謬思。主角是一位「登徒子」，賽斯會記得就是這個字害他被抓包。他向父親問起什麼是「諷刺文學」，因為聽過別人高聲談論這個字，並把它跟書中的「登徒子」混為一談[3]。他父親經過一番冗長困惑的解釋，終於問他：「你為什麼要問這個？」那就是他閱讀冒險的尾聲。他這才想起後來再也沒機會從書櫃偷偷拿書、把故事讀完。

於是他在靠背長椅上閱讀，任屋外的雨一直下、任時間繼續推移。等到下午某個時刻，飢餓感大到無法忽視，他才熱了一罐熱狗，吃掉一半，其餘的留在冰冷的馬鈴薯湯旁邊。待薄暮降臨，他點亮一盞從戶外用品店拿來的提燈，為房間四周投射出荒涼的暗影，也帶來足夠的光源照亮書頁。

他忘了吃晚餐。

讀到某個地方，太過專注閱讀的他邊揉眼邊想：書中有其自成一格的世界。他又看了書封一眼。登徒子吹著排笛，看起來比故事中描述得天真無邪許多。賽斯心想：你在其中待過一會兒的，是用文字堆砌的世界。

「然後就結束了。」他說。只剩五十頁，終於能知道故事結局了。

然後就能永遠離開那個世界。

他摺下一角做記號，把書往咖啡桌一擱。

夜幕全然降臨，他這才發現這裡的夜景。他拾起提燈，再次站在大門口，避開似乎緩和了些但不見停歇跡象的雨水。

頑強的黑暗令他驚艷。沒有任何一道光照向他，沒有街燈、沒有露台燈，就連地平線上始終不綴的都會光亮也不見蹤影。

這裡什麼也沒有。除了黑暗，什麼也沒有。

他關掉提燈，世界在這一時半刻間徹底消失。他站著呼吸、聽雨。雙眼漸漸地、慢慢地開始適應微光，微光的來源只有一個，就是被烏雲遮蔽的月亮。左鄰右舍的房屋正面和花園外觀開始成形，爛泥在人行道與街上的小河與三角洲中打旋。

沒有任何騷動。沒有任何動靜。

頃刻間，烏雲突然退散，閃亮的星光縱使微弱，但與黑暗相比仍像吹響號角般令人一振。因為天實在太暗，賽斯在雲朵的小裂口看見的星星，比他以為能在整片夜空中看到的還多。烏雲散得更開，繁星閃得更耀眼，賽斯不太清楚橫跨夜空那道陌生暗淡的白色條狀物是什麼，好像有人灑了——

牛奶。

銀河。

「見鬼了！」他低語道。

他竟然看見如假包換的銀河橫跨夜空。他將整個銀河系盡收眼底。無以計數的點點繁星。無以計數的世界。這一切，這一切看似無窮的可能，並非虛構出來的，而是此時此刻真實存在。那裡比他已知的世界、比他在華盛頓州小鎮、甚至比倫敦、比英國、或者就此而言，比地獄，有更多更多可以探尋。

有那麼多他無緣見到的。那麼多無緣得到的。那麼多只有幸窺得一眼，便明白自己永遠都構不

---

3 英文中「登徒子」（satyr）與「諷刺文學」（satire）拼字和發音相近。

著的。

烏雲再次聚攏。銀河瞬眼即逝。

# 25

天色已晚，他在這裡頭一次那麼晚還沒入睡。他的身體操勞，心卻不睏。他覺得自己無法承受另一次回憶、另一場夢、或是另一個別的東西。那玩意兒變得愈加令人心力交瘁，就算不願細想，他也知道更糟的還在後頭。

他走進室內，又把提燈打開。他愣了半晌，不知該做什麼，然後一時興起，拾階而上。他對閣樓沒興趣——光想到有具棺材擱在無光之夜的黑暗中，就嚇得他毛骨悚然——但還有書房嘛，不是嗎？他爸在大學裡有間自己的書房，所以這應該算是他媽的書房，只不過收納的全是家族檔案。

他把提燈擱在桌上，沒抱著多大希望試開電腦。結果當然沒開成。巨大的主機和可笑的非平板螢幕——他不記得上回看到這種古董是何年何月的事了——一如往昔，一片黑暗，毫無反應。

他檢視四散桌面的一些文件，揚起的灰塵讓他咳了幾聲。那大多是帳單，不過也有少數幾張其他的紙，令他驚訝的是，他竟一眼就能認出上頭的字跡出於母親之手。

拉莎迪總探長？他讀起其中一張。這名字他記得，只是八年來都沒再聽過。她是搜尋歐文期間陪伴他們一家的女警官，她非常友善，重覆詢問賽斯時語氣溫柔。她的名字下方是一排電話號碼，下面寫了梅森丘和警犬，這個賽斯就不怎麼熟了。警方沒搜到鎮上那一區，至少賽斯覺得沒有。歐文是在一間廢棄倉庫被人尋獲。警方得到匿名情報，雖然從未追到消息來源，他們仍舊找到歐文跟那名囚犯。

囚犯——

囚犯。

賽斯記不得囚犯叫什麼名字了。

他又看了筆記一眼。拉莎迪總探長這名字和另一張寫了海陶警員與艾利斯警員的名字一樣，他都知道，他們是他母親心亂如麻地報警後第一批趕到的員警。

他們負責追捕——

賽斯眉頭一皺。抓走歐文的男人叫什麼名字，他怎麼可能忘得了？因為那個男人，歐文差點小命不保。那男人正在英國戒備最森嚴的監獄服刑，他不只逃獄綁架歐文，更犯下多起案件，所以將在牢裡腐朽老死。

「搞什麼嘛？」賽斯低語道。

他想不起來。忘得徹底。彷彿有塊記憶完全空白。那塊記憶的周圍他記得一清二楚。好比說，那男人的臉或監獄連身衣，他就永遠都忘不了。

他說過什麼話，賽斯也忘不了。

唯獨名字例外。

他的名字，他的名字，他的名字。

不可能忘得了啊。通緝犯人的過程中，這名字他不知聽了多少遍。在那場夢裡，他甚至對古德蒙提過——

有提過嗎？

但他想不起來。無論怎麼絞盡腦汁，就是想不起來。

他伸向檔案櫃的頂層抽屜。裡面一定放了什麼，好比逮捕囚犯的剪報、警方的正式聲明、或——

他手擱在抽屜把手上不動。檔案櫃頂層有個面朝下的相框，背面積了灰塵。不過，賽斯將它掀開，拿提燈的光一照，就知道那是什麼了。

他們的全家福。有他、爸媽、歐文，在所有人之外，還有米他媽的老鼠。賽斯對他展露笑容，情不自禁微笑。他們一家人搭火車到巴黎的迪士尼樂園。十六歲的他心裡有一部分很嗤之以鼻，說那趟旅程很蠢，樂園只是給小孩玩的，遊樂設施很遜，跟他後來在美國玩的那種雲霄飛車沒得比——

但那不是事實。那裡天殺得好玩。一點不假，天殺得好玩。那是在他們的人生有任何改變之前。似乎一切都還有可能的時候。

那是在歐文與那被定罪、但如今名字拒絕浮上賽斯腦海的凶手一同失蹤那三天半之前。歐文失蹤的那三天半，員警不分男女——通常是女警，比方拉莎迪警官——坐鎮他家，試圖安撫他父母，儘管再多安撫也無濟於事。而他母親時而暴怒，時而冷靜地可怕。他父親頭一天哭個不停，於是開始服藥，導致說起話來含糊不清。

爸媽兩人都沒跟賽斯說上什麼話。事實上——他努力回想——他們可能連一句話都沒跟他說過。

他跟拉莎迪警官倒是講了很多。她個頭嬌小，頭髮往後綁、用布包著。但她就是有那架勢，只要走進他家大門，五分鐘內就能讓他不斷索求的母親閉嘴，令他痛哭流涕的父親噤聲。教賽斯欣賞的是，她沒用那種大人對小孩說話的口吻質問他，說的話聽起來每一句都出自真心。

她又輕又柔地碰觸，一遍又一遍問他事發經過，說如果他能想起更多事，無論有多微不足道、有多愚蠢，都應該告訴她，因為很難說什麼事能幫到他弟弟？

「那個男人的手上有疤。」賽斯在他倆的交談中講了四、五次。他用拇指和食指畫圓，描述那道疤的大小。

「對，」拉莎迪警官說，但沒記下賽斯的供詞。「他除過刺青。」

「這重要嗎？」賽斯問她。「還是很蠢？」

她只對他微笑，兩顆門牙雖有點歪但亮如明月。

這些他全想起來了，但就是記不得他們談論的囚犯叫什麼名字，好像那項資訊整個被人從腦中移除。

他再次俯視照片。歐文跟米老鼠站在中間，歐文咧著的嘴大到教人看了都嫌痛，他爸媽一左一右，略帶羞赧露齒而笑，但他看得出來，父母不自禁地樂在其中。

賽斯也面露笑容，他望著米老鼠的目光略顯羞怯，並保持距離——他還記得，把他嚇破膽的不只是那身巨大閃亮的玩偶裝，還有米老鼠千篇一律的燦爛笑容和他詭異的沉默，雖然要是米老鼠會講法語的話，他會覺得更加詭異。

照片裡的他跟家人之間稍有隔閡，不過他沒打算把重點放在那裡。只不過是拍照的意外小插曲，八成是他跨步疏遠米老鼠時拍的。

因為他臉上還有笑容。還有笑容。

他不知道未來會發生什麼事，賽斯邊想邊將照片放回檔案櫃頂層。

他頭也不回地離開書房，把門帶上。

# 26

在天空露出魚肚白前，他不斷保持忙碌，不讓自己入睡。他全心投入一本新書——登徒子那本還沒讀完，依舊擱在咖啡桌上——快要恍神打盹之際，就連忙起身在房間裡踱步。他為自己準備了罐頭義大利麵，但還是老樣子，吃了一半就放在稍早沒吃完的熱狗和湯旁邊。

黎明到來，雨勢漸緩。一片霧茫茫的，但雨仍未止息，屋外到處都是打旋的泥濘。

說也奇怪，賽斯居然因為缺乏睡眠而亢奮，他覺得自己最想做的就是跑步。他溺斃時越野賽跑季老早就結束了，在冬季惡劣的天候下，他跑步的機會寥寥可數。

不過說起跑步，她媽倒是沒有中斷這活動，但對她而言，路跑幾乎是為了洩憤。天候越惡劣，她跑得越盡興。她會一身濕地回家，呼吸好似在空中吐霧。「天哪，真痛快。」她剛進門就喘著粗氣咆哮，並豪飲瓶裝水。

她好多年沒邀賽斯一同跑步了。

就算邀了，他也不會答應。

嗯，或許會。八成不會。但或許會。

但他懷念跑步。坐困老家的他，對跑步倍感懷念。懷念它的節奏，懷念呼吸最終與步伐同步，懷念世界有點向他傾倒，好像他站得筆直，整個星球卻在他腳底翻轉。

跑步是孤寂的。但不是令人寂寞的孤寂。而是能釐清頭緒的孤寂。這種感覺他已多年不曾有過。

難怪那年冬天的尾聲什麼事都七零八落。

他又望出前窗。屋外依舊迷濛，世界仍舊灰暗。

「等下次出太陽，」他說：「我就要跑步。」

他就這樣被困在屋裡一整天，直到夜幕低垂。不用說也知道，家裡的時鐘全都停了，所以只能猜想時間流逝得有多快。

他覺得做什麼都好，就是不想睡覺。他試了些蠢事讓自己保持清醒。引吭高歌。試圖把倒立動作練到無懈可擊。努力回想美國五十州的州名（他記得四十七州，絞盡腦汁地想到佛蒙特州，最後功敗垂成）。

夜越深，他就越冷。他點亮每盞提燈，上樓到父母臥室多偷點毛毯裹在身上，在客廳來回踱步，試著想事情，什麼事都好，總之要讓腦袋閒不下來，擊退睡意、趕走無趣。和寂寞。

他在主廳中央止步，裹在身上的毛毯好似睡袍。

寂寞。在積累的疲憊下，這裡要人命的寂寞，一如淹死他的海浪將他吞沒。

一個人也沒有。他身邊一個人也沒有。沒有。

直到永遠。

「該死，」他低聲咒罵，步伐也越踱越急。「真該死、真該死、真該死。」

他感覺自己又溺水了，掙扎著要喘氣。他的喉嚨緊鎖，就像被迫沉入另一波冰冷的海浪。拚了，他慌亂地心想。拚了。真該死，真該死——

他在地板中央止步，依稀察覺自己發出微弱的呻吟。他甚至抬起頭，彷彿在探尋離他越來越遠的空氣。

「我受不了，」他對頭頂暗影幢幢的黑暗低語。「我受不了。不要永遠這樣。拜託——」

他一下握拳一下鬆手，使勁拉那條毛毯，頓時像要害他窒息，把他更往下拽。他索性手一鬆，讓毯子滑落地面。

我再也忍不住了，他心想。拜託，我再也忍不住了——

然後，他在提燈的光暈下，看見自己踱步毛毯刮起灰塵落在地板上形成的紋路。打亮的木頭地板向他反照微光。

他伸出一腳挪動那團隆起的毛毯，留下一道乾淨的地板，再沿路推到牆邊，抹掉更多灰塵。他拾起毛毯。底面污穢不堪，於是他將毛毯反摺，乾淨面朝外，然後靠著牆壁一路推向壁爐。

他往回看。一大條的地板變乾淨了。

他把毛毯再往裡摺，沿著牆壁轉，接著繞靠背長椅一周，髒了就摺，一摺再摺，最後幾乎將整面地板都擦乾淨。他把髒毛毯扔進廚房中央，拾起另一條，摺成正方塊狀擦拭餐桌，掀起的粉塵害他咳了幾聲；不過，如今大半的潔淨表面對他閃著反光。

他就著流理台把小毛毯一角沾濕，刮掉餐桌較難清的穢物，接著去擦失去作用的電視機。每次只要毛毯變得太髒，他就扔進廚房堆著，改拿新的一條。要不了多久，他就跑到樓上的被單毛巾櫃，取出硬到不像話的毛巾跟床單來擦壁爐跟窗枱。

他變得恍惚出神，只把心思放在動作上，而且一旦啟動便瘋狂專注、擋也擋不住。他打掃書櫃、通往小隔間的房門百葉板、飯廳的椅子。他擦拭頭頂電燈時不小心打破了燈泡，但他只是把玻璃碎片用毛毯裹起來，往那疊髒毯子上擱。

懸在靠背長椅上方的那面鏡子還有點灰，不過都被他拭去了。可是髒污仍黏在玻璃上，他只好拿沾濕的破布再使點勁擦鏡子，反覆同樣刮擦的動作，想辦法把鏡子弄乾淨。

「下來啊，」他幾乎沒發覺自己在高聲喊話。「給我下來啊。」

他暫時從自己努力的成果前退後一步，站著喘大氣。接著又往鏡前舉起胳臂——就著提燈的光暈，他看見自己。

看見自己太過瘦削的臉頰和平頭，看見從鼻子跟下巴底下冒出的鬍鬚；可惜兩頰的毛長得稀疏，他多想留鬍子啊。

他也看見自己的雙眼。是宛若被人追殺，或被鬼糾纏的人才有的雙眼。

他在鏡前看見身後的屋子。屋子跟他抓狂打掃前相比，更適人居一百倍。至於他是怎麼抓狂的，他自己也說不上來。

反正清就清了。屋子變乾淨了，或者至少比較乾淨了。就連垂死之馬那幅教人怵目驚心的畫他也清了。望著這幅畫在鏡中的倒影，馬的眼神狂亂、舌頭貌似恐懼的長釘。

然後他想起來了。

打掃。整理東西。發了狂的有條不紊。

他也這麼做過。在他美國的臥室裡。

「不，」他說：「不要。」

那是他離家前做的最後一件事。

他走向海灘前做的最後一件事。

也是他死前做的最後一件事。

# 27

「你以為我不恨嗎？」古德蒙激動地低語：「你覺得我樂於見到發生這種事嗎？」

「可是你不能，」賽斯說：「說什麼也不能……」

他說不下去。那個字他說不出口。

**一走了之**。

古德蒙從車子駕駛座上緊張兮兮地回望他家。一樓的燈亮起，賽斯知道古德蒙的爸媽起床了。他們隨時會發現他不見了。

賽斯緊緊交抱雙臂抵禦酷寒。「古德蒙——」

「賽斯，我得在伯特利預校把這年的書念完，否則他們不會幫我出大學學費，」古德蒙幾乎在哀求了。「他們超堅持的。」他皺起眉頭，怒火中燒地說：「總不可能每個人的爸媽都是歐洲的狂熱開明派吧——」

「他們何止不狂熱開明，現在連正眼都不瞧我了。」

「他們以前也沒瞧過你幾眼，」古德蒙說完，接著又面向賽斯。「對不起，你知道我的意思。」

賽斯沒吭聲。

「又不是要分開一輩子，」古德蒙說：「我們到大學裡再碰頭啊。一定會找到法子，沒有人——」

但賽斯直搖頭。

「怎麼了？」古德蒙問道。

「我要去念我爸教書的那所大學。」賽斯說道，還是不肯抬頭。

駕駛座上的古德蒙詫異地抽動一下。「什麼？可是你不是說——」

「歐文的治療得花上他們一大筆開銷。如果我想上大學，就一定得上我爸教的那所，教職員家屬有學費優待。」

古德蒙驚訝地闔不攏嘴。這可不是他們原定的計畫。跟計畫差了十萬八千里。本來他倆預計要上同一所大學，住同一間宿舍。

同樣離家千百哩遠。

「哦，賽斯——」

「你不能走，」賽斯搖著頭說：「你不能現在就走。」

「賽斯，我得要——」

「你不能這樣。」賽斯努力控制就要分岔的嗓音。「求求你。」

古德蒙將手搭在他肩上。儘管這樣的接觸是他心底最深刻的嚮往，賽斯還是身子一扭將它甩開。

「賽斯，」古德蒙說：「不會有事的。」

「這怎麼說？」

「這又不是我們全部的人生。跟全部的人生還差得遠呢。賽斯，這只是高中生活，不會一輩子都是這樣。這就是天殺的好理由。」

「自從——」賽斯對著擋風玻璃說：「從新年開始你不在，日子過得——」

他嘎然而止。他沒辦法告訴古德蒙日子有多難過。那是他生命中最煎熬的時期。校園生活苦得教他幾乎無法承受，有時甚至可以一連好幾天不跟半個人講上話。有幾個學生，多半是女生，試著安慰他，說她們覺得發生在他身上的事很不公平，但這樣只是提醒了他，他從原本僅有的三位好友，淪落到一無所有。古德蒙的爸媽逼他轉學。H跑去跟別的小團體混，不再跟他說話。

還有莫妮卡。

對於莫妮卡，他連想都不敢想。

「還有幾個月，」古德蒙說：「再撐一下。你會熬過去的。」

「沒有你，我熬不過去。」

「賽斯，請你別說這種話。這話讓我承受不了。」

「古德蒙，你是我的一切，」賽斯靜靜地說：「你是一切。除了你我一無所有。」

「不准說這種話！」古德蒙說：「我不可能是任何人的一切。更不可能是你的。再這樣下去要把我逼瘋了。我受不了非離開不可。我真想殺人！可是，如果知道你在外面撐過去、熬過來了，我就能咬緊牙關忍下去。又不是要這樣過一輩子。我們還有未來。真的有未來。我們會找到法子的，賽斯。賽斯？」

賽斯望著他，之前被蒙蔽的心思，現在總算看清楚了。古德蒙早已離開，他的心思早就擺在六十五哩外的伯特利預校，他早就在華盛頓大學或華盛頓州立大學過著他的未來，那和現在離得更遠，或許那個未來會將賽斯莫名包括在內，或許那個未來真能為他們倆挪個容身之處——

但賽斯只是待在這裡。不在那個未來之中。他只是待在這個難以想像的現在。

他看不出有什麼法子能從這裡抵達那裡。

「賽斯，人生不只是這樣，」古德蒙說：「現在的生活爛到讓人難以置信，可是我們還有以後。

只要撐到那時候就好。」

「只要撐到那時候就好，」賽斯氣若游絲地說：「求求你，先撐著。我們會熬過去的。我向你保證。」

大門啪嗒甩上的聲音把他倆都嚇了一跳。「古德蒙！」古德蒙的父親從露台大吼，嗓門大到足以吵醒左鄰右舍。「兒子，你最好給我回話！」

古德蒙搖下車窗。「我在這裡！」他回吼道。「我只想透透氣。」

「你把我當白癡嗎？」古德蒙的父親瞇著眼望向他和賽斯停車的暗處。「給我回來。現在就回來！」

古德蒙轉頭面向賽斯。「我們會通e-mail。會講電話。不會失去聯絡的，我保證。」

他撲向前深深吻了賽斯一下，最後一個吻，他的氣息注滿賽斯的鼻腔，厚實的身軀把賽斯壓向座椅，雙手摟緊賽斯的身軀——

然後他便一走了之，溜出車門外，匆匆回到露台燈下的光暈，一路和他的父親鬥嘴。

賽斯目送他離開。

當古德蒙消失在另一扇啪嗒關上的門後，賽斯感覺他自己的那道門也關上了。

四面八方的門一扇扇關閉，把他關在現在，將他禁錮其中。

永遠都出不去了。

# 28

賽斯過了半晌才發覺自己倒臥在地。他不記得倒在這兒，可是現在渾身抽搐僵硬，活像已經倒在這幾個小時了。

他坐直身子。感覺輕盈了點。

彷彿自己快被抽空。

夢境的重點似乎仍在屋內某處，他依稀察覺得到。可是關於自己，他卻——什麼也感覺不到。他什麼也感覺不到。

他站起來。小憩片刻使他恢復些許體力。他握緊雙拳、轉動頸部、伸伸懶腰。

接著他看見細細的陽光湧入百葉窗的縫隙。

雨停了。太陽又出來了。

他對自己保證過要跑步的，對吧？

他讓腦保持清晰，換了件新T恤和短褲。他腳上穿的不是正規慢跑鞋，但勉強過得去。他考量著要不要帶瓶裝水上路，最後決定不帶。

早餐就不吃了。儘管他幾乎已經一天半沒吃東西，但心頭的目標卻彷彿在對他灌注養分。

這跟他走向海灘時感覺到的，是同樣的目標。

他讓這念頭流過腦海，再讓它流出去。

今早啥也沒有。

啥也沒有。

啥也沒有，只有跑步。

他邁向大門。出門後也不關門。

拔腿狂奔。

他離家的那個午後很冷，大概在零度以下。離家前他一絲不苟地打掃房間，為了什麼他也不明白，反正就這麼無意識地打掃，將每樣東西歸回原位，井然有序、不再更動，沒有餘事未了。母親帶歐文看病去谷，父親則在廚房工作。賽斯下樓走到客廳，目光鎖定舅舅的那幅畫，驚恐的、痛苦的、但永遠靜止不動的那匹馬目送他離開，目送他關上身後的大門。

到海灘要整整走上半小時，天空看起來像要下雪，但雪欲降又止。那天的海水不似平常的冬日看起來那麼駭人。海浪較淺，但仍搆得到、抓得著。海灘一如往常佈滿礁岩。

他在原地杵了一會兒，接著開始脫鞋。

賽斯奔向火車站，在乾涸中的泥地留下足跡，雙腿因久未運動吱嘎作響。他步上單元樓之間的階梯，朝火車站狂奔。

他開始冒汗，汗珠滑落前額，扎得眼睛好疼。烈日當頭，他呼吸沉重。

他健步如飛。

跑步的同時，往事一幕幕浮上心頭。

他加速疾馳，彷彿能逃得出回憶的魔爪。

礁岩間是沙土，他站在一小塊沙地上，鞋子脫了一隻再一隻。小心翼翼把兩隻併在一塊兒，然後坐在礁岩上脫襪子，摺好之後塞進鞋內深處。

他感到……不算平靜。平靜不是貼切的形容，但確實有那一時半刻，他無法專心好好摺襪子的一時半刻，幾乎感到些微的如釋重負。

如釋重負，因為這一刻終於、終於、終於到了。

終於，什麼都不再有，再也沒有負荷，再也沒有重擔要扛。

他花上片刻時光試著讓緊繃的胸膛放鬆。

他吸氣吐氣。

他躍過火車站的驗票閘門，以沉重的步伐拾階上月台。再直接衝上鐵軌上方的天橋，連火車都沒看一眼。他沒聽見野豬叫，想必那頭巨獸正在巢穴中以睡眠度過炎夏。

他拾階而上，橫越天橋，再從另一頭下樓。

他脫掉外套，因為好像這麼做才對。如今他身上只剩一件T恤，寒風把赤裸的胳臂扎得好疼。他直打哆嗦，摺起外套、擱在鞋上。

他感到自己的存在，但同時又像抽離肉身，從高處觀察自己，俯視海邊那個沒穿鞋也沒穿外套的男孩。

像在等待。

但等待什麼？

無論等待什麼，那玩意兒都不會到來。

接著，他對自己低語：「我準備好了。」

他突然悲從中來，這股悲慟差點將他打趴在地。而令他驚訝的是，他說的是實話。

他準備好了。

他開始走向大海。

他躍過火車站另一側的大門，奔出遠方的出口。然後步履沉重地下斜坡，朝第一條大馬路前進。雙腳使勁過度讓他臉部不禁抽搐，但肌肉似乎已被喚醒，恢復原本的記憶，恢復跑步的記憶——

他邁開步伐往頹圮的街坊奔跑。

周遭一片死寂。

海水寒意逼人，凍得不像話，儘管才邁開幾步，他已不由自主地倒抽幾口氣。雞皮疙瘩海浪般湧上胳臂，細細的汗毛幾乎垂直豎起。他一度感覺自己就要淹沒在深及腳踝的五吋高海水中。

當下他就知道就算自己沒被淹死，也會凍死。

他逼自己再跨出一步。

又一步。

一切悄然無息，他耳中只聽見自己的腳步聲和喘息聲。第一條街全被夷為平地，所以只有焦黑的土地向兩側蔓延。他把好幾團塵土踢向半空，其中有些在陽光曝曬下變乾，化作蔓生的雲朵。

他繼續往前看。

目光對準梅森丘。

他那雙快要凍紫的腿踏過一塊又一塊礁岩，逐漸變得麻木。他往深處涉水的同時，新的衝擊宛如利刃一筆筆刮著他的肉，不過他仍勇往直前。水深及膝蓋、大腿、把他的牛仔褲浸黑。這兒是一片淺灘，但他知道再走一小段，水就會深到得用游的。他也知道那兒有暗流，會將不疑有他的泳客捲走，再摔向蟄伏海灘下的礁岩上。

他冷到彷彿皮膚浸到酸性物質。一波較大的海浪潑向他的T恤，害他不由自主放聲大叫。他身不由己地發抖，強逼自己繼續前行。

另一波海浪襲來，比前一波更強大，他差點失去重心。後浪接著前浪而來。他快要站不住了，腳跟腳趾都緊扒著水下的礁岩，無奈潮水不斷前後拉扯。他做好準備隨波逐流、投入海水、開始游向深遠的凜冽，游向等在前方、比恐怖還要恐怖的自由。

他人在這兒。已經走了這麼遠。沒剩多少路了。況且，他之所以到這兒，全是出於自願。就快結束。快到終點了。

他從來沒有、這輩子從未有過一刻，感覺倆現在如此充滿力量。

到了下條街，幾棟房子的混凝土框架依舊矗立，只是從裡到外燒了個精光。不只是民宅，店面和大型建築也無一倖免。

全都一樣焦黑、空無、死寂。

他的喉嚨灼燒，不禁想起該要帶水。不過這念頭轉瞬即逝，他也不執著於此。

梅森丘仍在地平線那頭屹立不搖，這就是他唯一的目標。

他感到空虛。好像身體都被清空。

他可以這樣一直跑到天荒地老。

他感覺自己充滿力量。

然後，一波前所未有的巨浪將他吞沒，將他擲入冰冷的海水。逼人寒意像是觸電，使他的身子不由自主地痙攣。他在水中漂流，身體扭曲，頭蓋骨只差一點就要撞上外露的岩石。

他破浪而出，猛咳幾聲、唾沫飛濺，可是又一波突浪追向他。他把頭再次探出水面，腳拚命亂動想找支點，但底層逆流馬上把他往外拉。他吐出海水，卻被塞進另一波海浪。

（他掙扎著。無論如何，他都在掙扎——）

寒意如此嚴酷，好似活物。彈指間肌肉已不聽使喚，雖然冒出水面那頃刻間，還能看見空蕩蕩的海濱，但陸地離他越來越遠，海水將他推向礁岩。

太遲了。

回不去了。

（但他還是感覺自己在掙扎——）

賽斯加快腳步，呼吸急促、氣喘如牛。他將回憶拋諸腦後，不讓它們落地生根。

我可以的，他暗忖道。可以跑到梅森丘的。沒剩多遠了。

又一條街，再一條街，四周的空樓房好似墓碑向他伸手，肺裡的空氣進出更大聲，他的雙腿也變得更虛弱。

我可以的。我會跑到最高的——

男孩正在狂奔。

男孩溺水了。

在這最後關頭，奪走他性命的不是海水，而是寒意。無論他多努力掙扎要浮上水面，寒意卻抽乾體內的所有精力，迫使肌肉痛苦收縮、失去作用——

（到了最後，他確實掙扎了，掙扎了——）

他年輕力壯，將滿十七歲，但寒冬的浪濤一波波向他襲來，每波浪潮似乎都比前浪更猛。海浪拍得他暈頭轉向，將他翻轉傾覆，害他越來越往下沉。

狂奔的他沒去思考終點，至少沒用文字思考。他只有一個目標。一種輕盈。

一切都將結束的輕盈。一切都將釋然的輕盈。

然後，毫無預警地，大海好像一直玩不膩的這個遊戲，讓他勉強呼吸、誤以為自己能撐過去的殘酷遊戲，彷彿要宣告結束了。

一陣洶湧波濤將他撞向無比堅硬的礁岩。即使在水中，即使在奔騰的浪潮中，他也能聽見**啪**一聲，右肩胛骨高聲斷成兩截。劇痛的生理反應大到讓他放聲慘叫，口中瞬間湧入帶鹽味的冰冷海水。他嗆得猛咳，但弄巧成拙，只是將更多海水吸進肺中。他疼得肩膀直縮，錐心刺骨的痛使得眼前一片漆黑，全身也隨之癱瘓。現在他就連試著游泳的力氣、抵禦海水的力氣也沒有，只能任憑海浪再次將他傾覆。

拜託，就這麼一個念頭。就這麼兩個字，在他腦中迴蕩。

拜託。

拜託，他心想——

梅森丘有一側是個陡坡。他從遠處就能看見。

還有五十呎，就是底下的混凝土地了——

拜託——

狂瀾最後一次緊攫住他。像準備扔擲般往後一拉，直接將他的腦袋撞上礁岩。他就這麼迎頭撞上，身後彷彿有隻怒海狂濤全力一壓的巨手。

尋死並未讓他自由。

他在這裡醒來。

在一無所有之地醒來。

一無所有，只有寂寞，比他當初所拋棄的更教人寂寞難耐。

令人再也無法承受——

就快到了。再轉一次彎，再過一條長街，就要抵達山腳。

他拐過轉角——

他在前方馬路的遙遠彼端看見一輛黑色廂型車。

那輛車子在動。

# 29

他驟然止步，冷不防跌了一跤，雙手埋進幾吋深的粉塵中。

廂型車。

正駛離他的廂型車。

有人駕駛的廂型車。

緩緩開著，開向遠方，車尾掀起低矮的塵雲，但它確實存在，如假包換。

原來地獄裡還有別人。

還沒想這麼做恰不恰當，賽斯就左搖右晃地站直身子，雙臂高舉過頭揮舞。

「等一下！」他叫道。「**等一下！**」

廂型車幾乎立刻停下。正在乾涸的粉塵不斷揚起熱氣，車子離得夠遠，在熱氣中微光閃爍，但它的確停下來了。

它的確聽到他了。

賽斯盯著車子，心跳加速，肺也死命想吸進空氣。

廂型車的車門打開。

這時賽斯身後伸出一雙手，摀住他的嘴，將他拽倒。

# 第二部

# 30

那雙把賽斯往後扳的手太過用力，幾乎害他無法保持平衡。他試圖抵抗，但身子太虛弱——缺乏食物與睡眠、跑得太勤、以及胸口揮之不去的重量——所以只能往後倒，盡量別跌——

不過那雙手似乎出奇地小——

把他從街上拉開，拖往一棟倒塌建築的骨架，以前可能有好幾層樓高，但如今只成混凝土的斷垣殘壁和格外黝黑的暗影。

萬一被拖進去，就只能任人宰割了。

他把重心往下壓，落在滿布灰燼的路面，也把攻擊者一塊兒往下拖。

「哎呀！」那人叫道，賽斯翻身舉起拳頭，準備迎擊這瞬間憑空冒出的傢伙——

沒想到只是個小男孩。

他頂多十一、十二歲，比賽斯矮了足足一呎。怪不得感覺那麼笨拙，像隻猴子緊扒著長頸鹿。

「不行！」男孩低聲說，他顯然慌了。「我們得離開街上！」

他已站起身子，望向賽斯身後那台廂型車。賽斯也跟著轉頭。在微光閃爍的暑氣中，他彿彷看見廂型車旁站了一個人——

男孩一把抓住賽斯的T恤。「快來！一定要來！」

賽斯啪一聲打掉他的手。「放開我啦！」

「不行，你一定要來，」男孩說，賽斯發現他講話時帶著某種腔調，可能是東歐腔吧。賽斯看見男孩身後有台單車，單車棄置在灰燼中，後頭是棟被燒毀的樓房遺跡。男孩轉身呼喚：「芮珍！」

一個體格魁梧的高個黑人女孩踩著單車從樓房的暗影中現身，她與賽斯年齡相仿，說不定還比他大。賽斯看見她身後有道陽光，那一定是他們騎車穿行的通道。女孩瞪著賽斯，一副上氣不接下氣的模樣。「天哪，你還真能跑。」

「你們是誰？」賽斯質問她。「這又是怎——」

「非走不可了！」男孩指向馬路，堅決地說：「司機！」

他們全往那頭看。只見車門關上。廂型車又開始行駛，轉圈調頭。

所以它要往回開了。

女孩跳下單車，臉上重新浮現恐懼，吼道：「湯米！快躲！」男孩接過她的單車，再抓起自己的單車，拖進樓房的暗處。女孩雙手揪住賽斯的T恤，想把他也往裡拖。

她比那男孩壯多了。

「放開我。」賽斯掙扎著說。

她把臉湊向他面前。「你現在不跟我們一起躲，就死定了。」

「她說的都是真的！」男孩從建築的矮牆後探出頭說：「拜託進來吧！」他再次消失在牆後，那裡似乎藏了個用塌坍的混凝土板臨時搭建的小窟窿。他隨後也把單車拖進去。

女孩扔緊拽賽斯的上衣不放，力道大到幾乎撕破衣服。他不斷抵抗，眼神再次飄向馬路彼端。廂型車已調過頭。它正往這頭開，朝他們而來。

搞什麼鬼？他揣想著。說真的，搞什麼鬼？

女孩怕得驚叫一聲，放開他後一溜煙逃進建築中。

最後終於讓賽斯移動的，是她的恐懼。

他也跟著她，奔入了黑暗中。

屋裡的陰影既深又黑，賽斯雙眼一度無法適應，眼前一片漆黑。

「動作快！」女孩說。她自己蹲下，也不忘把他往下拉，藏在那堵矮牆後，再鑽進小凹室，裡面塞了個男孩和兩台單車，顯得更擁擠了。賽斯不禁暗想，他怎麼沒想過要弄台單車？

「這太扯了。」他說：「它會發現我們——」

「它會以為我們順著單車軌跡出去了，」女孩說：「如果走運的話。」

「要是不走運呢？」

她伸出手指要他閉嘴。

此刻他也聽見了。

廂型車的引擎聲。幾乎就要到了。

男孩發出一聲嗚咽。「它來了。」

男孩跟女孩縮進小凹室黑暗的更深處，如今這裡看起來小得可憐，卻要保護這三個緊靠著單車、汗流不止、氣喘吁吁、盡量不出半點聲音的傢伙。

廂型車停在外面。賽斯聽見車門打開。

一條胳臂伸向他胸前。是男孩把手伸向女孩。她抓住男孩的手，將它握牢。

他們屏息以待。

賽斯聽見腳步聲嘎吱嘎吱壓過灰燼。賽斯心想：只有一個人，只聽見一雙腳的步伐。

然後他看見了，它步入建築的陰影中。

不可思議的是，在這樣的暑氣下，它的每吋肌膚卻都裹得閉不通風，從指尖到頸部全包在烏漆抹黑、看似合成的織物中，活像穿著保溫潛水服。它的臉蒙在光滑的頭盔後，頭盔是依照鼻子和下巴外型鑄模，其餘部分則是只見金屬色澤、平滑黝黑的一片空白。

宛如賽斯家中閣樓那具棺材。

賽斯聽見右邊傳來微弱的氣息。暗影中的男孩雙眼緊閉，嘴唇飛快蠕動，像在背誦禱文。

那人駐足的位置幾乎就在他們正前方，它轉身側向對著他們。其實只要看向對的方向，只要彎下腰往裡瞄——

它經過凹室，離開賽斯的視線。他感覺女孩吁了口氣，但它原路折返時，她再次屏住氣息。它再次止步，注視著一團混亂的灰燼，賽斯確信那團混亂會將他領到他們面前。賽斯看見它手中握著一根不祥的黑棍，不管怎看，都像是件超厲害的武器。

那個人，也就是男孩口中的司機，令人沒來由地不寒而慄。它有人的形體，但它漆黑的衣服，衣服承戴身體的方式——

不太像人，賽斯是這麼想的。

毫無憐憫之心，就這麼回事。不用乞求它的憐憫。就像女孩說的，它可能會殺了你，在你來不及說服他大發慈悲、也不曉得自己犯了什麼滔天大罪前，他就會痛下毒手。

它朝他們的凹室走來。

賽斯感覺到男孩伸過他胸前的手和女孩相握得更緊了——

但司機止步不前。暫時不動聲色，接著後退，迅速步出他們的視線。賽斯聽見廂型車的車門啪嗒一關，聽見引擎加速，聽見車子駛離。

「謝天謝地。」男孩低聲說。

他們靜待片刻，確定車子開走才爬出凹室。男孩跟女孩站在偏斜的陽光下，男孩一臉羞怯，女孩則桀驁不馴。

「你們是誰？」賽斯問道。「那個又是什麼玩意兒？」

他們盯著他瞧了一下。然後男孩臉一皺，流如雨下。女孩翻個白眼，但仍張開雙臂。男孩撲倒在她身上，緊抓著她，在她懷中哭泣。

# 31

「你們是誰？」賽斯仍舊緊盯對方，再問一遍。「這是怎麼回事？」

「他有點情緒化，」抱著男孩的女孩說：「大概是波蘭人的習性。」

「我不是問這個。」

「我知道你不是問這個。」她放開下巴依在顫抖的男孩。「沒事了，湯米。我們沒事了。」

「安全了嗎？」男孩問道。

女孩聳了個肩。「再安全不過。」

賽斯注意到她是英國人，兩眼疲倦、眼袋腫大，衣服跟他一樣有的全新、有的滿佈灰土。她個子很高，比賽斯高，頭髮貼著頭皮勒得很緊，用個髮夾固定在後腦勺。至於男孩則矮得近乎滑稽。賽斯也發現他的頭髮跟歐文一樣亂得令人嘆為觀止。他沒料到一時間竟會為弟弟感到這麼深的心痛。

「我叫芮珍。」女孩說：「他是湯瑪士。」她把名字念成「蕾琪」和「東卯許」。她和男孩都眼巴巴地望著賽斯。

「賽斯，」他說：「賽斯．魏林。」

「你是美國人，」芮珍說：「真意外啊。」

「妳怎麼知道他是美國人？」湯瑪士問她。

「口音啊。」

湯瑪士羞澀地微笑。「我還是分不出來。聽起來都一樣。」

「我在英國出生，」賽斯說，困惑再次籠罩。「在這裡出生。天曉得這裡變成什麼鬼地方了。」

女孩開始把單車牽出凹室。「你跟他騎一輛。」她對湯瑪士說。湯瑪士高聲抱怨，卻還是從她手中接過單車。「走吧，」女孩對賽斯說：「我們真的不能在外久留。」

「妳要我跟你們走？」他說。

「我們沒時間跟你爭這個。要走不走隨你便——」

「芮珍！」湯瑪士驚愕地叫她名字。

「——但如果你留在這裡而被司機找到，到時候你就死定了。」

賽斯沒吭聲。他不知該回什麼才好。女孩回望他，他發現她在打量他的田徑服以及沒帶飲水的事實，發現她有所意圖、帶著怒意打量他的跑步路徑。她瞥了他身後那片風景一眼。

瞥了梅森丘一眼。

他離那裡很近，近到這一秒拔腿，下一秒就能奔上去——

但如今意圖已沒那麼明朗。解放的感覺，驅使他爬上丘頂的感覺，也暫時消失。

爬上陡峭的絕壁。

他們在千鈞一髮之際攔住了他。

他也在內心反芻。

不知打哪兒來的一男一女，剛好在他要爬上丘的那一刻，在他要與黑色廂型車碰面的那一刻將他攔下。

而廂型車也同樣不知打哪兒來的。

是他把他們變出來的嗎？是他使他們現蹤的嗎？

就這麼及時？

可是湯瑪士跟芮珍。這麼荒謬的名字，就算在這裡也格格不入。

還有那台廂型車。以及司機。

這一切究竟怎麼回事？

「你們是真人嗎？」賽斯輕聲問道，幾乎是自言自語。

男孩同情地點了下頭。

「我知道你為什麼會這麼問。」女孩說：「我唯一的答案是：我們跟你一樣真實。」

賽斯吸氣吐氣。「如果在此時此刻聽起來不太真實呢？」

女孩彷彿明白他的意思。「我們真的該走了。你來不來？」

他不曉得該做什麼，應當做什麼。但不可否認的是，無論他們是誰、又可能是什麼，都比司機令他放心得多。

賽斯回答：「好吧。」

# 32

芮珍踩下踏板，掀起乾裂結塊的灰燼。賽斯在離她不遠的後方，站在踏板上騎車。湯瑪士坐在單車後座，緊緊環抱賽斯，但其實不必摟得那麼緊。

「我不喜歡這樣，」湯瑪士說：「你太高了。我看不到前面。」

「抓緊就對了。」賽斯說。

他們在覆滿灰燼的街道穿行，緊靠著芮珍跟湯瑪士原本的單車軌跡，每當要拐過轉角，就會先找尋廂型車的蹤影。

「它是誰？」賽斯問道。「它是什麼？」

「等等再說。」芮珍答道。

「她見過它，」賽斯聽見背後傳來的聲音。「她見過它的能耐。」

「等等再說，」芮珍複述，並把踏板踩得更用力。

他們繞過一個又一個轉角，朝火車站前進。灰燼中的單車軌跡與賽斯向外探險的足跡平行。

「你們在跟蹤我。」他說。

「我們想抓到你。」湯瑪士說。

「你們怎麼知道我人在哪兒？」

「再說啦。」他們拐過最後一個轉角時，芮珍厲聲喝止。「我們得先甩開——**該死！**」

那輛黑色廂型車正在那裡等他們自投羅網。

芮珍急轉彎的力道過猛，整個人摔出車外。湯瑪士跳下車幫她時，賽斯努力保持平衡。停在馬路上的廂型車在他們斜對面，擺明料到他們會從三條街的其中一條出來。他們挑的那條街，顯然是它認為最不可能的一條，但如今它的引擎加速，準備轉彎追上來了。

現在賽斯終於看見車子的全貌，這時才發現用「廂型車」來形容根本不妥。光滑、怪誕，邊角圓鈍、車窗暗到幾乎與車身融為一體。車身沒有其他可資辨別的記號。就連灰燼塵土似乎也纖毫不沾。在一片灰撲撲的背景中，它只是個堅硬冰冷的黑色物體。

一如司機戴的頭盔。

也一如賽斯家裡的棺材。

「那座橋！」芮珍一邊大吼，一邊把單車扶正，就連湯瑪士跳上她身後的座椅時也毫不停歇。「趁它轉向之前！」

她踩上踏板，起初搖晃不穩，接著加速轉向，從廂型車面前騎走，速度有如風馳電掣，與笨重的大車擦身而過，但只要時間一拉長，他們絕對贏不過對手。賽斯跟在她身後，躍上覆滿灰燼的人行道，免得廂型車轉向他。

賽斯看見她指的那座橋。列車鐵軌從火車站一路延伸到一座磚砌拱橋。橋已半塌在底下的路面上，不過右側仍有空間讓單車穿行。

但廂型車無法通過。

賽斯直踩踏板追過芮珍，多了湯瑪士的重量，她騎得很掙扎。這時傳來猛然升高的引擎聲，他們回頭看，只見廂型車轉向了。

而且向他們全速衝刺。

「我們跑不掉了！」湯瑪士哭喊著。

「坐穩了！」芮珍喊道，兩腿瘋狂踩踏。

賽斯再次回頭。廂型車直逼而來。

湯瑪士說得對。他們跑不掉了。

賽斯不假思索，使勁往右轉，掀起一波粉塵，然後原路折返。

「你在幹嘛？」芮珍尖叫道。

「快跑！」他回吼道。「跑就對了！」

他從反方向與他們疾速錯身而過，迎頭衝向廂型車。

「不要！」他聽見湯瑪士的哭喊，但仍毫不退卻，加速疾馳。

「來呀，」他邊挑釁邊騎向廂型車。「來呀！」

它既沒煞車，也沒轉向。

賽斯也一樣。

「來呀！」他嚷道。

兩車之間只剩五十呎距離——

三十呎——

廂型車引擎加速——

就在相撞前一刻，它猛力左轉，撞上人行道破裂的邊欄，滑入一棟房屋燒毀的地基。

賽斯在灰燼中再一個急轉彎。「快！快！快！」他對放慢車速觀望的芮珍和湯瑪士大喊。她又踩起踏板，消失在橋下狹窄的通道。賽斯在他們身後急起直追。他們聽見再次加速的引擎聲，但頭也不回地拚命騎，穿過橋下的凹陷處，騎到另一頭。

「它會不會追上來？」賽斯吼道。

「我不知道！」芮珍說：「我們應該去你家躲起來。」

「我家？」

「下個交叉路口有好幾條往北的街道，」芮珍說。湯瑪士仍緊抓著她不放。「它應該不知道你住在哪──」

「你們怎麼知道我住哪裡？」

「我們會把單車藏起來，」她不理會他的問題，逕自往下說：「它通常不會到這一邊──」

「通常？」

芮珍厭煩地咕噥一聲，拐進下個轉角。「我們不知道的事還很多。」

「但我們也知道不少啊。」湯瑪士說。

「像什麼？」賽斯問道。

「像跟蹤你就是對的。」湯瑪士欣喜地答覆。「因為你救了我們。」

「救了你們什麼？」賽斯問他，這時他們終於開始放慢車速。「那玩意是什麼？」

湯瑪士直視著他說：「死神。它是死神。」

# 33

「算不上死神啦，」芮珍答話的同時，他們把單車藏在離他家兩條街遠，一座雜草叢生的花園裡。「我們管它叫司機。」

「或許真的是死神，」湯瑪士說。

芮珍翻個白眼。「又不是那個披著斗篷的白骨，手裡拿著……」她用雙手比了個動作。

「鐮刀？」賽斯試探性地說。

「對，鐮刀，」芮珍贊同道。「但它會殺了你。」

「妳怎麼知道？」

「沒時間解釋了，」她邊說邊領他們走向人行道，往賽斯家前進。「先進屋裡再說。」

「可是你們是誰？」跟在後頭的賽斯發問。「從哪兒來的？還有其他同伴嗎？」

芮珍和湯瑪士交換一個眼色。這一瞬間答案不言可喻。令他意外的是，失望來得教他措手不及。

「沒有了，對吧？」

芮珍搖搖頭。「只有我跟湯米。還有開那輛廂型車的傢伙。」

「只有我們三個囉？」

「三個勝過兩個，」湯瑪士說：「又更勝過一個。」

「我們猜，應該還有別人藏在什麼地方，」芮珍說：「否則實在說不通。」

「也對，」賽斯說：「因為除了沒人之外，這裡的一切都說得通。」

湯瑪士皺起眉頭。「可是不通啊。」

「不要講反話，」芮珍對賽斯說：「他聽不懂。」

「我聽得懂！」湯瑪士抗議道。「我的母語裡有超多反話。我可以跟你們講個故事，克拉科夫有條龍——」

「我們得進屋裡了，」芮珍說：「只要別太靠近，司機應該不會把我們看作多了不起的威脅，不過——」

「太靠近什麼？」賽斯問道。

他倆都驚愕地望著他。芮珍對他歪著腦袋。「你覺得這裡是哪裡？」

賽斯言簡意賅地說：「地獄。」

「對，」湯瑪士說：「我就是這麼說的。」

「這個嘛，」芮珍邊說邊在人行道上繼續走。「這麼說也沒錯啦。」

他們步步為營，挑灰塵積得最少的路面走，盡量掩飾足跡，但只要有心尋覓，要找到他們仍是易如反掌。

不過得要留神。

「無論那是什麼……玩意，」賽斯說：「都從沒來過這裡。相信我。這裡已經好幾年沒人把車開上路了。」

芮珍哼了一聲。「我還是在室內比較有安全感。」

「你家有吃的嗎？」湯瑪士問。芮珍撇了他一眼。「怎樣？」他說：「我肚子餓了嘛。」

「只有罐頭，」賽斯說：「湯、陳年老豆子、蛋奶凍。」

「跟我們吃慣的一樣。」芮珍說。

他們在賽斯家那條街的盡頭轉彎。「那棟對吧？」湯瑪士指著說。

賽斯再次止步。「你們怎麼知道？你們是不是一直監視我？」

湯瑪士的笑容開始動搖，就連芮珍的神色也有點慌張。

「怎麼樣？」賽斯說。

芮珍嘆了口氣。「幾天前，湯米看見你站在火車站的橋上。」

「當時她還不信呢，」湯瑪士說：「說是我在幻想。」他又露出笑容。「人家才沒有。」

「我們住在離這裡兩哩遠的一棟房子，」芮珍指向北邊說：「那時我們外出覓食，湯米說他好像看到有人。」

「我們在一場下不停的大雨中找人，」湯瑪士點著頭說：「都淋成落湯雞了。」

「後來我們，呃，」芮珍說到一半好像真的臉紅了：「我們看見你在洗澡。在雨中，在你家前院洗澡。」

湯瑪士嘴咧得更開了。「你在扯你的雞雞。」

「湯米！」女孩厲聲喝止，接著對賽斯蹙眉。「對，是這樣沒錯。既然你在忙，我們也不好意思過去打招呼，況且全身都濕了，肚子又餓，就先回家了，想等之後再來，等……」

「不那麼隱私的場面再說。」湯瑪士故意大聲用氣音說。

「雨沒那麼大的時候再說。」芮珍說。

賽斯感覺喉嚨灼燒。「我以為這裡只有我。以為沒有其他人了。」

「我原本也這麼以為，」湯瑪士凝重地說：「直到芮珍找到我。」他又笑逐顏開，只是這次笑得羞赧。「再加上你就三個了。」

「所以我們今天早上又來了。」芮珍說：「沒想到發現你像腳底生風，跑得奇快，像有什麼特定目標。」她交抱雙臂。「你幾乎像是要去某個目的地，有什麼使命。」

接著是一片賽斯沒有填補的沉默。

「但我們不能讓司機抓到你，」湯瑪士說：「就只好跟蹤你。現在我們到了這裡。」他聳了個肩。「還是在戶外。」

賽斯杵在原地一語不發，過了半晌才邁開步伐，帶他們往他家走。洗澡被人看光光固然很難為情，但也沒那麼尷尬。這件事仔細想想還是不對勁。這兩個人剛好在他跑向山丘時出現，剛好在他跟黑色廂型車接觸前攔下他，又剛好找到一個絕佳的藏身處躲避「司機」？

他步上老家大門步道時，不忘偷瞄身後一眼。

一個歡天喜地的矮個波蘭小孩，跟一個身材魁梧、疑神疑鬼的黑人女孩。

這會是他變出來的嗎？因為這麼詭異的東西是他最不可能想要創造的。

他打開大門，他們跟著進門。芮珍往餐椅上坐，湯瑪士則倒向靠背長椅。「這幅畫好可怕。」他抬頭盯著壁爐台上的驚慌馬兒說。

「我來煮東西。」賽斯說：「東西不多就是了。不過，我下廚的時候，你們要把知道的事一五一十招來。」

「好，」芮珍說：「不過，首先，你也要對我們坦白。」

「坦白什麼？」賽斯邊問邊走向廚房。

同時聽到她問：「你是怎麼死的？」

# 34

「妳說什麼？」

「你聽得夠清楚了。」芮珍說。她堅定地望著他，彷彿為他設下一項挑戰，一項必須通過的測驗。

「我是怎麼死的？」賽斯覆述她的問題，目光在她和湯瑪士身上來回掃視。「妳是說……妳是說，這裡真的是——」

「我什麼都沒說，」芮珍說：「我只是問你怎麼死的。你的反應告訴我，你完全明白我的意思。」

「我是被閃電打死的！」湯瑪士自告奮勇地說。

芮珍不屑地哼一聲。「你才不是。」

「妳哪裡知道，」湯瑪士說：「妳又不在場。」

「根本不會有人被閃電打中。就算在波蘭也不例外。」

湯瑪士憤慨地瞪大雙眼。「當時我又不在波蘭！到底要我說幾遍？我媽來英國找更好的工作，還有——」

「我是溺死的。」賽斯說，音量小到他猜他們可能沒聽見。

不過他倆馬上停止鬥嘴。

「溺死？」芮珍說：「在哪裡？」

賽斯眉頭深鎖。「亥夫馬奇。是個海邊的小鎮——」

「不是啦，我是說在哪裡？在浴缸？游泳池——」

「海裡。」

她點點頭，彷彿這答案合情合理。「你有沒有撞到頭？」

「我有沒有撞到——」賽斯講到一半嘎然而止。他伸手摸頭蓋骨背面撞上礁岩的部位。「這有什麼要緊的？」

「我……」芮珍才剛開口，又低頭望著賽斯金早上剛擦過的地板。「我從樓梯上摔倒。滾下來時，腦袋撞上其中一階。」

「然後在這裡醒來？」

她點點頭。

「我是被閃電打中！」湯瑪士開心地說：「感覺像是全身每個地方同時被人揮拳打中！」

「你才沒被閃電打中。」芮珍說。

「那妳也沒從樓梯上滾下來！」湯瑪士說，聲音因為不服氣而扭曲，這種語氣賽斯似曾相識，以前每次和歐文打架，他都是這樣鬧彆扭。

「所以你們兩個都……？」賽斯沒把話講完。

「死了，」芮珍說：「造成特定傷害後死掉。」

賽斯又摸摸他撞上礁岩的後腦勺。那恐怖的最終一擊仍記憶猶新，他敢發誓直到現在都還記得骨頭碎裂、再也回不去了是什麼感覺。

最後他在這裡醒來。

此時此刻，骨頭當然沒碎，那是另一個空間，另一個他，他唯一能感覺到的，是仍舊短得不像話的頭髮，芮珍跟湯瑪士顯然在這裡待得夠久，所以頭髮長得比他長。除此之外，沒有異常之處，只摸到脖子往裡凹的曲線連到頭蓋骨往外凸的曲線。

芮珍望著湯瑪士說：「秀給他看。」

湯瑪士從靠背長椅跳下來。「請你彎腰，」他說。賽斯單膝下跪，任湯瑪士抓住他的手。他把賽斯的手指展開，拇指跟食指分得特別開。湯瑪士專心時會露出一點舌頭，再一次讓賽斯想起歐文，讓他心頭一揪。

「這裡，」湯瑪士邊說，邊把賽斯的指頭移到他左耳正後方的一塊特定骨頭。「摸到了嗎？」

「摸到什麼？」他腦袋就是這個部位撞上礁岩，不過沒什麼異常之處，只有一塊——的確不尋常。這裡的骨頭凸起，但微小到幾乎不存在，微小到幾秒之前摸同個位置卻毫無所覺。

骨頭上的凸起。

然後在同一塊骨頭上有個狹窄的凹痕。

「什麼？」賽斯低聲說：「怎麼會……？」

他發誓先前沒這玩意兒。可是現在有了，隱約細微但確實存在，這頭蓋骨上的凸起和凹痕簡直是渾然天成。

簡直。

「你是撞到這裡嗎？」芮珍問他。

「對，」賽斯答道。「妳呢？」

芮珍點點頭。

「我也是那裡被閃電打中！」湯瑪士說。

「或是什麼其他悲劇害的。」芮珍咕噥道。

「這是什麼？」賽斯問道。他伸手去摸右邊同一位置，想看看有沒有骨頭凸起。結果沒有。

「我們認為這是某種連結。」湯瑪士說。

「跟什麼的連結？」

他們誰也沒有回答。

「跟什麼連結？」賽斯又問一遍。

「你都做些什麼夢？」芮珍反問他。

賽斯對她眉頭一皺。然後不得不轉開視線，栩栩如生的夢境讓他膚色多少因此泛紅。

「那些夢啊，」湯瑪士說著，輕拍賽斯的背表示同情。「真是要命。」

「好像不只看它們在眼前上演，」芮珍說：「而是身歷其境，穿越時空，回到過去再活一次。」

令賽斯詫異的是，自己竟熱淚盈眶、喉頭哽咽。「那是怎麼搞的？為什麼會做那些夢？」

她瞄了湯瑪士一眼，接著目光又回到賽斯身上。「我們還不太清楚。」她謹慎地說。

「但有點概念？」

她點點頭。「你夢的那些事？重要嗎？」

「重要，」賽斯說：「遠比我希望得重要。」

「有的是好夢，」湯瑪士說：「但也是苦中帶甜。」

賽斯點點頭。

「但是那些夢，所有的夢——」芮珍在空中比個手勢，手指一捻，示意一把將他所做的夢抓住——「這所有的夢，並不代表你的一生。」

「不只那些。還有許許多多。」她唇露猙獰。「只是你忘了。」

「什麼？」

賽斯不知怎地，就是說不出個所以然，而這令他惱怒。「不要說我忘了，」他激動地說，包括他在內的每個人都為之一怔。「我記得的太多了，這才是問題所在。假如我能忘掉一些事，就……」

「就怎樣？」芮珍問他。「就不會溺死了嗎？」她語帶嘲諷地說出那兩個字，用犀利的眼神挑戰他。

「妳是在樓梯上跌倒，」他聽見自己回嘴。「還是被人推下來的？」

「哇噻，」湯瑪士退後一步說：「發生什麼事了？我錯過了什麼？怎麼吵起來了？」

「我們沒有吵架，」芮珍說：「只是在了解彼此。」

「想要了解彼此，就得分享訊息，」賽斯說：「但你們只是拐彎抹角打啞謎，表示你們懂得比我多很多。」他講到這裡站起身子，音量也提高了。「我的腦袋怎麼會突然多出個凹痕？」

湯瑪士準備回他：「那不是突然——」

但賽斯繼續說：「我為什麼會出現在小時候的家，還從棺材裡爬出來？」

芮珍一臉驚訝。「你小時候住這裡？住在這棟房子裡？」

但賽斯根本聽不進去。「其他人都跑到哪裡去了？你們又是誰？我怎麼知道你們跟開廂型車那玩意兒不是同夥？」

這一問激起的眾怒超乎他的想像。

「我們才**不是**咧！」湯瑪士吼道。

「你什麼都不懂！」芮珍說。

「那就解釋給我聽啊！」

「好！」她說：「湯瑪士不是我在這裡遇見的第一個人。他是第二個。」

賽斯莫名感到勝利。「所以還有別人囉？」

「在我找到湯瑪士之前，只有一個。」

「真是感謝聖母讓她找到我，」湯瑪士點頭如搗蒜地說：「當時我超慘的。」

「但是在他之前，」芮珍說：「我遇過另一個人。一個女的。但只認識一天。就一天。後來還眼睜睜看她送命。當時她把我推開，好讓司機抓到她而不是我。我親眼看見它把她殺了。那根棒子好像有電，能把人殺死。然後司機會把屍體帶走。」

湯瑪士對賽斯皺眉。「她不喜歡談那件事。」

「所以，去你的，」芮珍繼續說：「那我們怎麼知道你不是——」

她把話打住。

因為他們聽見聲音。

遠處傳來嗚嗚聲，不像風聲的風聲。

是引擎聲。

距離越近，聲音越大。

# 35

他們面向窗戶，雖然百葉窗依舊低垂，遮蔽了窗外的街景。

「不會吧，」芮珍邊說邊起身。「它從來不會跟這麼遠。只要我們逃走，它絕對不會跟上來的。」

引擎聲愈加響亮，大概離這裡兩、三條街。

而且逐漸逼近。

湯瑪士對賽斯繃著臉。「你剛才大吼大叫，被它聽見了啦！」

「不，沒那回事。」芮珍說：「它只是在巡街找人，一條接著一條巡。好了，閉嘴。」

他們保持安靜，但引擎聲變了，車子顯然轉過街角——

朝賽斯家那條路開來。

但賽斯暗自揣想。

他說了那番話，指責他們和它同夥之後，大家才聽見引擎聲的。

如今車子也開來了。

是我變出來的，他不禁暗忖。是我變出來的嗎？

「我們的腳印到處都是，」湯瑪士說：「它一定知道我們在這兒。」

「它在開車，」芮珍說：「說不定開得太快，根本沒發現——」

可是這句話沒講完。

因為引擎聲不遠不近，剛好停在屋外。

賽斯感覺湯瑪士的手悄悄鑽進他掌心，像是每次過馬路歐文緊抓他的手不放一樣。賽斯可以透過湯瑪士粗短的小手指，感覺到他精神緊繃，可以看見他咬禿到嫩肉的指甲，以及抬頭與賽斯相望的、瞪大的驚恐雙眸。

跟歐文好像。

「它會開走的，」芮珍說：「開進再開出。大家都別動，好嗎？」

他們不敢動彈。但引擎聲也沒移動。

「它在幹嘛？」湯瑪士絕望地用氣音問道。

賽斯又注意到他凌亂的頭髮，好似一團糾結的鋼絲崩落。同樣，跟歐文好像。賽斯思緒飛馳，望著芮珍。

這世界的一切感覺好小。感覺像是他躲在哪裡的一小塊地，四面牆以回憶形式從東西南北向他逼近，他卻無法撼動，只有遭大火蹂躪的荒原作為邊界，如今憑空冒出這兩個傢伙，及時不讓他跑遠，把他帶回這棟蠢房子，帶回他在那個節骨眼上只想永遠離棄的房子，天曉得他們是不是也把這輛廂型車引來了。

「這件事有哪裡不對勁。」他說。

「哪裡？」湯瑪士問他。

賽斯捏了一下湯瑪士的手，然後鬆手。「我要去搞清楚。」

「你要什麼？」芮珍問他。

他開始穿過客廳，往百葉窗那頭走。「我要去查清楚，看是怎麼回事。」

湯瑪士移到芮珍身邊，握住她的手。

賽斯停下腳步，好奇地望著兩人。「你們並不存在，對吧？」他的話就這麼出其不意地脫口而出。

芮珍蹙起眉頭。「你說什麼？」

「我認為你們其實並不存在。這裡的一切其實都不存在。」

引擎仍在屋外響著。

「如果我們不存在，」芮珍死命盯著他說：「那你也不存在。」

「妳認為這就是解答？」賽斯說：「這就是證據？」

「我不管你怎麼想。但如果你讓那玩意兒看見我們，我們就死定了。」

但賽斯只是直搖頭。「我覺得我漸漸懂了。我終於漸漸明白這是哪裡。」他轉身面向窗戶。「又是怎麼運作的。」

「賽斯先生，你在幹嘛？」湯瑪士問道。「不是只說要查一查嗎？」

「賽斯，拜託你，」芮珍說，接著她聽見自己對湯瑪士說：「快走，逃啊，這裡一定有後門——」

「沒什麼好逃的，」賽斯說：「這裡沒什麼能傷得了我，對吧？」

他近乎泰然自若地一揮手，把百葉窗拉開。耀眼陽光射進昏暗的室內，賽斯只能對著強光瞇眼——

這時司機的拳頭打穿玻璃窗，捶向賽斯的胸口，雷霆萬鈞的力道把他打飛到房間另一頭。

# 36

他跌落在芮珍跟湯瑪士腳邊，兩人一溜煙地逃進廚房。他感覺胸膛穿了個洞，肺裡的氣全被打跑了。司機出拳將窗戶殘餘的玻璃清空，殘暴俐落地把百葉窗扯開，跨過低矮的窗枱，踏進客廳，它的雙腳死氣沉沉地砰然落地，似乎重得很不自然。

它站在那裡，雙臂微張、兩腿張開，歪著沒有五官的光滑臉孔，彷彿俯視著仍舊蜷縮在地、奄奄一息的賽斯。他聽見芮珍跟湯瑪士使勁要打開通往後院的門，問題是那裡只有高大的圍籬和長草。怎樣也無法從這個有人類外型但無臉的可怕玩意兒面前逃脫。

逃不了了。不管誰都一樣。

司機向賽斯移動，步伐地踏在地板上發出隆隆巨響。邁步時，一隻手還做出向外伸的動作，那支鋼鐵般的黑棍彷彿憑空變到手中。司機試驗似地揮了一下棒子。它在空中噼啪作響，發出令人不安的嗡鳴，黑棍移動時，小光點也不斷湧現。

賽斯往後挪動，思緒紛亂交錯。偏偏挑這緊要關頭出錯，他在心中暗想，我的死期到了，還有他們只要把門一拉，鎖就開啦，還有會不會痛？天哪，會不會痛？他試著逃走，但司機毫不寬貸、步步近逼，棍棒已準備——

他依稀意識到湯瑪士在廚房說：「不可以，不可以！」芮珍則放聲大叫：「湯米！」但他眼前只有那張無情空洞的面孔回望著他，迎面而來——

「不！」賽斯開口說——

司機一躍而起，揚起鐵棍，以駭人的威力往下揮出最後的——

說時遲那時快，堆滿藏書的書櫃倒在它身上，將它壓倒在地。

賽斯發出驚叫，但湯瑪士已從推倒書櫃的地方逃跑，芮珍也托著賽斯的腋下，扶他起身。他們合力把他拖進廚房，賽斯看見司機用難以置信的力量將書櫃從身上撥開。湯瑪士關上廚房的門，芮珍幫他把冰箱壓在門上。

「有鑰匙嗎？」湯瑪士指向通往露台的門吼道。「拜託你，說你有鑰匙！」

「門是開的，」賽斯喘著氣說，他的胸膛仍在陣陣抽痛。「往內拉，再轉一下門鈕。」

司機撞上廚房的門，第一下就差點把冰箱撞開，不過芮珍已把後門打開。她緊抓湯瑪士的手，將他往外拉，並對賽斯大喊：「快點！」

他搖搖晃晃地起身，這時司機的第二撞，把廚房門的上半部從鉸鏈上撞飛。但門還是挺住了。暫時挺住了。因為胸口疼痛而拱著背的賽斯，上氣不接下氣，跟在他們身後奔出後門。

等他步上露台，他們已隱身長草中。他看見芮珍的頭露出雜草外，但湯瑪士只是茫茫野草中的一道氣流，有如接近湖面的一條魚。

賽斯踉踉蹌蹌經過那堆銀色繃帶——它們還在原地、還在他扔掉的位置——步入野草，但此刻也聽見屋裡傳來更關鍵的一道撞擊聲。

「告訴我這裡有路可以出去！」芮珍轉頭對他大吼。

賽斯沒吭聲。

「媽的！」他聽見她咒罵一聲。

他們在古老的防空壕旁駐足，門早就不見了，壕內的破壺爛瓦堆得老高，還有約莫千百萬個大衣衣架。後端圍籬很高，又是木製的，不容易找到立足點，另一側的築堤只是陡峭地連到另一道圍籬，同樣高不可攀，頂部還加裝鐵絲刺網。

「這裡到底是哪裡？」芮珍問道。

「監獄的周邊土地，」賽斯喘著氣說：「後面還有一道圍籬，再後面還有一道——」他打住不說，因為芮珍跟湯瑪士正詫異地大眼瞪小眼。「什麼？」

「監獄？」湯瑪士說。

「對啊，」賽斯說：「那又怎樣？」

「毀了，」芮珍說：「毀了，毀了，毀了。」

「你們看！」湯瑪士叫道。他從圍籬低矮的一處角落抽出一塊鬆脫的木板。芮珍跟賽斯連忙過去幫他。賽斯有點畏縮地彎下腰，他們拔出兩塊，再來第三塊。湯瑪士七手八腳爬到另一頭。等抽出第四塊，芮珍便把賽斯往裡推。

他轉身要幫她。

但她正回望露台。

因為司機正站在那裡。

他們從圍籬的洞往外望，看見她注視著它，又轉身面向他們。

看見她的雙眸在算計推敲。

看見她毫無動靜。

「妳在幹嘛？」湯瑪士驚恐地說。

「你們兩個快走。」她望著賽斯。「幫我照顧湯米。」

「不可以！」湯瑪士邊吼邊撲回洞口，但賽斯本能地攔住他。

「芮珍，這樣太瘋狂了！」他說。

「我能拖慢它的速度，」她說：「這樣你們就能逃走。」

「芮珍！」湯瑪士哭喊著拉扯賽斯的胳臂。

此刻傳來撕裂聲，司機正劃破長草，步伐放慢，近乎從容不迫，彷彿知道這回十拿九穩。

「快逃啊！」芮珍吶喊。「快呀！」

「芮珍——」賽斯說。

這時湯瑪士掙脫賽斯的胳臂，閃過他的擒拿，衝出圍籬洞口，並避開試圖擋在他面前的芮珍。

「湯米！」她叫道。

賽斯看見他把手伸進口袋，掏出一個小塑膠盒，發狂似地蠕動肥短的手指——

他看見打火機的火焰在空中舞動。

「湯米？」芮珍叫他。

湯瑪士拿打火機沿著纖細長草的邊上燒，長草雖然被雨水滋潤，但仍脆弱易碎，而只要湯瑪士用打火機碰觸的地方，仍然極易燃起火焰。他蓋上打火機蓋，對芮珍吼道：「快走！」便再次衝進圍籬洞口。

芮珍望著蔓延迅速的熊熊火焰，巨浪般的濃煙已將司機遮蔽。賽斯見她動也不動地愣了千分之一秒，接著便緊跟湯瑪士穿進洞裡。他們往右轉，朝築堤爬行，但願圍籬盡頭有路可通。

然後沒命似地狂奔。

# 37

「那是我的打火機，你這個小小偷。」芮珍邊跑邊說。賽斯不斷回頭查看司機的行蹤，但火海連天，就連介於他們之間的圍籬頂端都是烈焰。

「火勢會延燒，」賽斯說：「這裡的一切都會像鐵軌另一邊一樣，被燒成一片荒地。」

「對不起。」湯瑪士說。

「打火機還我。」芮珍說。

後端圍籬和陡峭的築堤間隔很窄，他們無法自在奔跑，只能一腳踏著平地，另一腳踩著斜坡，盡力狂奔。

「它沒追上來了。」賽斯再次回頭後說。

「是還沒追上。」芮珍修正他說的話。

他們抵達一排房子的盡頭，衝出滲坑所在那條小街的單元樓停車場。賽斯往左轉，避開他家的那條街。

「不行！」芮珍氣喘如牛地叫道。「我們要遠離監獄。如果不閃遠一點，就甩不掉它。」

賽斯停下腳步。

可是她已經往另一頭，往滲坑和大街的方向跑，湯瑪士也緊追在後。

「走那條路一定會撞見它啦！」賽斯在他們身後叫嚷，但他們一刻也不停步。「該死！」他大罵一聲，不顧依然疼痛的胸口，跟在他們後面跑。

依然疼痛，但——

他們跑到滲坑邊，停步蹲了下來。湯瑪士從蔓生的灌木叢邊緣向外偷瞄。「沒什麼，」他說：「廂型車還在，其他沒什麼。只有一團煙。」

「那還不走，」芮珍說。她衝到對街，湯瑪士緊跟著她，在那驚險的眨眼瞬間，兩人暴露在廂型車的視線範圍內。賽斯跟上前，往他家瞥了一眼，那裡毫無動靜。他們躲在對街。「我的胸口，」賽斯以手撫心。「很——」

「先回我們家，」湯瑪士說：「到那裡再幫你。」

「用走的太遠了，還有那玩意兒在後面追，」芮珍說。她面向賽斯。「你知道有哪裡好躲嗎？」

賽斯遙望大街，想像力穿過那些他曾進進出出的小店，一路奔馳到丘頂的超市。

「確實有個地方可躲。」他說。

「裡面好黑哦。」一行三人衝到大街彼端後，湯瑪士凝視著超市櫥窗說。

「棒呆了，」芮珍對賽斯點點頭說：「選得好。」

賽斯回望老家的方向，只見濃煙依舊竄升。「是不是把它燒死了？」

「死神是不會死的。」湯瑪士說。

「它只是變裝的人，」芮珍說：「不是死神。我們其實不該再叫他『死神』了。」她鑽進超市，旋即消失在黑暗中。賽斯正要跟著進去，卻發現湯瑪士咬著嘴唇，堅定地站在原地。

「好黑哦。」他又說一次。

「快點啦！」芮珍從店裡喊道。

「我們會跟你一起在裡面，」賽斯對他說：「你也有打火機啊。」

湯瑪士將它掏出口袋，在指尖翻轉。「這不是我的。是芮珍的。她叫我幫她保管。」他抬頭瞄了一眼賽斯。「免得她受誘惑。」

「她說是你偷的。」

湯瑪士聳聳肩。「人會用不同的方式尋求所需。有時甚至會表現得毫無所求的樣子。這是我媽的至理名言。」

芮珍跺步踏出黑暗。「湯米，我是認真的。如果你再不移動你的小短腿，這裡唯一會傷害你的，就是本小姐。」

「妳會抽菸？」賽斯問她。

她兩眼瞪著他。「你想聊這個？你有沒有搞錯？」

「好了，湯米，」賽斯轉向他說：「我們真的得進去了。」

湯瑪士一臉訝異。「你叫我湯米。」

「對啊。」

「麻煩你叫我湯瑪士。」

「她都叫你湯米。」

「我答應芮珍可以這麼叫。至於你，叫我湯瑪士比較好。」

他跟著賽斯和芮珍踏入黑暗的店裡。他們穿過寂靜的走道往內走，腳步在四散的陳年食物粉塵間遊移。

「這就成了。」芮珍邊說邊面向湯瑪士。「打火機給我。」

「不行，」湯瑪士搖著頭說：「妳不是說戒菸了嗎？芮珍說：我再也不抽菸了。」

「但打火機還是我的，我得看賽斯有沒有因為肺被打爆而快死掉了。」

「讓我來檢查。」湯瑪士說。他輕彈打火機，把它高舉過頭，照亮走道。

「不要舉那麼高啦，」芮珍說：「不然人家在店門前會發現的。」

「喲，」湯瑪士說：「現在倒會出主意了，可是湯瑪士放火燒草、救大家一命的時候，卻沒人吭聲。『哦，湯瑪士，感謝你，多謝你足智多謀，我們才能逃走。』哎呀！」

他扔掉打火機，把兩根灼燒的指頭含進嘴裡。

「是是是，」芮珍說：「感激不盡啊，天才。」

「不客氣，」湯瑪士含著滿嘴的指頭說。芮珍在一片幽暗中到處輕拍地板，想找到打火機。

「這個打火機為什麼那麼重要？」賽斯問道。

「因為它還有火，」她說著，找回了打火機，把火點亮。「基本上這些是酒精。你知道我在找到這個酒精還沒揮發完的打火機前試過幾百個嗎？好了，把上衣脫掉。」

賽斯對她眨眨眼。

「笨蛋，我要檢查你的胸口啦，」她說：「你還能走路，也能講話，應該沒大礙，但還是檢查一下比較放心。」

賽斯有所遲疑，突然害起臊來。

芮珍眉頭一皺。「我們早就看過你洗澡了。」

「而且不只洗澡喲！」湯瑪士在旁搧風點火。

芮珍換用另一隻手拿打火機，對他擺出調皮的臉色。「又不是要叫你跟我約會什麼的。」

「就算妳要也沒用，」賽斯說，這些話幾乎像反射動作脫口而出。「我不跟女生交往。」

她臉馬上一垮。「你是說不跟胖妹交往吧。」

「不是啦，我不是——」

「我知道你在想什麼。在這個缺乏食物的世界求生，她怎麼可能還這麼胖？那她一開始到底囤積了多少脂肪？」

賽斯本想爭論，但決定作罷。他沒往那裡想。但這麼一講，反倒衍生出一個更重要的問題。

「你們在這裡多久了？」

「五個月又十一天。」湯瑪士說。

「夠久了。」芮珍不早不晚，跟他同時回答。

現場一度陷入沉默，因為賽斯不知該說什麼才好，所以最後只說：「我的意思是，我不跟女生交往。是任何女生。」

芮珍高舉打火機端詳著他，這時才聽懂弦外之音。「所以你的意思是，如果不打算讓人類在地球上滅絕，就得靠我跟這個波蘭小孩繁衍後代？」

「什麼？」湯瑪士大惑不解地說：「你們在說什麼？我聽不懂。」

「他喜歡男生啦。」芮珍說。

「真的假的？」湯瑪士興致高昂地說：「我老早就好奇同性戀是怎麼回事了。我有好多問題想問你——」

「在他發問前，先讓我檢查你的胸口吧，」她對賽斯說：「拜託。」

在火光下，他們只看見賽斯的皮膚開始瘀青，或許也有點泛紅。

「怎麼可能？」湯瑪士說：「它把你打飛到房間另一頭耶。」

「我知道，」賽斯說：「我還以為肋骨會直穿後背呢。」

芮珍聳聳肩。「也許它實際上力道沒那麼強？」

賽斯意有所指地看了她一眼。

「我不曉得啦，」她說：「總之為你開心啦。」她語氣又變得煩躁，繼續沿著走道走，往超市深處移動。「有沒有東西可以喝啊？」

「喂，妳也可以友善點吧，」賽斯說：「只有我們幾個在這相依為命。」

她轉身面向他，火焰閃過汗濕的臉頰。「相依為命？我還以為我跟湯米都不存在呢。假如我們不存在，就沒什麼必要對你友善了吧？誰教你在你家做了那麼天才的舉動，差點把大家都害死。真要感謝我們都不存在，是吧？」

「可是我們沒事啦！」湯瑪士說：「多虧有我。」

「這個嘛，要是我知道這是怎麼回事，」賽斯說：「而不是陷進這堆愚蠢的謎團裡——」

「你想知道答案？」她開始激他。

「芮珍，」湯瑪謹慎地說：「他可能還沒準備好。」

「才怪，」她說：「是他主動問的。所以我要告訴他。」

「告訴我什麼？」賽斯說。

她目不轉睛地望著他，火焰在兩人之間搖曳。「這個世界？你以為我們待的這個地獄？」

「芮珍，」湯瑪士說：「閉嘴。」

但她乘勝追擊。「『你們不存在，所以我希望你們不介意被我害死』的這位先生，這裡不是地獄。你想起的每件往事、夢到的每個片段、每個你記得活過的、愚蠢的一點一滴？」她把臉湊向火焰前，直到自己看起來像兩眼冒火。「才是地獄。」

「才不是呢。」湯瑪士堅定地說。

「明明就是，你也知道，」她說：「反觀這裡——」她比個手勢，把超市、外面空蕩蕩的街道、和無疑仍在某處尋找他們的司機全都包括進去「——這裡才是真實世界。這個地方。這裡。」

她甩了賽斯一巴掌。「喂！」他叫道。

「感覺到了嗎？」她說：「寶貝，這感覺千真萬確哦。」

賽斯伸手撫摸臉頰上擴散的刺痛。「幹嘛打我？」

「你不是死了又在地獄醒來，」她說：「你就只是醒來而已。」

她關上打火機，步入黑暗。

「從什麼東西醒來？」賽斯跟在她身後問道。

她睜大雙眼，在瓶裝水前停步，不發一語就和湯瑪士在水瓶間翻找，對著打火機的火光高舉瓶裝水，扔掉變色的水或是空瓶。

「你們家附近沒超市嗎？」賽斯問道。他們對貨架的激烈攻勢讓他有些詫異。

「我們家附近那家大超市全清空了。」她說。

「只剩轉角的小雜貨店和叫什麼『快遞』來著的超商。」湯瑪士邊說邊把一瓶水喝光。

「可是你們才離這兩哩遠欸，」賽斯說著也撿起一瓶水，瓶子到手上才發覺自己有多渴。「都沒過來看看嗎？」

「沒辦法，司機經常開車巡邏，」芮珍說：「什麼事都只能暗中進行，挨家挨戶移動，保持低調，不要被人發現。到今天之前都滿成功的。」

「如果是我的錯，我很抱歉，不過我有點厭煩了——」

「我要來根菸。」芮珍說。

「不可以！」湯瑪士說：「妳會死翹翹！妳的肺會變得跟妳皮膚一樣黑！妳的大腦會長瘤，長到眼睛都往外凸！」

「這樣還滿壯觀的，」她邊說邊繞回超市前側。

透過大門，他們仍能聽見引擎聲劃破街坊的寧靜，不過遠得令人心安，沒有人在門口徘徊準備來抓他們。

「只要別靠近監獄，」芮珍邊說邊走向香菸櫃台：「它大概不會管那麼多。」

「那棟監獄有什麼特別的？」賽斯說：「還有，妳說我醒來又是什麼意思？」

「等一下，」芮珍在香菸櫃台後方說。看起來幾乎每包菸都被老鼠咬得殘破不全，不過挑揀一番後，竟給她找到一包近乎完整的絲剪牌（Silk Cut）香菸。她像是得到第一份聖誕禮物一樣把它撕開，拍出一根菸。

「芮珍。」湯瑪士失望地說。

「你不懂的，」芮珍說：「我的意思是，老實說，你屁也不懂。」

她終於讓打火機發揮原有的用途，香菸尾端在昏暗中濺出火花。她深深吸了一口，含煙不吐，只見她緊閉雙眼，淚水先是淌過一邊臉頰，接著另一邊。

「哦，耶穌基督，」她輕聲呢喃。「哦，感謝老天。」

湯瑪士一臉正經地看著賽斯。「抽菸會害她送命。」

「妳不是說我們都死了嗎？」賽斯問道。

「不是，」芮珍說：「沒死。是湯米搞錯了。」她咳了幾聲，再吸一口菸，一手斜倚櫃台，彷彿體力耗盡但如釋重負。「今天真夠扯的。」

「芮珍！」賽斯不耐煩地說。

「好啦，」她說：「好啦。」她又深吸一口菸。「湯米，我要跟他說囉。可以接受嗎？」

湯瑪士一腳劃過地板，在灰塵中畫出一條線。「他會被嚇死，」他說：「他不會想知道的啦。」

湯瑪士面色凝重地仰望他。「之前我不信。現在也還半信半疑。」

賽斯嚥下口水。「風險我自己承擔。」

「那好吧，」芮珍邊說邊再吸口菸，然後把菸屁股往櫃台上捻，再抽出一根、把火點著。她望著賽斯，遞出菸盒請他抽菸。

賽斯心不在焉地比比仍穿在身上的慢跑裝和慢跑鞋。「我是跑步的，」他說：「什麼都行，就是不抽菸。」

芮珍點個頭。準備切入主題。

「這個世界，」她說：「終結了。」

# 38

「終結？」賽斯問道。「妳說終結是什麼意思？」

芮珍嘆了口氣，裊裊輕煙捲繞而出。「我們認為是人類想把世界毀了，所以世界才會終結。」

「我們人類？」

「每個人。所有人。」

賽斯想追問下去，但她開口制止。「你上不上網？在你從這裡醒來之前？」

他對她投以困惑的眼神。「當然上啊。這是哪門子鳥問題？少了手機或平板還能活嗎？」

「看來這現象在哪裡都一樣，」芮珍點了個頭。「連波蘭也不例外。」

「當時我不在波蘭，」湯瑪士惱怒地說：「要我說幾遍啊？媽媽來英國找更好的工作。還有，謝謝妳哦，波蘭網路普及得很。是很先進的國家。妳老是這樣，我真是受夠——」

「總之呢，」芮珍說：「我們認為，如果從這裡的事物推算起來，大概八年到十年前的某個時候，所有人們都上了線。」她又徐徐吐了一縷長煙。「而且永遠下不來了。」

賽斯眉頭緊蹙。「什麼叫永遠下不來？」

「哦，我知道！」湯瑪士說：「永遠就是一直一直長長久久。」

「我知道永遠是什麼意思——」賽斯說。

「每個人都拋棄了現實世界，」芮珍說：「徹底搬進虛擬世界。其中有的情境栩栩如生，完全不像線上虛擬，和現實生活像到你無法分辨真假。」

但賽斯聽了直搖頭。「不可能，太扯了。這麼離譜的情節只會出現在電影裡。怎麼可能分不清真假？現實生活就是現實生活。不是說忘就忘得了的。」

「啊！」湯瑪士叫道。「關於這點，她也有一套理論。她認為是人逼自己遺忘的。這樣就不用擔心，也不會想念了。」

賽斯對他皺起眉頭。「你不是說不信她那套嗎？你說這裡是地獄。」

湯瑪士聳個肩。「是啊。不過，或許你為自己打造的地獄也還是地獄。」

「妳以為我會信這一套？」

「信不信隨你，」芮珍說：「是你問我真相的，這是最說得通的版本。我們把自己困在那些棺材裡——」

賽斯大驚失色。「你們也是從棺材裡醒來的？」

「是啊，」芮珍說：「不過那些其實不是棺材。那些管子、金屬膠帶啦，是維生用的，對吧？餵食、送走排泄物、不讓我們肌肉萎縮，在此同時，我們一直以為自己在別的地方。」

「我連什麼時候從棺材裡爬出來的都想不起來，」賽斯說：「其實，直到我兩天前上樓，才知道那裡擺了個棺材。」

「上樓？」

「閣樓。在我以前的臥室裡。」

芮珍像在證實什麼似地點點頭。「我是在起居室醒來的，」她說：「跟你一樣摸不著腦袋。我就杵在跌倒的那個地方，起碼有一、兩天都不敢亂動。」

賽斯低頭注視湯瑪士，但湯瑪士沒有透露他是怎麼醒來的，只是繼續在地上拖著腳趾。「快下雨了。」他說。

他們往外望。烏雲確實飛快地從遙遠的地平線襲捲而來。另一個詭異的熱帶風暴將要靠近。

「好安靜哦。」湯瑪士說。

賽斯專注聆聽。引擎聲在他們交談時已然消失。如今只有風聲，風吹來雨雲，這場雨勢至少可以滅了那場大火。他不禁暗想：又是這麼剛好。

「妳說的那套是無稽之談。」他說。芮珍不以為然地嘖了一聲，但他繼續往下說：「不過這裡的一切也一樣荒謬。空空蕩蕩。滿是灰塵。世界在變老，但沒有人住。」

「我們是僅剩的居民。」湯瑪士說。

「對，」賽斯說：「因為問題就出在這，對吧？我家或那條街上的別戶人家都找不到其他棺材。假如這世界自我催眠，那大家上哪兒去了？」

沒人回答。

賽斯這才發覺他早有答案。故事總是跳不出這種老套劇本。

「是監獄。」

湯瑪士刻意迴避他的目光。芮珍也視而不見，但最後終究認命地看他一眼。

「不行。」她說。

「不行什麼？妳又不知道我要說什麼。」

「我知道，所以跟你說不行。」

「我們真的真的不可以，」湯瑪士懇求道。「真的。」

他們突如其來的抗拒讓賽斯怒火中燒。打從他在這裡開始，那座監獄就一直陰森矗立。在遠方、翻過山頭、或者就算明明看不見，也知道它蟄伏在那裡。它是將他的人生駛離康莊大道、駛離幸福美好的萬惡深淵。

他始終憑著直覺迴避它。

可是如今被人勸著不能去，它反而成了他非做不可、不做對不起自己的一件事。因為，不管這裡是他腦袋亂編的、讓他接受自己死訊的地方，或者真是他被遣送來的某種地獄，都顯示那座監獄非常重要。那裡可以找到解答。

不過，假如芮珍猜中了，這裡是現實世界，那也就意味著他的家人都在那裡。現在都在。

「告訴我地方，」他最後說：「帶我去監獄。」

# 39

「哦！」湯瑪士邊說邊用雙手抓起兩簇頭髮。「我就知道！我就知道會這樣。」

「太危險了，」芮珍說：「司機不會允許我們靠近的。」

「可是它又不會一直待在監獄，」賽斯說：「它會出去巡街什麼的。」

「你去那裡的話，他會知道，到時候可就不只是在胸口捅個洞而已。」

「你們不覺得那個洞復原的速度快得離奇嗎？」賽斯往胸口一捶，捶到瘀傷處，臉也抽搐一下。「總能想到法子進去的。」

「拜託別逼我，」湯瑪士說：「拜託不要。我不想再進去了。」

「再進去？」賽斯問他。

「我是在監獄醒來的，」湯瑪士不悅地說：「裡面好多棺材哦。根本不知道誰躺在裡面、他們在做什麼夢、到底是不是還活著。」他兩手互握擰絞，這是賽斯生平第一次看見有人做這動作。「我媽也在。」

「你媽？」湯瑪士打住不說，賽斯往下追問。

可是湯瑪士什麼也沒說，只是拖著腳步走到芮珍身旁。她拈熄香菸，把他摟進懷中，讓他靠著她的肚子哭。「我找到他的時候，他正設法逃出司機的魔爪，」她說：「我們差點就逃不了了。我花了一個星期說服他，他才相信我不是天使，也不是惡魔。」

「我懂那種感覺，」賽斯說：「那他媽媽怎麼了？」

「總之不干你的事。我們可以告訴你我們知道什麼、在想什麼，但有些事是個人隱私。」

「妳的意思是，所有人都在監獄裡？」

「嗯，當然也不是全世界的每一個人。不過很多人是這裡的鎮民。肯定還有停棺室，但誰知道在哪裡？又由誰來看守？」

「但我們可以——」

「我們不會進監獄的。這裡只有那個地方我們不去。」

「妳不是進了監獄才找到湯瑪士的嗎？」

她支吾其詞。「貝卡被殺了。我認識的那個女的。那時我不知道活著還有什麼意思。」

他更仔細地端詳她。「所以妳明知危險，但還是硬要去？」

她拿掉舌頭上的一點菸絲，困惑地問他：「你今天早上是想跑到哪裡？」

接著他們陷入漫長的沉默。芮珍把依舊哭得抽抽答答的湯瑪士帶到香菸櫃台前，兩人靠著櫃台坐在地上。湯瑪士倚著她，閉上眼睛。

「為什麼我是自己一個人在家，」賽斯問道：「其他人卻都在那裡？」

芮珍聳肩。「我也在我家啊。也許他們空間或時間不夠吧。也許有些人就是得湊合點。」

「這樣安排似乎很沒效率。」

「誰說這是經過安排的？或許他們很草率，為求方便而急就章。」

「什麼意思？」

「你睜眼看過這個世界沒有？」她挑起一道眉毛問道。「動物都跑哪裡去了？這些塵土和腐朽遺跡又是打哪兒來的？八年內不可能累積那麼多吧。鐵軌另一邊的火災是什麼時候發生的，在世界終結之前還之後？詭異的氣候又是怎麼回事？」她又聳肩。「可能是世界變得太糟，最後人類別無選擇，只能徹底離棄。」

閃電鮮亮地劃過空中，把他們都嚇了一跳，就連閉著眼的湯瑪士也不例外。世界屏息不語，接著雷聲鳴響，久久不絕於耳，緊接著滂沱大雨猛敲櫥窗，不斷撲襲店門正面，彷彿想要進來逮住他們。

湯瑪士頭埋在芮珍的大腿上睡著了。賽斯拿了幾個罐頭，往芮珍身旁一坐。他們用塑膠湯匙進食，盡量不吵醒湯瑪士。屋外的暴雨持續傾洩，雨勢大到好似待在瀑布底下。

「我不記得以前雨會下成這樣，」芮珍說：「英國不會這樣。這簡直像颶風過境。」

「妳解釋的那套理論漏洞百出，」賽斯邊說邊勉強嚥下未加熱的義大利麵。「為什麼只有我在家裡，我爸媽跟我弟卻不在？」

「我不曉得。一切都得用猜的。比方說，為什麼棺材能透過底部的線路通電，其他地方卻完全沒電？」

「對，我也發現了。」

「還有這個。」她輕敲後腦勺。「沒有刺穿皮膚的連接點？」

「如果這裡存在這種科技，」賽斯也想起那些金屬膠布，不免感到疑惑：「為什麼虛擬世界裡沒有？人類怎麼沒把這種高科技帶著走？」

「或許我們想過更簡單、更輕鬆的生活吧。」

「妳以前的生活過得簡單輕鬆？」

她嚴厲地瞪他一眼。「你明知道我的意思。」

「這個嘛，有妳在這裡為我全盤解說，的確簡單輕鬆多了。很有幫助，不是嗎？」

「說到我跟湯米其實不存在？你又想我甩你耳光啦？我可是非常樂意。」

「這場雨撲滅了火勢，又把我們困在超市好讓我們聊起來。」他繼續說：「胸口的傷勢復原的速度奇快，好讓我能逃走。這樣這一切就行得通了，對吧？」

「人們怎樣都能編湊故事，」芮珍說：「以前我爸是這麼說的。隨便挑幾件事，用某種形式排列組合，好用故事自我安慰，就算明擺著是假的也無所謂。」她回瞄賽斯一眼。「有時我們得欺騙自己才活得下去。否則就會發瘋。」

湯瑪士在她大腿上挪動，用波蘭語說夢話：「不要，不要。」芮珍伸手要喚醒他，但他又頹然倒下。

「他在做夢，是不是？」賽斯問道。

「大概吧。」

「妳都夢些什麼？」

「這是個人隱私。」芮珍不留情面地說。

「好，抱歉，只是妳剛提到妳爸……」

兩人懷著怒氣，靜靜地吃了幾分鐘。

「那這又是怎麼回事？」賽斯邊說邊想，「假如整個世界都是虛擬的，那為什麼我們死後會在這裡醒來？不能直接重新設定之類的嗎？」

「不知道欸，」芮珍繼續說：「但人在虛擬世界還是會死啊，不是嗎？我姑姑潔娜維芙是胰臟癌走的。我爸是……」她清清嗓門。「但如果那裡就是要模擬真實，逼真到讓人忘了曾經在別的地方住過，那就算是死也要死得逼真，不是嗎？或許人腦無法接受別種可能。在虛擬世界裡死了，就是真的死了，因為這就是人生。」

「可是我們又沒有真的死。」想起發生在歐文、古德蒙、還有他自己身上的事，賽斯又火大了。「我們幹嘛這麼做？幹嘛住在一個鳥事還是會發生的地方？假如我們真住在一個完美到讓人忘了自己是從別處來的地方——」

「別問我。我媽在那個完美世界嫁給我的混蛋繼父，所以我也搞不懂。」她的手無意識地伸向頸背。「我只知道，如果你給人類一個變笨變暴力的機會，不管他們身在，他們沒有一次不會接受的。」

「那我們怎會淪落到這裡？」賽斯堅持己見。「這個世界怎麼沒有充滿死掉後又醒來的人？」

「我們大概也該在這個世界死掉吧。可是我從樓梯上跌下來，撞到腦袋某個特定部位。你溺水後也撞到腦袋的同一個地方。湯米——」她低頭望著仍在夢中的他。「嗯，湯米說他被閃電擊中，不過我猜他經歷了某件不願回想的悲劇，所以才用閃電矇混過去，但應該也是同一個部位。連結點故障使得系統超載，所以才沒殺死我們，而是讓我們的連結中斷。」她聳聳肩，突然精疲力竭似的。「這只是我們的推測。」

她輕拂過湯瑪士的一頭亂髮。「其實這是他的想法，雖然他嘴上老說不信這套。但他那古怪的小腦袋瓜對很多事都猜得神準。」湯瑪士往她身上貼得更緊，繼續酣睡。

「但如果發生在我們身上的事沒一件是真的，」賽斯說：「如果我們知道的每件事，都只是線上模擬——」

「哦，那是真的，好唄，」她說：「我們活過，我們在場。如果你經歷了某些雖然想要徹底擺脫，卻還是咬牙忍了下來的事，那就絕對真實得沒話說。」

賽斯回想古德蒙，回想他的氣味，他的感覺。回想今年發生的種種，好的、壞的，還有壞到極點的。回想發生在歐文身上的事，回想他失蹤後天下大亂的日子，還有往後這幾年爸媽給他的、每一絲每一毫的懲罰。

感覺再真實不過了。但假如這全是線上模擬，又怎麼會這麼真實？

假如此時此刻，他人在這裡，那古德蒙又在哪裡？

「我們要等天黑後才能回家。」芮珍說：「現在可以輪流睡覺，其中一個保持警戒。」

說到睡覺，賽斯才感覺自己有多累。他幾乎整晚未眠，接著又使勁狂奔，腎上腺素如此竄升一整天，如今他突然覺得自己眼皮還能睜開，簡直就是某種奇蹟。

「好吧，」他說：「但等我醒來——」

「等你醒來，」芮珍說：「我就跟你說怎麼去監獄。」

# 40

「你一定要原諒我，」莫妮卡剛踏上大門前階，連招呼都沒打就開門見山地說：「我不是故意的。我只是一時氣不過——」

賽斯踏入寒氣逼人的屋外，把身後的門帶上。「妳在說什麼？」他問道。「怎麼了？」

她看著他的眼神充滿畏懼。對，沒別的形容詞了。她得向他坦白的事，連她自己聽了都害怕。他覺得自己的胃要結冰了。「莫妮卡？」他說。

她沒答腔，只是仰望天際，彷彿能從空中得到幫助。賽斯傻乎乎地，發現自己也跟著抬頭。天寒地凍，已經冷了好幾個星期，還會一路冷到聖誕節，但就是沒降雪。天空一塊塊灰撲撲的，好像雪在生氣，不願落下。

他回望莫妮卡，只見她淚眼婆娑。

他馬上明白了。

原因只有一個，不是嗎？這肯定意味著他生命中唯一美好的事將要畫下休止符。剩下的只是揭曉這件好事要如何終結。

「你跟古德蒙，」她靜靜地說，在寒天裡鼻水直流，透著圍巾呼出一球球白色氣息。「你跟該死的古德蒙。」

她身穿超厚冬季大衣，頭戴紅色馴鹿圖案毛線帽，看起來稚氣未脫。以前只要天冷，她就會戴那頂帽子，也不管腦袋還在發育，而帽子尺寸太大，現在尺寸合了，她反倒不戴了。這頂紅色馴鹿帽是莫妮卡的註冊商標，好比她的頭髮和笑容，已成了她這個人的一部分。

「現在回想，」她說：「倒也說得過去。如果以前你問我，我甚至會祝福你。」她眼神哀傷地對他淺淺一笑。「為你祝福，賽斯。能有那麼一件讓你這麼幸福的事。」

「莫妮卡，」賽斯的聲音小到幾乎聽不見。「莫妮卡，我不——」

「拜託別說這不是事實。別這麼說。在從天堂掉到地獄之前，別假裝沒這回事。」

他皺眉蹙額。「在從天堂掉到——」

「莫妮卡，是妳啊。」他母親走出大門，嗓門嗡嗡作響。歐文跟在她身後，叮鈴哐啷地出來，全身裹得跟木乃伊一樣，一手拿保溫瓶，另一手拿單簧管盒。「賽斯，怎麼讓人家在外頭等？」母親問道。「會把人凍死的。」她對莫妮卡露出笑容，但一見著莫妮卡的臉，笑容便從臉上消逝。「怎麼啦？」

「沒事！」莫妮卡說，一面強顏歡笑，一面用手套擦鼻子。「冬天凍的。」她甚至朝掌心咳了幾聲。

「好吧，」賽斯的母親嘴上這麼講，但心裡顯然不信，便用裝傻的語調說：「那更應該進屋裡來。壺上剛燒好熱水，還燙著呢。」

「嗨，莫妮卡！」歐文雀躍地說。

「嘿，歐文。」莫妮卡說。

歐文搖了一下保溫瓶。「我們做了熱可可。」

「是啊，」莫妮卡勉強笑了一聲。「小鬼，你嘴上還沾了可可呢。」

歐文居然沒試著把巧克力從唇邊擦掉，只是回以微笑。

「說正經的，」賽斯的母親邊說，邊把歐文拖向車子那頭。「進屋去。屋裡暖和多了。」她進了駕駛座，揮手告別。「莫妮卡，掰掰。」

「掰，魏林太太。」莫妮卡邊說邊揮舞一隻手套。

賽斯的母親面色凝重地望了他倆一眼，開車載歐文出門。

「她剛說『壺』。」莫妮卡說。

「莫妮卡，」賽斯邊說邊用雙臂環抱自己，這不只是因為冷空氣直透他單薄的上衣。「告訴我。」

她又頓了一下，明顯地手足無措，只差沒在原地起舞。「我發現一些照片，」最後她還是說了。「在古德蒙手機裡發現的。」

就這樣，就這麼簡單，世界近乎寂靜地終結。

「賽斯，我很抱歉，」莫妮卡說著又哭了。「我很抱歉——」

「妳做了什麼？」他問道。「莫妮卡，妳幹了什麼好事？」

她身子一縮，但眼神毫不迴避。他記憶猶新。她坦承自己所做所為時，帶著十足的勇氣與遺憾，目光沒有迴避。

不過，去她的，去她媽的。

「我傳給H，」她說：「只要古德蒙手機通訊錄裡的學校朋友，我都傳了。」

賽斯不發一語，只發現自己像失去重心般往後退。他半倒在爸媽擺在大門旁的石凳上。

「對不起，」莫妮卡說，淚水再度潰決。「我這輩子從來沒這麼抱歉過——」

「為什麼？」賽斯靜靜地問。「妳為什麼這麼做？妳為什麼——？」

「我氣炸了。氣到無法思考。」

「但是為什麼？」賽斯問她。「妳是我**朋友**欸。雖然每個人都知道妳對他有意思，但——」

「那些照片，」她說：「那些不是……那些不是**性**，你懂嗎？如果是性，我大概可以理解，但是……」

「但是什麼？」

她直視他的雙眸。「但是，賽斯，那些是愛。」

賽斯無言了，他沒問那是什麼意思，沒問為什麼愛會讓人見了更加心痛。

「是我先愛上他的，」她說：「真的很抱歉，這理由爛透了，可是，是我先愛上他的。在你愛上他之前。」

即使在如自由落體般墜跌，感覺像全世界就要傾倒砸向他時——這下每個人都知道他最私密的心事了，他的朋友、爸媽、學校裡的每一個人——他心裡只想著古德蒙，只要古德蒙沒事，一切就會沒事，只要古德蒙不離不棄，他就能忍受一切，**任何事**他都能忍。

他站起身。「我要打給他。」

「賽斯——」

「不，我要跟他說話——」

他打開大門，然後——

# 41

賽斯醒了。他蜷著身子抵著香菸櫃台，拿他們找到又硬又舊的廚房紙巾當枕頭。他感覺那場夢如湍流沖過身上，他要很努力才不會被水捲走。

門階上的對話。莫妮卡的幾字幾句，他杵在那兒直打寒顫。那就是終結的開始。

把他帶來這裡的終結。

但他為什麼夢到那個？過往的種種，比那更糟的多得是。他待在這裡時，還夢過更悲慘的。夢境又為什麼在那裡打住？他打開門，然後——

他記不得了。當然，他記得自己瘋了似地想找古德蒙。可是，他進門後到底發生了什麼事——感覺挺重要的。有什麼事。有什麼事，但他就是記不得。

「做惡夢了？」芮珍站在他面前問道。

「我有沒有大叫？」他坐起身反問她。驚人的是，他還穿著那套慢跑裝。衣服開始變臭了。

「沒，不過通常都是惡夢，對吧？」

「也不盡然。」

「也對，」她邊說邊往他身旁坐下，遞給他一瓶水：「不過就算是美夢，也美得讓人難過到極點。」

「湯瑪士呢？」他喝了口水後問她。

「去找個隱祕的地方上廁所了。你不會相信這小子有多保守。就連上廁所這幾個字也不敢大聲講，而是直接消失，解決完需求後絕口不提。我敢保證他在超市發現衛生紙捲時一定哭了。」

外面的雨停了，夜色逐漸籠罩超市前方街道的行人徒步區。仍舊沒有引擎聲，空氣中也看不出煙霧。世界又安靜下來，只剩他倆的呼吸聲。

「我剛才在想你說的話，」芮珍說：「人類為什麼要搬到一個這麼糟糕的虛擬世界。」她下巴往櫥窗那頭點了一下。「或許跟現實世界相比，那裡已經算是天堂了吧。或許人類只是不要身邊的事物不斷分崩離析，想得到再過一次現實生活的機會。」

「所以妳真的信這一套？」賽斯問道。「這裡是真實世界，其他的一切只是我們跟別人做的一場夢？」

她深吸一口氣。「我很想我媽，」她遙望著薄暮說：「我小時候的媽，不是後來的媽，在她嫁給那個人之前，不是改嫁後的她。就算只有母女相依為命也很開心。我們常笑彼此的歌喉有多爛。」她對他揚起一邊眉毛。「你知道黑人女生都應該擁有美妙的歌喉吧。好像這世界不想讓我們做大事、擁有權力、當總統什麼的，可是這些都不要緊，因為我們的歌聲像天使合唱團那般動聽？」

「我從沒說過——」

「可是我們辦不到。相信我。我跟我媽唱起歌來，實在就像兩隻寂寞的麋鹿。」她自我解嘲。「反正也沒差，對吧？反正只有我跟我媽聽見。」

賽斯伸展兩腿。「可是妳說那些都不是真的。」

「你是故意誤解吧，」她洩氣地說：「我在那裡，我媽也在。雖然我們實際上在不同的地方熟睡，但那些事都真實發生過。如果那是假的，為什麼我們的歌聲還是那麼難聽？」

「只要懂得用不同觀點，」賽斯咕噥道：「任何事都可以很美麗。」

「什麼？」

「沒事。只是以前認識的人說過的話。」

她仔細端詳，異乎尋常地逼近盯著他。「你有過對象。有過情人。」

「不關妳的事。」

「你想知道那是不是真的。想知道自己是不是真的了解……他，對不對？」

賽斯沒答腔，後來才悠悠吐出一個名字：「古德蒙。」

「古的慢？這是什麼綽號嗎？」

「古德蒙。是挪威名字。」

「哦，好，所以你想知道這位挪威的古德蒙是真是假，對不對？你想知道那些美好時光是不是真的發生過。你是不是在那個當下。他是不是在那個當下。」

賽斯的思緒又飄回指尖繚繞的古德蒙的氣味。古德蒙輕叩他胸膛的觸感。那些擁吻的照片，攤在眾人眼前的照片——

「他是，」賽斯說：「他一定是真的。」

「對啊，我就這麼說的。」芮珍說：「這就是我們的結論，不是嗎？那些一定是真的，不然什麼才是解答？」

天色漸暗，在他們交談的短暫期間，店內深處的暗影已向外滲透，包覆著他們。

「我是這麼想的，」芮珍邊說邊點了根菸。「我認為，或許除了湯米之外，唯一真實的只有我。即使在這裡，在這鬼地方。因為天曉得這會不會也是什麼虛擬世界，或許我們只是在另一層中醒來。但無論我在哪裡，無論這是什麼世界，我只要確定我還是我，這件事是真的，這樣就夠了。」

她吐出一朵煙。「了解自己，隨遇而安。假如打在某個東西上會覺得痛，或許就表示那是真的。」

「被妳打的時候我會痛。」

「真有趣，」芮珍邊說邊把手伸向櫃台：「因為我什麼感覺也沒有。」她取下一張紙，輕彈打火機，為他照亮內容。「我畫了張地圖，上面是我跟湯瑪士住的地方。」

「我們不是要——」

「這樣你去過監獄後，就可以循線找到我們。」

「別告訴湯米，」她壓低音量說：「跟他說你要回家換衣服，晚點再跟我們會合。」她嚴肅地望著他。「我是認真的。」

「我相信妳。」

他從她手上接過地圖。他認得這條路，從列車鐵軌這頭向外分支，往北走。其中一條小路畫了個X，底下寫著數字表示地址。

「地圖上什麼都要加3，」芮珍說：「其實要往北多走三條街，至於真正的地址，第一個數字要加3，第二個數字也要加3。如果你被抓到，我不希望它找到我們。」

「那監獄呢？」他問道。「從我家後門一直走，就能到它的大門。」

「不能從那裡進去，」芮珍說：「你想像不到那裡門禁有多森嚴，好像不管發生什麼事都不准任何人進出似的。這八成也是那監獄的用意。你應該——」

「那是什麼？」，黑暗中傳來湯瑪士帶著懷疑語調的嗓音。

「到你家的地圖啊。」賽斯機警地說。

「幹嘛不跟我們一起回去？」打火機搖曳的火光夠亮，映照出他回望的滿臉愁容。

「如果我家沒被你燒毀，我得回去換個衣服。」賽斯邊說邊假裝聞自己腋窩。

「那我們為什麼不能跟你一起去？人多可以裝膽嘛。」

「是『壯』膽，」賽斯說：「人多可以壯膽。」

「對，」湯瑪士眉頭一皺。「現在我們該討論的是有沒有用對字。」

「我想要回家，」芮珍說：「所有人都在外頭晃蕩太冒險了。」

「他一個人也很冒險啊。」

「那是他自己的選擇。」芮珍邊說邊起身。

「我不要選擇冒險。」湯瑪士說。他的手掌開了又闔，粗短的手指握成拳頭，賽斯記得歐文緊張時也會這樣。歐文會看似弱不禁風地杵在原地，你要嘛會想抱起他，告訴他一切都會沒事，要嘛會因為他容易受傷到不可思議而甩他耳光。

「你眼睛沒眨幾下我就回來了，」賽斯說。然後補上一句：「我保證。」

「好吧，」湯瑪士說，或許還是半信半疑。「那就好。」他望著芮珍。「我們應該帶點補給品回去。水啊，吃的。還有衛生紙捲。我還找到生日蠟燭耶。過生日的時候可以用。」

兩人目不轉睛地瞪了他一眼。

「怎麼了？」他說：「我喜歡過生日。」

「你們個到底幾歲啊？」賽斯好奇一問。

芮珍聳聳肩。「我醒來之前十七歲。但天曉得我真正幾歲？就算兩個地方的時間概念是一樣的。」

「真的假的？」賽斯問道。「妳不覺得——」

「反正我們怎樣都不會知道。」

「我十四歲！」湯瑪士說。

賽斯跟芮珍低頭望著這矮冬瓜，異口同聲地大笑。

「我真的是，」湯瑪士堅決地說。

「好啦，」芮珍說：「你也真的是被閃電打中，波蘭是滿地鋪著黃金跟巧克力的國家。該動身了。」

芮珍跟湯瑪士從陳年櫃台抽屜取出購物袋，補給品能搬多少就裝多少，然後三人撤離，往大街上走。雖然路上依然沒有引擎聲，他們還是步步為營地踏入幾近全黑的夜色。

「這麼黑你有辦法找到我們嗎？」湯瑪士語帶憂慮地說：「我們會在屋外點根蠟燭——」

「不行，沒這回事，」芮珍說：「他會找到的，別擔心。」

「我還是不懂為什麼我們不能等他一起——」

「我需要時間收東西，」賽斯說：「有些私人物品。可能要花點時間。」

「可是——」

「湯米，拜託行行好，」芮珍打斷他的話。「請高抬貴手，給他最後一點時間打手槍重溫舊夢。」

湯瑪士震驚地望著他。「真的嗎？」

賽斯看見芮珍在月光下竊笑。「湯瑪士，我有個弟弟，」他說：「無論現在他在哪裡，我們都曾在那棟房子裡長大。後來才搬到美國。」

芮珍不再竊笑，賽斯看見他點燃另一根菸，假裝沒聽他說話。

「我們住那裡的時候，他遇上一件不幸的事，」賽斯說：「後來他整個人都變了，變得不對勁。那件事有很大一部分是我的錯。」

「是哦？」湯瑪士瞪大眼低聲說。

賽斯瞄了街道一眼。滲坑就在前方，往他家的那條路在旁邊。原本他只想安撫湯瑪士，沒想到這番真情告白比自己預期得更尖銳。「無論這是什麼地方，是真是假，我家都很危險，因為它離監獄很近。如果以後不再回去，我想向它告別。」他凝視芮珍。「我想向悲劇發生前住在那裡的弟弟告別。」

「好，我懂了，你需要私下告別。」湯瑪士邊說邊莊重地點頭。

賽斯不禁漾起微笑。「你讓我想起他。你就像他的翻版。如果他是波蘭人的話。」

「我還以為你要說，他像你弟出事後的翻版。」芮珍說著又吐了口煙。

「妳很壞耶，」湯瑪士說：「超惡劣的。」

「我們要去牽單車了，」芮珍說：「那我們今晚見囉？」

「我盡量不拖太久，但別擔心，如果我——」

湯瑪士撲向他，給他一個擁抱，害他差點往後跌在街上。「賽斯先生，注意安全，」湯瑪士抵著賽斯的上衣、含糊不清地說：「別被死神抓走。」

賽斯的手在湯瑪士彈性十足的亂髮上逗留。「我會小心的。」

「讓他去吧，」芮珍說。湯瑪士往後退，讓芮珍靠近。「我沒打算抱你，」她說。

「我不是在徵詢你的同意。」她壓低音量。「別想闖大門。這就是我剛才想跟你說的。沿著列車鐵軌走到監獄最遠那頭。你會看到有一大片牆壁往內坍塌。」

「謝了。」賽斯輕聲道謝。

「你這是在犯下大錯，」芮珍說：「無論你要找什麼，都不會找到的，而且尋找過程中還會害自己丟了性命。」

「我都可以。」賽斯說。

他對她咧嘴一笑。「知道有人會想我還真不賴。」

但她沒有回以笑容。

「你們兩個在討論什麼？」湯瑪士問道。

「沒什麼，」芮珍說，接著再次壓低嗓門。「想想你對湯米的承諾吧。」

賽斯嚥了口唾沫。「我會的。」

「那就這樣了。」她邊說邊轉身離開。「很高興認識你。」

湯瑪士再次在月光下開心揮手，芮珍卻頭也不回，兩人就這麼隱沒在黑暗之中。

「我也很高興認識你們。」賽斯自言自語。

然後轉身，走向滲坑。

邁向他的老家。

# 42

家門前的廂型車不見了。躲在路邊躲藏的賽斯能看見車子在爛泥地轉彎駛離所留下的胎痕。他等了又等，但沒有絲毫動靜，明月高掛在剛放晴的夜空，連一片雲都沒在它面前飄過。天氣好似快轉的影片瞬息萬變。

隔了幾條街的某處，芮珍跟湯瑪士正往北行，單車上滿載食物和日用品。他花了點時間祝他們平安。在這鬼地方，與其說是祝福，其實更像是祈禱。

他慢慢地、小心翼翼步上街道，努力尋找蟄伏等待的廂型車或司機，但走動時也沒見到什麼東西跳向他眼前。他走近老家，除了屋子正面的玻璃窗粉碎之外，其餘一如以往。天色太暗，無法從破裂的百葉窗看到裡面的景象，他咒罵自己沒向湯瑪士拿根生日蠟燭點亮黑暗。他得在暗中到處摸索尋找提燈，天曉得在雨水將火勢撲滅前，那場火已造成多少損害？說不定已沒提燈可找，沒衣服可換。

沒留下半點跟家人有關的殘餘遺跡。

那到底是什麼玩意兒？他不禁納悶，開始思考芮珍用來解釋這一切的推論。這個地方，究竟是他靠記憶重建出來的，還是他和家人搬到美國前真正住過的同一棟房子？

又或者，他們只是選擇相信自己搬到美國，但其實躺進光滑的黑色棺材以迎接現實的新版本？

不過，搬家與隨之而來的壓力和焦慮，他倒是歷歷在目。歐文出院沒多久，正開始復健，好讓運動機能正常運作。對於他的傷勢有多嚴重、心理創傷有多大，醫生總是有所保留，但他母親堅持要有所改變。她說這不算太趕，就算很趕，新環境總能帶來新的刺激——就此而言，還能換來新的醫生，不像舊醫生沒用到極點——因此能幫助她的小兒子。況且，她沒辦法在這屋子裡再多待一秒。

賽斯的父親想到一個令人驚喜的解答。他年輕時曾在一所華盛頓州陰冷海岸附近的小小人文學院當了一學期客座教授。那所學校回覆了他的詢問，說沒錯，事實上，如果他願意，他們確實有教職缺額可提供給他。雖然薪水比英國給得少，但學校急著找老師，因此願意提供房屋津貼與搬家費用。

即使地點偏遠，得開車兩小時才能到最近的城市，賽斯的母親仍毫不猶豫。甚至在他父親還沒接受這份教職前，她就開始打包。於是全家人在如龍捲風降臨般暈頭轉向的一個月內，從英國搬到亥夫馬奇，那地方就算有四季更迭，卻給人始終籠罩在冬夜中的感覺。

賽斯搖搖頭，不願相信走過那麼一遭，卻全是一場線上虛擬。他媽對什麼事都看不順眼，他爸時時刻刻鬱鬱寡歡，歐文傷得太重，賽斯只被冷落。假如這一切都是假的、或是程式設計好的、或管它是怎麼搞的，幹嘛不弄得美滿一點？為什麼不讓他們幸福一點？

不，這說不通嘛。

這個嘛，好啦，目前為止這個推論比其他解釋更說得通，但還是教人匪夷所思。世界或許直接切入線上模式，把過去忘得一乾二淨，但他父母呢？他們不可能選擇遺忘。賽斯也絕對不會選擇讓這些事發生在自己身上。

除非他們別無選擇。

他在自家大門前止步。

或許司機的職責，其實不是守護棺材裡的人，不讓他們受外界打擾。或許他的存在是為了確定沒人醒來。它看起來不完全像人，也許根本不是人。也許是機器人。或外星人，要強迫人類——「狗屎科幻情節——」賽斯自言自語。「生活才不會那麼有趣咧。這種故事——」

他又愣了一下。

這種故事，用一個天大的祕密解釋世間亂象，比如所有人移居虛擬世界，什麼是真實的，什麼又是無法逆轉的。你窩著讀上這種故事兩小時，對曲折離奇的劇情看得心滿意足，看完後又回到現實繼續過日子。

這就是他的腦袋會編出的故事，好給這鬼地方一個合理的交代。

他把門推開。門沒鎖，從沒鎖過。司機大可趁他們有機會逃走前登堂入室，將他們一舉殲滅。這樣就能為那個故事畫下句點。

沒想到，他們以出人意料的方式活了下來。司機在外面按兵不動，直到賽斯發現它，才一拳捶向他胸口，再不慌不忙地進屋——他揉著胸膛，那裡依舊瘀青，但照理說，瘀傷應該嚴重得多——然後越過草叢追殺他們。

其餘每件事也一樣神奇。戶外用品店提供他所需的每項用具。超市裡屯積了足夠的食物供他存活。雨水不僅替他淋浴，更及時出現撲滅火勢，當他找到提燈，把燈打開，也發現那場火居然沒有波及廚房。

屋裡和他們離開時一樣。煙味彌漫，但僅此而已。他爬過傾倒的冰箱，走上露台。長草被燒光了，但平台除了盡頭燒焦外，其餘完好如初。他的那疊繃帶也還在，一條條金屬片反射月光，顯得格外明亮。

他回到屋內，就著流理台洗了個戰鬥澡，換上更保暖的衣物。他找到電燈筒，不拖泥帶水，準備即刻出發。

但他還是依依不捨地環顧客廳最後一眼，發現自己正在做那件他對湯瑪士所說的事。

「歐文，再見，」他低聲說：「房子，再見。」

他踏出大門，把門關上，不知這是不是最後一次見到這個家。悲傷突然其來地一湧而上。

無論這棟房子有多真實，在他心目中都有一定地位。

接著他想起芮珍的話。

他暗想：唯一真實的只有我。

然後又想起她說的另一句話。

「了解自己，隨遇而安。」他高聲說出口。

是時候去監獄了。

因為，這個世界，不管是真是假，或許答案都得往那裡尋找。

# 43

他走在一條逐漸熟悉的步道上，往火車鐵軌那頭移動。月光夠亮，所以不用開電燈筒。他走在路上，萬籟俱寂。沒聽見蟋蟀和貓頭鷹的叫聲。儘管先前下過雨，現在卻連半點風聲也沒有。

步行途中，他保持警戒，一有什麼風吹草動便準備拔腿就跑。不過，他設法穿過單元樓間的通道時，沒遇到任何阻礙。到了火車站，他悄悄經過那列火車，沿途不斷猜想野豬是不是夜行性動物。他輕輕跳到鐵軌上，望向監獄所在的方向。

鐵軌空得出奇。雖然隨處可見高大的野草，但多半只是碎石和勉強長到腳踝高、看似已枯死的小草。他仍能看見鐵軌在月光下閃爍，一路延伸到遙遠的南邊。或許因為噴灑了多年殺蟲劑，才會讓野草難以生長。

右邊是紅磚道，八成是給鐵路維修人員走的。從外觀看來，似乎仍舊保存完善。賽斯設法走上紅磚道，走出車站建築物。他的左邊有段低矮的圍籬，圍籬外可見燒毀的社區。天色太暗，看不清細節，只知地面的暗影是一座座墓碑。沒有任何動靜，只有空蕩荒蕪以及梅森丘在地平線上的剪影。

雖然他跟家人只搭過火車兩次，但印象中這條鐵軌可一路走到海濱，而且說老實話，這裡幾乎跟亥夫馬奇的海岸一樣動人。那些礁岩、峭壁、和冰得異常的海水。但他記得列車抵達海濱前，駛離車站往海邊開時，會經過好多排圍籬跟圍牆、鐵鍊和磚塊，角落則是被樹林包圍的矗立高塔。一棟設計的目的即是隱身在自身監獄建築中的建物。

藉著月光，他已能看見遠方其中一座高過樹梢的塔樓。從這裡走過去大概要不了十分鐘就到了，他原本以為要花上好幾個鐘頭呢。

十分鐘路程，未免太容易了。

而且根本不夠他做好心理準備。

他繼續走在紅磚道上，手裡緊握著電燈筒，彷彿把它當作司機的鐵棍。他回頭檢查，確保野豬沒跟在身後。他看見鐵軌上方的天橋，此外也瞥見他初次看到的頹圮社區，那裡也是湯瑪士初次見到他的地方。

不曉得他們發現這裡還有別人時會不會擔心。會不會害怕。為他害怕。或者害怕他。他們撞見他淋浴時，心裡又作何感想？畢竟那是相當私密的事。他感覺自己羞紅了臉，縱使芮珍似乎跟他一樣尷尬，湯瑪士卻用對待其他事物同等的熱忱看待。

想到就這樣離開湯瑪士，賽斯又是一陣揪心。他想像湯瑪士待在家裡，滿心期待賽斯回來。至於芮珍則自以為比別人了解狀況。但她所懂的或許真的比別人多。

湯瑪士和芮珍。在他抵達梅森丘前，在他迎頭奔向危險前及時攔住他的男孩與女孩。這對男女為他可能有的每個疑問解惑，而剩下沒解釋的部分又讓謎團貌似合理——

「別再往下想了，」他說：「再這樣想下去你會發瘋的。」

她的掌摑如假包換。湯瑪士的擁抱，以及那年紀的男孩身上散發的淡淡熟悉體臭也千真萬確，賽斯摸得著、聞得到。

好，沒錯，湯瑪士很像歐文，或許是他腦袋自己幻想出的小幫手，幫他……接受死亡這回事，或轉移到另一種層次的意識，或無論這鬼地方具有的什麼意義——如果它真有意義的話——都應該有個道理。

但芮珍總不是他捏造出來的吧。不管他在哪裡都沒遇過她這種人。那種口音，那種態度。不，他們是真人。至少夠真實。

那古德蒙呢——

「別想了。」他再次規勸自己，繼續往下走。

他穿過鐵軌與監獄間的樹林，發現自己正向五公尺高的磚牆角落靠近。也就是監獄圍籬的最外層。

他心裡想著隨遇而安。假使那裡有個大洞可往裡看，他自然不會錯過這機會。假使看起來沒什麼危險，那麼或許他就會往內走。假使看起來很危險，那就再找個晚上回來。反正他們在這裡多的是時間，不是嗎？總有下一次——

他從站立的地方順著磚牆往前走五十公尺，看見了光。

那是電燈。它顯然是，這種奇怪的、單調的白光，跟閃爍的火光不同，亮度太強，也不可能源自電燈筒或瓦斯提燈。光線是從樹林間滲出——如果磚牆穿越了樹葉的話——光應該是從堅實的磚塊間滲出的。光往外透，但很低，所以從他家看不見。

賽斯仔細聆聽，聽紅磚道上是否有腳步聲、靠近的引擎聲、甚至野豬的鼻息聲。但除了他和自己的呼吸聲，什麼聲音也聽不見。燈光也悄然無息，沒有發電機隆隆作響，也沒有燈絲發熱的嗖嗖聲。他繼續走，刺眼的光毫無預警地照在他身上。他對著強光瞇眼，伸出一隻手遮光。他走到監獄圍牆的裂口了。

芮珍說得對。出入口很大。外牆裂開，但裡面還是有層層圍籬，包括看起來像某種貯藏室的木牆，只不過現在幾乎都被夷平。從這裡能看到一條筆直的開放路線，直接通往監獄的中央。

這時他發現光源根本沒啥了不起，只是來自街燈大小的燈泡，接在一道內層圍籬上，而且圍籬已被破壞坍塌。就著燈光，可見外牆的磚塊被亂扔成堆，牆內圍籬的鐵鍊也扭曲變形。看樣子像是某種龐然大物強行穿越。彷彿監獄中央有個東西竄起，衝破所有障礙物逃出獄外。

但怎麼可能？賽斯百思不得其解。是什麼玩意兒造成的？

但無論是什麼造成，是何時發生，如今都只剩寂靜，唯一的光源照亮通往監獄核心之路。

他停在原地，不知如何是好。地面在殘破的牆壁和圍籬間向下傾斜，直到光線盡頭，他大約有一百公尺能見度。

彼端可能蟄伏著任何東西。什麼都有可能。躺在棺材裡安睡的人們。又或者根本沒人，只有空蕩蕩的房間。又或許只有一個全身漆黑的人影在那裡等著他來臨。

倘若這是測驗，賽斯不知什麼才是正確解答。是進去呢，還是就這麼算了。

他再次緊握電燈筒。

「只是看看而已，」他說：「就這麼辦。看看接下來有什麼。」

他一腳踏進黑暗。

# 44

他在第一堆散亂的磚塊間穿行，有些被他碰到的磚塊翻滾落下，但一落地馬上陷入沉默。最外層的圍牆是磚牆。高度最高當然情有可原。接著還有三排鐵鍊，全都加裝了鐵絲網，一路延伸至頂，而且比一般非請勿入的圍籬更尖更醜。他得極其小心地越過一團特別糾結的鍊條，但過了這關就暢行無阻，他來到光源旁，只見燈泡垂吊，幾乎要從第三段鐵鍊上鬆脫。

其他照明燈具懸掛圍籬兩邊，但只剩這顆亮著，圍籬上繫著沉重燈殼，裡面還有顆發熱的燈泡。使燈泡發光的電源是打哪兒來的，他完全沒有頭緒。賽斯一度陷入驚慌，不知圍籬是否通電，但後來才想起自己沿路上已抓了它好幾次。

他往深處探尋。如今燈泡在身後，照向另一邊。開始變黑了，一切轉為暗影。這裡一棵樹也沒種，但這也理所當然。幹嘛種樹給囚犯爬？地面不斷向下傾斜，賽斯認為這座監獄一定是建在所謂的「溪谷」底部。

他可以藉著月光看到監獄的一小部分，綜合樓房在他面前的小丘向下蔓延，有的在遠處幾排圍籬後頭，有的隨一小條便道延伸。其中也有幅員遼闊的空間，那塊雜草叢生的混凝土地以前可能是囚犯運動的場地。谷底的三棟主樓有五層樓高，分佔另一塊四方廣場的三側。天色太黑，沒辦法瞧個仔細。

黑，他暗忖道。好像沒別的亮光。

監獄的其他區域很快就跟這世界的樣貌重疊。荒蕪、沉默、寂靜。他再次踏進濃密的雜草，不過這裡的草沒他家後園的高就是了。一如以往的是，聽不見鳥類或夜行動物的窸窣作響。他在小丘盡頭止步。如今他已完全進入監獄的土地，那排毀壞的圍籬也已終結。月光依舊皎潔，他的眼睛適應了黑暗，讓他將面前的景象一覽無遺。

這裡啥也沒有。沒有任何活動跡象，就連引擎聲也聽不見。明明該有聲音的，一切竟悄然無息——要養活那麼多人，就算他們在睡覺好了，總得有什麼聲音吧。湯瑪士說他在這裡醒來，在無數道門和牆後跟無數具棺材困在一起，可是這裡啥也沒有。如果可能的話，這裡比世上的其他地方更黑暗、更寂靜、更沉默。就連空氣也顯得污濁，像是待在上了鎖的房間。

啥也沒有。真的空空如也。一個念頭不禁閃過賽斯腦海。

……他們該不會？

該不會在騙他吧？

他們是不是想把他趕走？是的話，那也沒費多大勁。事實上，他幾乎覺得聊起監獄時，他們說話的方向跟口吻就是要釣他過來一探究竟。

而且是隻身前來。

「不會的，」他高聲說：「他們或許心裡還有其他事，但不可能——」

三棟主樓中，有一棟的門開了，一道光束灑落在小廣場上。

司機踏進黑夜。

賽斯連忙趴到地上。這裡沒什麼遮蔽物好躲，附近也沒樓房可讓他跑過去躲藏。他只能緊貼草地，但願草夠長，能遮住他。

司機跟他仍有點距離，約莫兩百公尺，門口流洩的燈光映出他的輪廓剪影。它站在那兒提神留意，彷彿察覺到什麼異狀，所以出來調查。它拾階而下，走入庭院，沉重的腳步聲在小小的溪谷間迴盪。

賽斯繃緊神經，準備逃跑。它一定知道他在這裡。它的夜視能力大概很好——

但就在此時，司機返回門內，把門關上。光束消失，賽斯在緊接而來的短暫失明中屏息以待、專注聆聽。他等著再聽到腳步聲，但期待落空。司機是不是走到廣場上較軟而覆滿野草的土地上？或許它找到一個安靜的立足點，正朝他迎面而來——

接著傳來腳步聲。一個清晰的腳步聲，一如它跨過他家窗戶時發出的驚人巨響。

接著一聲又一聲。

腳步聲在三棟樓間迴蕩，教人搞不清它要往哪兒去。朝他而來？離他而去？賽斯冒險把頭抬過雜草上方，卻只見門口燈光在他視網膜上暫留的紫色光點。

腳步。一聲又一聲。

無庸置疑的是，它越來越響亮。

賽斯別無法他，只能以最快速度奔回鐵軌，想辦法脫逃，跑向——

但他這才發現不能跑回芮珍跟湯瑪士身邊。這樣豈不是把司機引向他們？

腳步。腳步。

「對不起，」他發現自己在對湯瑪士、對芮珍、對自己低聲道歉。他不知該如何是好，該何去何從。「真的很對不起。」

他起身狂奔。

此時聽見了廂型車的引擎發動聲。

他又往地上一趴。黑暗中的某處，引擎聲出奇地變得平順，彷彿音量先前被調小，現在又慢慢轉大。感覺是在三棟樓房的旁邊，搞不好根本就在——

對，那裡。車頭燈從最遠那棟樓房，也就是司機踏出的樓房轉角向外散發。廂型車開過廣場，轉進大車道，穿過監獄中央。

離賽斯而去。

它駛向南面出口，就是芮珍說鎖住的那個出口。但司機顯然有方法出去巡邏外面的世界，完成這個角色被指派、或說該承擔的神祕使命。

無論使命為何，反正它是走了。引擎聲雖未消失，卻越離越遠，遠到賽斯感覺稍微感安全了點。他不禁為芮珍跟湯瑪士擔心，畢竟司機外出潛行時，他倆也躲在外面世界的某處。

「保重啊，」他呢喃道。「保重。」

他再次望向那幾棟樓房和那個門口——那扇如今沒有一絲光線透出的緊閉門扉。他的夜視能力恢復了，可以就著月光看見廣場，看見坐落在沉默黑暗中的樓房。

看見那裡似乎無人看管。

引擎仍在遠處朦朧地響，只是聲音如此滑順，性能如此強大，倘若在車水馬龍、有其他任何聲響的世界，絕對不會聽到它向你駛來。

但話說回來，引擎正在遠離。

監獄暫時沒人駐守。

賽斯起身。先是兩手撐地，再深吸一口氣，站直身子。

什麼事都沒發生。寂靜繼續延展。引擎聲如今遠到幾乎不存在。

賽斯認為，賽斯感覺，這裡只有他一個人。

如果這是他自我催眠的故事情節，或是他該走的一條道路，或另一件順理成章、領他向前的事，他不禁懷疑這麼多的「如果」有差嗎？其中又有哪一件真的重要？

因為他最想知道的是，門後到底有些什麼。

# 45

他神不知鬼不覺地溜到廣場周圍三樓房中離他最近的那棟，止步望向窗內。窗前有貨真價實的監獄欄杆，但裡面只是漆黑一片。他打開電燈筒，問題是沒電了。他敲了電燈筒幾下，轉轉老舊的電池，又再敲它幾下，電燈筒這才重放光明，閃現勉強能就著閱讀的微弱燈光，也算聊勝於無。

欄杆後的窗子灰塵滿布並加裝鐵絲，電燈筒的光源穿透之後，照亮一條空蕩蕩的長廊，一路延伸至遠處。他能看見通往房間——肯定是囚室，如假包換的牢房——一扇扇看似沉重的門扉。這些房門內嵌加裝欄杆的小窗，但沒有一扇透出亮光。

這是個死寂的地方，跟其他的一切同樣死寂。

另一扇窗有好幾塊加裝鐵絲的玻璃破了，但窗內大同小異。又一條長廊，一排漆黑的空牢房，沒有生命、動靜、或活動跡象。

可以確定的是，看不出這裡有任何棺材的暗示。

他來不及檢查第三扇窗，也就是那棟樓轉角前的最後一扇，電燈筒就熄了，無論他罵得多兇，就是再也點不亮。他嘆了口氣，但老實說也覺得沒什麼好看了。監獄八成都是這樣大同小異。他走到通往廣場的樓房轉角。

在這一大片混凝土地上，野草照舊從裂縫冒出。這裡甚至看不出任何事物的遺跡——老舊的長椅、混凝土花盆、啥也沒有——只有一片空地，早在草木開始冒芽前就是光禿禿空蕩蕩。可能又是個運動場地吧，又或者只是一塊讓囚犯無處可藏的空地。

每棟樓看起來都一樣。醜陋、方方正正、堅硬剛強。看不到一條曲線。各有一道大門，成排間隔均等的窗戶，在任何你想像中能開得了的東西上都裝了欄杆和沉重的鎖。

賽斯環顧四周，一度很想知道綁架歐文的男人關在哪兒。但無論怎麼想方設法，那囚犯的名字卻說什麼都想不起來。

那囚犯是否來過這個廣場？答案幾乎可以是肯定的。而且肯定曾在這裡的其中一間牢房虛度光陰。說不定他在逃亡過程中，就曾躲在賽斯現在站立的轉角內側。

賽斯記得警方認為該名囚犯沒有潛逃可能。他們說雖然他偶爾關在單人囚室，但那是基於保護他的人身安全，而非因為他可能惹麻煩或試圖越獄。他是模範囚犯。在歐文依舊失蹤、教人輾轉難眠的那幾夜裡，員警不斷這樣對他爸媽說，彷彿這說詞足以安撫人心，但實際不然。彷彿這是警方為他們在關鍵時刻掉以輕心的致歉之詞。

賽斯在黑暗中確定東南西北，在腦中先把火車鐵軌放一邊，然後抬頭望向他家的方向。

那天獄方安排囚犯放封，故事由此說起，他可以在獄中各處自由行動、照料庭園，因為他展現出園藝方面的天分。沒錯，如今記憶向賽斯回流（問題是他的名字呢？他該死的名字呢？）在那囚犯精心策劃下，一組獄卒以為他會待在甲地，另一組以為他會待在乙地，所以有好一段時間沒人找他。

警方認為一定有人幫他，但賽斯不記得他們對此有過更多著墨。那囚犯創造出時間上的空檔，一條在暗影中的隱祕時間鎖鏈，好藉機越獄——賽斯再轉動身子，對準方向——從那條路走，偷偷穿過圍籬，躲過警衛（他們可能碰巧沒注意到他，或故意視而不見），最後就只剩一道圍籬要爬。

翻過那道圍籬，就是賽斯家的後院。

賽斯往草地吐了口唾沫，嚐到發酸的胃液。他幫那男人開了門。無論他往後的人生如何，他終究開了那扇門。

那不是你的錯，古德蒙是這麼說的。當年你才八歲。

哦，賽斯多想相信他這番話。

他凝視黑暗，目光對準那囚犯走進賽斯生命之處，他把歐文從賽斯的生命中帶走，歸還時已殘缺不全、傷痕纍纍。

往事一一浮上心頭，賽斯滿腔憤怒。

憤怒，而且恐懼頓時大減。

他踏進廣場，邁向司機現身的那道門。

它看起來跟其他樓房的門沒兩樣。無論從哪道裂痕或縫隙，或從兩側窗戶都透不出半點光亮。步步近逼的賽斯高舉電燈筒，倘若有什麼玩意兒對他襲擊，他會及時狠狠甩出手中的武器。

但那裡還是啥都沒有。只見空蕩蕩的空間與沉默。那些加裝欄杆的窗戶俯視著他。荒蕪污穢的樓房監視著他的進展。

要踩上幾級階梯才能抵達稍微內凹的大門。就在他朝門口邁進時，一腳踏進因月光角度形成的黑暗。他徒勞無功地又揮了幾下電燈筒，然後在暗處摸索找門把，果真給他找著了，可他再一百萬年也料不到的是——

門竟然沒鎖。

輕壓一下手桿，大門在他的碰觸下擺動，不費半點工夫、靜悄悄地往外拉，跟那輛廂型車平順的引擎一樣詭異。假使你問哪扇門該要高聲吱嘎作響，我會說就是陰暗廢棄的監獄大門，誰會料到它像某種液壓摩登產品悄然滑開。

就在他還沒準備好或預料到前，賽斯發現自己已經站在敞開的門前。門口暗到宛若進入太空最深處的入口。

他又拿起電燈筒揮擊，但這回是出於緊張，而非真的期待壞事發生。

他瞇起雙眼，想在伸手不見五指的黑暗中看見什麼，什麼都好。

但這裡真的是……空空如也。

啥也沒有。

這個世界的一塊空白之地。

賽斯調頭下樓，走到門右邊的窗前，往窗裡窺視。這裡的陰影同樣很深，不過至少能看見一些，足以得知這棟樓跟上一棟一樣，有長廊、牢房、與多年累積的灰塵。

但通往入口的門依舊漆黑，不合常理的黑，彷彿光線與空間的規則不適用於這個矩形。再過去就什麼也看不到了。

「是燈光弄出的把戲。」他喃喃自語。「是月光弄出的把戲。」

他又在原地站了半响，世界沉默屏息，門口的空無回望著他。

他再次搜尋鬱積滿腔的怒火。箭靶當然是那潛逃出獄、毀掉一切的囚犯。重燃怒火果真有效。

他重新拾階而上，逼近黑暗、逼近門口。

如今寂靜幾乎震耳欲聾，靜到賽斯幾乎要開始懷疑。總該聽見什麼聲音吧。微風。吹過山坡上野草的簌簌聲。安坐不動的樓房發出的咯吱響。

然而這裡只有空無。等他跨越。

在黑暗後方迎接他的可能是任何東西，什麼都有可能。就他所知，也說不定是進入另一世界的入口。

「太白癡了。」他低語道，仍舊盯著那片漆黑。

而隻身待在外頭黑暗中的他，思緒開始繞著各種可能打轉。

因為或許這整個地方是一趟旅程。

而那扇門是旅程的終點。

因為，倘若這裡有所謂死亡這種東西，那也只能在門後找到。

或許進了這扇門就是死亡。

假使這裡真是某種地獄，或許你必須死了才能離開。

或許這就跟進任何一扇門一樣簡單。

只要沒選錯，走對門的話。

他的思緒幾乎毫不勉強地繞回海灘上的那天——

不，他腦裡的聲音說。不！

問題是，他仍不由自主地想起那天，他生前的最後一天，那天他平靜地走入冰冷狂野的海浪，不平靜地撞上礁岩而死。

然後在這裡醒來。

別想了，他猛一轉念。別再想了——

但他也想起今天早晨——感覺真荒謬，現在仍是他出門跑向梅森丘的同一天。感覺像是已經幾星期、幾輩子前的事了。

他回想那種感覺。

這麼做、這麼想是很危險的，他也心裡有數。重返一個大多數人從沒去過、也從來不想去的地方，是很危險的。

這是他不惜一死也要得到的嗎？是他一直以來追求的嗎？是芮珍、湯瑪士、司機、和一切事物順水推舟將他引導至此嗎？

這是我想要的嗎？他暗忖道。

我還想要嗎？

而他發現，他自己也沒不確定。

眼前有個機會——

眼前有條通道。

他伸手去搆。

# 46

突然湧入的強光如此刺眼，感覺幾乎像在攻擊身體。他活像被打了一拳似地緊閉雙眼，踉踉蹌蹌退回廣場，準備拔腿就跑——

但還沒那麼快罷手。

他抬一隻手放在眼前擋光，勉強把眼睛睜開一條縫。幾秒前暗得密不透風的門口，如今竟同樣白得無法逼視。

不。沒有那麼無懈可擊。

門裡有東西。

另一扇門。第二道門。乳白色的玻璃門。

而門是開的。

賽斯小心地退回門前台階。門內的光亮彷彿不是發自特定光源，而是來自所有物體的表面：裡面的門、後方的牆面、他現在還看到更後方往下的樓梯。這些全都是白的，彷彿全是用玻璃做的。

這跟周遭樓房內部截然不同。

他也能聽到些什麼。嗡鳴……源頭是？發電？肯定沒錯，畢竟要產生如此強光。但還不止這樣。嗡鳴便暗示著有來自樓下的其他能源，但一如開門的悄然無息和順滑的廂型車引擎，那嗡鳴聽起來很潔淨，比他聽過的其他電源更柔滑新穎。

賽斯在門檻前止步。他傾身伸手碰地板。觸摸起來跟外觀一樣，是塊白色玻璃，門內的空氣也比門外涼爽。

他站起身。光亮毫無遮掩，成了暗夜裡再顯眼不過的信號，他感覺自己曝露在危險中，緊張地東張西望。他肯定誤觸了什麼警報器，司機肯定正在回來的路上。

但他耳中聽到的只有低沉的嗡鳴。沒有別的。

沒有引擎聲。

他不假思索，不讓自己再次陷入天人交戰，直接踏進外門。

什麼事也沒發生。沒有聲響，沒有感應到他存在而高聲作響的警報器，啥也沒有。他回望門外被光線照亮的廣場。無論他想要幹嘛，都得速戰速決。

走兩步就能到內門，於是他邁開步伐。還是什麼也沒發生。門後的白色玻璃階梯往下一段便往回拐，通往更底層。他的視線最遠大約只達第二段階梯底層，那裡可能接向另一條長廊。

話說回來，這裡跟監獄的其他區域判若天淵。他彷彿踏進一棟截然不同的樓房，甚至是個截然不同的世界。門上連門閂也沒有，沒法子開或關，也不能上鎖。基本上它只是裝在隱形鉸鏈上的一塊嵌板，有別於他所見過的任何一扇門。也許電視上的未來世界除外。

他一腳伸進第二扇門內。一樣沒有變化。他往樓下踏出一階。再一階，又一階。他回望暗處，但仍舊沒有任何動靜。於是他盡量放輕腳步繼續走，留意其他可能的聲響。

但只聽見自己的聲音和低沉的嗡鳴。

他在轉角駐足。同樣的白牆和階梯通往一條短廊，盡頭有一扇門。門關著。賽斯繼續邁向它，發現樓梯井底部跟其他東西一樣，都是玻璃般的光滑材質。搞不好這整個房間都是從同一塊實心乳白色玻璃鑿出來的。他走到底，在門前止步。那扇門跟樓上的很像，扁平、毫無特色、會自行發光。

他手往前伸，但還沒碰到門，門就自動開啟。他嚇得往後一跳，看見那扇門平順地滑進牆內才，這不再驚慌，看樣子它只是完成他最可能要求它履行的任務，藉此回應他的出現。門後只是另一條白色走廊，到了盡頭再次轉彎。

不過嗡鳴聲更響了。

他在原地稍等。一等再等。不過一樣什麼事都沒發生。沒人靠近他。他發現走廊盡頭的光和他所在位置的光不同，不只是牆壁發出的光。看來轉過彎後會不太一樣。

賽斯嚥了口唾沫。再嚥一口。

他心想：此時不幹，更待何時？

精神喊話沒用，他還是杵在原地。

他竊想：不會有什麼了不起。絕對不是湯瑪士跟芮珍想得那樣。也不是我想像中那樣。肯定不會是愚蠢的外星人。

問題是他比待在戶外還要害怕。

因為那頭肯定有什麼玩意兒。

他踏進門內。

穿過走廊。

拐過轉角。

定睛一看。

只見一個無比遼闊、如停機棚般深遠的房間。
裡面擺著成千上萬具閃閃發光的黑色棺材。

# 47

房間跟樓梯井並不搭軋。牆壁和地板是某種拋過光、會發亮的混凝土，看起來一塵不染。天花板的乳白色嵌板間透出燈光，照亮底下的棺材。

放眼看去，這裡一望無際。

他站在門口凸出的斜坡，一個比大房間地板略高的小平台上。一眼望去，是排排相連到天邊的棺材。棺材往遠方的彼端排放，一路向一條條穿堂延伸，意味著後面還有更深遠、甚至更大的房間。

這裡比樓上的監獄大得多。房間中央有許多寬敞的走道，跟棺材一樣以放射狀向深處延展。賽斯揣想：走道寬到足以讓廂型車通行。這個嘛，他們總得把棺材運到哪裡，對吧？天曉得後頭有幾扇未知的門，通往地面世界的不同角落，不過……

「怎麼可能？」他呢喃道。「怎麼可能？」

嗡鳴聲來自此處。可是他找不到聲音的源頭，地上找不到纜線。除了棺材外，也沒有任何獨立的機器。但聲音確定是從這裡發出沒錯，這些玩意兒正盡忠職守地運作。

裡面還躺了人。在睡覺。

在過他們的生活。

他所站的平台其中一頭有道短短的階梯。他拾階而下，走到發亮的混凝土地板上，同樣期待著警報器鈴聲大作、要他離開，或某人出現、質問他擅闖禁地所為何來。

他走向離得最近的一具棺材。棺蓋緊閉。他原以為棺材跟自動門一樣，只要輕輕一碰就會彈開，但什麼事都沒發生。就連找封口都得花上許久時間。金屬摸起來涼涼的，但不是人造的冷或熱。他繞著棺材打量，外觀跟他家裡那具如出一轍，包括——他跪下檢查——中間一根沒入閃亮混凝土地板的小導管。

不過怎麼可能這樣運作？他左思右想，疑慮再次爬上心頭。這怎麼可能是真的？因為這樣人們要怎麼生小孩？他環顧屋內，棺材宛若一支死人兵團在眼前向外延伸。大家要怎麼保持健康？又要怎麼進食？他跟芮珍和湯瑪士或許不是運動健將，但他們終究是機能正常的人類，可以走路，可以提東西。沒錯，他身體虛弱了好幾天，但躺了多年之後，雙腿還是有辦法把他撐起來呀？

不，他心想著。不，不可能的。

他這才明白自己想要什麼。他想要一個解答，不是別人給的答案。想知道這個世界有什麼目的，對他有什麼特別的目的。

他不相信明擺在眼前的就是解釋。

他把手指伸進棺材的封口，試著找到支點。他只能將指甲探進封口——打從醒來後，他就沒剪過指甲了。不過，話說回來，其他人的指甲為什麼都沒長長啊？棺材沒什麼移動，但他使勁往內擠，終於舉起棺蓋。

棺蓋抬起半公分、一公分——

然後滑開，再次緊閉，狠狠夾住他的指尖。他把手指往外抽，再試一次。一試再試。

「快開，」他咕噥道。「快開呀！」

棺蓋突然其來地掀得老高，害賽斯失去重心，用力跌在地上，手肘在混凝土地上一敲。他高聲罵了一長串他所知最惡毒的髒話，同時握著手肘、貼近胸口，直到疼痛退散。

「媽的！」他比較平靜，也較緩和地說。

仍舊喘著大氣的他抬起頭來看那開啟的棺材。他在棺材邊緣下方，看不見內部，但看得到棺蓋內層，看起來和他家裡的很像，同樣有導管跟一條條金屬膠帶。唯一不同的是，還有脈動光沿著棺蓋內部振盪。

雖然手肘仍舊陣陣作痛，他仍勉強跪起身，慢慢伸展身體，讓棺材基座映入眼簾。

他大吃一驚。儘管明知不該驚訝，但眼前景象還是令他怵目驚心。

因為，不用說也知道，裡面躺了個人。

一個男人。

一個活生生、在呼吸的男人。

男人跟賽斯醒來時一樣，雙腿、軀幹跟胸部都裹著繃帶。他的生殖器外露，現在賽斯明白為什麼了。有管子接上男人的陰莖，另一條伸入他大腿中央，並用醫療膠帶固定。賽斯記得自己身上的印記。那些印記說明了導管是如何以同樣方式伸進他體內，帶走排泄物，就跟芮珍和湯瑪士猜得一樣。

男人身上其他部位幾乎全被遮蔽，連指尖也不放過，整張臉同樣遮得不成人樣。賽斯雖然記不得那些繃帶，死後那段朦朧但恐怖的時光卻怎麼也忘不了。分不清東西南北的恐慌。那是種截然不同的恐懼，幾乎要比死亡本身更駭人。但無論當時腦袋在想什麼，他的肉體正忙著撕掉手跟臉上的繃帶，並爬出棺材，找路下樓。令他納禁的是，當初這樣東摸西找，怎麼沒把自己的脖子給摔斷，眼睛瞎了似地又怎知道該往哪兒走。

大概出於本能吧。一樣他甚至不記得自己具備的記憶。

男人臉上唯一沒遮蔽的部位是嘴巴，有個安全裝置夾在齒間，管子接在裝置末端，賽斯猜它是用來輸送食物、氧氣、或水，但這誰也說不準。有什麼事是誰說得準的？繃帶上的金屬膠帶是否為沉睡世界提供程式？它們是否能刺激肌肉，免得肌肉萎縮？輸送排泄物的導管是否也有繁衍後代的功用？

天曉得呢？誰有答案？

看樣子男人完全不知道外界有任何改變，不曉得有人站在他面前。他全身上下唯一的動靜是呼吸時胸膛的緩慢起伏。男人的頭頂沒被包覆，可見頭髮跟賽斯一樣短到極點。男人的脖子也未包裹，賽斯發現自己的手正伸向那裡，輕輕地、溫柔地觸摸那裡的肌膚，只是想確定是否為真。

那裡暖暖的，活人充滿血液的溫熱肌膚令他莫名驚訝。更令他驚訝的是，男人居然有鬍渣。稀疏、微乎其微，但依舊存在。怎麼沒長成大鬍子？有人幫他刮鬍子嗎？還是用藥抑制毛髮生長？這麼多瑣事，地獄是怎麼張羅的？

「你是誰？」賽斯低語道。「我認識你嗎？」

因為所有人都來自同一座小鎮，這一座小鎮，難道不是這樣嗎？所有住在這裡的街坊鄰居全都移來同一個集散地。所以這男的以前可能住他隔壁，或是他爸媽的朋友，或——

「但我不是搬走了嗎？」賽斯自言自語。「至少在虛擬世界裡搬走了。而且誰知道你幻想自己搬去哪兒了。」

他俯視男人，為他全然的脆弱感到不安。他看起來像個倒臥的病人，正從某個不可名狀的恐怖意外中復原。他之所以一直沉睡，是因為醒著太痛苦，康復又遙遙無期——

然後賽斯腦中閃過一個念頭。一個瘋狂而不可能的念頭。

他不願相信，只是交抱雙臂，繼續俯視男人。

可是念頭再次浮現腦海。

因為他的身材與賽斯相去無幾，對吧？身高差不多，體重也相近。肩寬跟胸圍相同，同樣有雙跑者的瘦腿，體毛顏色也一樣。

「不會的，」賽斯安撫自己。「別傻了。」

但這念頭說什麼都不肯消失。他越是透過裹緊的繃帶觀察男人的身形，注視他少數沒被包覆的皮膚和身體部位，就越覺得——

「不會的。」他覆述道。

但他還是把手伸回男人包覆繃帶的臉，輕輕抓住邊角，試圖將它撕開。可是撕不下來。於是他順著繃帶摸，想找個接縫當開頭，好把它扯下來；他一邊轉男人的頭一邊找。

「這太扯了，」他喃喃自語。「根本沒道理嘛。」

不過他還是得眼見為憑。得百分之百確定——

因為萬一——

萬一這個人是他呢？

那算是哪門子解答？

「該死，」他咒罵道，變得愈加焦慮，心跳也越來越快。「唉，該死！」

他在男人左耳附近找到繃帶的邊，然後開始往回拉，努力摳出起頭，再一點一點把它撕開。繃帶從男人的面孔前展開，接著賽斯從靠墊上抬起他的頭，撕掉繞過後腦勺的繃帶——

只見男人頸部肌膚底下有道閃現的光。

賽斯捧著男人的腦袋，動也不敢動。這是他第一次真正清楚意識到：他捧著的是個活物，是沉睡但保有呼吸、摸起來溫熱的某個人。

活生生的。

他又輕又柔地轉動男人的頭，把那閃光看個仔細。刺眼的綠光忽明忽暗，在男人左耳下方頭蓋骨底那塊沒貼繃帶的皮膚下規律脈動。

跟賽斯頭蓋骨背面的腫塊是同一位置。

正是他撞上礁岩、開啟這裡種種一切的位置。

後來他還看到別的。他把男人的頭更往外抬。男人的背雖裹著繃帶，但再往上是一片赤裸的肌膚，只見有個類似凱爾特人的刺青佈滿他整塊肩膀。

是賽斯絕對沒有的刺青。

這下他終於看清事物原本的樣貌。男人的髮色其實比賽斯再深一點，賽斯的鬍渣也沒他那麼濃密。男人的軀幹擺明比賽斯短。如今再定睛一看，說老實話，實在羞得教他無地自容，因為他覺得只要是還活著的青少年，應該很難會認錯自己的小弟弟。

這個男的不是他。

當然不是。

轉瞬間，觸碰男人變得太過私密，像在侵犯另一個人，形同犯罪。他把繃帶捲回男人的腦袋，嘴裡直喊：「抱歉，抱歉」，將膠布的開頭重新黏回男人耳邊，用的力道也嫌太強。他把男人的腦袋放回靠墊——

就在此刻，警鈴終於響了。

## 48

鈴聲並不特別大，但肯定錯不了，宛若將壞消息散布各處般湧進湧出。賽斯東張西望，想找警鈴的來源，無奈什麼也沒看到。他一把抓住棺蓋，啪嗒關上。它順勢往下倒但突然停在半空，滑順緩慢地自動結束這趟旅程，發出微弱的液壓聲，重新自我關閉，也把那男子關起來，像什麼事都沒發生一樣。

但警報器依舊響個不停，賽斯已跑回平台，準備上樓，可是——

他遲疑了。

空蕩蕩的白牆上冒出一台顯示器，有個乳白色長方形像在清除霧氣，露出一直以來都存在的螢幕。如今螢幕顯示出不同顏色的文字、方塊與符號，跟電腦鍵盤沒兩樣。警報器依舊響個不停，賽斯仍然作勢要跑，但眼前的景象吸引了他的目光——

因為螢幕上有一組環狀圖形符號，其中**腔室開啟**的文字正跟著警報器的節拍閃爍。賽斯壓根兒不願去想警鈴會把司機引來，它肯定會把油門催到底趕回來——

**腔室開啟**。**腔室開啟**。**腔室開啟**。鮮紅的文字顯示。

「可是我把腔室關了啊。」他這麼說，同時幾近氣急敗壞地伸手觸碰紅色符號。

警報器停了。

他抬起手。符號由紅轉綠，數字、方塊、跟圖像突然在顯示器的其他區塊出現，呼呼作響地運轉，似乎對他的存在毫無所覺。其中一區閃現一張張從不同角度拍攝的不同行列棺材影像，擺明了有人在監視。當螢幕出現一張他站在顯示器前的影像，賽斯差點嚇得魂飛魄散。幸好影像一閃而逝，彷彿他的存在並不構成威脅。

他轉頭找攝影機，眼前卻仍是了無變化的白光和無窮無盡的黑色棺材。他將視線移回螢幕，影像持續替換，包括在某面遙遠牆上有扇大如車庫的門也在賽斯面前閃現。他一度擔心廂型車會直接開進來抓他，隨時、立刻——

問題是他無法說走就走。螢幕邊上的方塊顯示類似氣候與濕度的刻度，另外有移動的時鐘，只有其中幾個貌似現在時間，但隨後又被其他一個又一個時間取代。其餘的塊狀圖表與陳列內容，賽斯根本猜不著邊。什麼叫**調制率**？什麼是**BETA週期**跟**四號部門**？至於**流量管理**，有可能是任何東西。什麼流量？怎麼管理？是誰在管？

賽斯知道自己非走不可，雖然他可能已經關掉警報器，但並不表示司機完全沒聽到警鈴——但他不願離開，還不是時候。

因為螢幕中央正在問他一個問題。

**重新實現腔室？**上頭是這麼寫的。

問題旁邊，也就是螢幕正中央，有張綠色的棺材顯示圖——看得出是他身後那個區塊，因為連樓梯井也畫進去了——至於賽斯打開的那具棺材則以袖準線標註。

連接袖準線的是個彈出的視窗，視窗裡有張男人的照片，而他肯定是剛才賽斯開棺看見的那個男人。

那是張正面大頭照，像駕照或護照上的那種。男人雖未面露笑容，卻也不顯憂愁，應該可用百無聊賴來形容，像是知道又要拍張公事用的照片了。

照片底下是他的名字。

「亞伯特．弗林。」賽斯高聲唸道。

也顯示了其他個人資料。有行數字看似生日，只不過並非以賽斯預想的方式呈現。其他可能還有身高體重，以及別的度量單位，只是那些數字代表什麼很令人費解。有個方塊註明**身體標誌**，賽斯輕觸一下。它開啟另一個方塊，顯示男人的刺青圖案，伸展到肩膀兩端，一路往兩條胳臂的背面蔓延。

賽斯再按一下方塊，結果它就消失不見。他瞥向警報符號那頭。**重新實現腔室**這幾個字依舊閃現。

「是的？」他邊說邊按下按鍵。符號與文字一同消失，有亞伯特．弗林面孔的方塊也縮起來，收回螢幕上一排排棺材顯示圖裡。

賽斯環顧四周，再次為流逝的時間發愁，不過他還沒聽見樓梯井傳來什麼聲響。他在屋外時，引擎聲便已沒入黑夜。或許司機離這裡很遠，正在不允許疾行的道路穿梭。

他在圖形顯示器上對準其中一具棺材，按了一下。有個女人的面孔隨即顯示在方塊中。她的年紀比亞伯特．弗林大，笑容也比他燦爛。

**艾美莉亞．佛羅倫斯．李德伯斯**。賽斯按下她隔壁的棺材。彈出另一張臉，是位較年長的男性。**約翰．亨利．李德伯斯**。

「丈夫。」賽斯不自覺地說，畢竟這世上也沒多少姓李德伯斯的人。他準備挑約翰．亨利隔壁的棺材，但愣了一下。沒錯，丈夫。家人會一同進來這裡對吧？丈夫和妻子。父母和子女。

只有賽斯例外，他孤伶伶地在自個兒家裡醒來。

但這裡有兩個李德伯斯家的人並排而臥。

「那魏林家的人呢？」他邊說邊掃視其餘讀出裝置，不知有沒有方法——

找到了。有個方塊直接明瞭地標註：**搜尋**。他往下按。冒出一個袖珍鍵盤，排列配置與一般鍵盤無異。他暗忖：或許可以刪除外星人的選項了。他輸入魏林。在**前往**鍵上猶豫了一下，最後還是按下它。

棺材顯示圖迅速移動翻轉，彷彿頭頂架了攝影機，鏡頭拉遠拍向他身後這遼闊的房間，然後放慢速度，縮到某個角落深處的其中一排，如果光憑他一己之力，幾乎篤定找不到。

首先有具棺材被特別標註，接著是另外一具，名單也開始浮現。

**愛德華．亞歷山大．詹姆士．魏林**

**甘蒂絲．伊莉莎白．魏林**——

賽斯沒等程式跑完就迫不及待按下父親的姓名。

找到了。看樣子顯然更年輕，髮型迥然不同，也沒長白髮；但眼神略帶一種賽斯再清楚不過的用藥神情。賽斯按下母親的姓名，她的照片旋即彈到他父親的照片旁。也是年輕時拍的，他對那噘起的嘴很眼熟，那防禦性的緊繃雙唇將她的個性表露無遺。

他們就在這裡，就這麼簡單。

見到爸媽讓他始料未及地難受。豈只難受，更可說是痛苦。賽斯的肚子真的開始痛了起來。那兩張臉肯定錯不了就是他父母，看起來較年輕，但靜止不動地回望著他。

他們其實也在他身後房間的某處。

他轉移目光，但圖示搜索轉移太快，跑哪兒去了他跟不上。爸媽可能在任何地方，在這幅員廣闊綜合大樓的任何一區。

沉睡。

但也不只是沉睡，而是過活，過他們心目中完全真實的生活。他回望那兩張照片，想知道他們此時此刻，在亥夫馬奇的家裡做什麼。

*是不是在想念兒子？*他很納悶。

沒留下任何解釋就不告而別的兒子。

他們的臉在螢幕上回望他，他盡量不在那面孔上尋找責難之色。

賽斯非走不可了。他心裡有數。拖得太久了。司機上路了，說不定隨時都會破門而入。

非走不可。

但他還是盯著爸媽的雙眸不放。

最後他終於忍下腹痛，輕擊父母的照片，讓它們縮回棺材的陣列。該走了。其實早過了該走的時間，但還有個東西他非看不可。他的手伸向名單，想要點擊——

他愣住了。

名單上沒有歐文。

魏林家的名單只有兩行。他的父母愛德華和甘蒂絲。

賽斯眉頭一皺。他再打開**搜尋**方塊，重新輸入他的姓氏。回傳出同樣的結果：愛德華與甘蒂絲・魏林。他再回搜尋方塊，輸入歐文的全名。

螢幕上顯示：沒有符合項目。

「怎麼會？」賽斯提高音量問道。「怎麼會？」

他又試一次。再試一次。

名單上就是沒有歐文。

他不相信，也無法相信。他輸入自己的姓名，但不用說也知道不在名單上，因為他跟大團體分開了，被單獨放置在他家，放在獨立的棺材中。或許這裡空間不夠吧。或許在他家人加入以前，棺材已差不多裝滿了這空間，所以得另作打算。

天曉得？而且說老實話，誰管那麼多？

因為歐文不在這裡。歐文在外面的某處。在那焚毀荒蕪的世界。在自己的棺材裡。孤伶伶的。跟賽斯當初一樣，孤伶伶的。

「怎麼可以？」他問道。「怎麼可以這樣？」

他怒火中燒，但也知道這樣動怒不合邏輯。無論歐文的肉體在哪裡，對虛擬世界來說重要的是：他仍與父母待在一塊兒。這是過去八年他親眼所見。

但言歸正傳，萬一他醒了呢？萬一他跟湯瑪士一樣，獨自從奇怪的地方醒來，卻沒人保護他的安全？

他馬上下定決心，彷彿勢在必行。

「我一定會找到你。」他說。一種建立明確目標（而且是愉悅的目標）的感覺籠罩著他。「無論你在哪裡，我說什麼都會找到你。」他又伸手去點父母的棺材，猜想或許還有更多資訊，像是小兒子被放在哪裡的紀錄——

「啊！」

他觸碰的螢幕對他發送靜電。不算強烈，也不怎麼痛——

可是螢幕起了變化。棺材都不見了，取而代之的是幾個字。

現在螢幕顯示：**偵測節點受損**。

下面一行是：**正在掃描**。

光線變了，房間的一頭突然被詭異的綠光照亮。它沿著一排排棺材移動，速度教賽斯猝不及防，他就這麼被掃到。

光束停在他身上。

「哦，完了。」他說。

螢幕顯示：**可能修復**。

**開始重新實現**。

「該死！」賽斯罵道，雖然他不懂什麼叫重新實現，但肯定不是好事。他已轉身面向通往階梯的短廊，拔腿就跑——

說時遲那時快，一道令人眩目無力的疼痛射入他的頭蓋骨——

正是亞伯特·弗林頸背閃光的那個點，那一定就是賽斯自己「受損的節點」——

一切就這麼隨著一道閃光消失眼底。

# 49

「只要懂得用不同觀點，」古德蒙說：「任何事都可以很美麗。」

賽斯噗哧一笑。「夥計，這是你說過最娘的話。」

「夥計，」古德蒙反過來嘲笑他。「別再假裝英國人了。」

「我本來就是英國人。」

「對你有好處的時候才是。」

古德蒙轉頭面向大海。他們位於三、四十呎高的峭壁，底下是撲打礁岩的海浪。這天是白晝明顯變短的秋分，說明了夏日就要進入尾聲，新學期也即將展開。

不過還沒那麼快。

「反正你看看嘛。」古德蒙說。

被海平面一分為二的落日顯得不尋常地大，顏色也比以往更為金澄，好似一大匙太妃糖口味冰淇淋溶進路面。夕陽上方桃紅與藍色交織的天際向賽斯與古德蒙伸展，漫散的雲朵五顏六色、七彩繽紛。

「轉身背對那片又破又爛的小海灘。」古德蒙說：「轉身背對那些害你不能下水游泳，或享用你帶來的美味三明治野餐的礁岩與海浪。還有背對那狂風，風大到要是不拴緊，你那煩死人的全家人就會被狂風吹跑。但當你眺望大海。你瞧瞧，可不是嗎？」

「美景。」賽斯說。他沒注視夕陽，反倒望著古德蒙在餘暉照耀下的輪廓。

峭壁上也有其他人來散步，享受美好的一天與落日，但此刻是賽斯和古德蒙暫時得以獨處的時刻，其他人完全不在他們眼中的畫面裡。

「古德蒙——」賽斯又打開話閘子。

「我不知道，」古德蒙說：「賽斯，以後的事真的很難說。可是我們擁有現在，多少人求之不得？以後的事順其自然吧。」

他把手伸向賽斯。賽斯遲疑一下、左右張望，看有沒有人發現。

「膽小鬼。」古德蒙逗他。

賽斯接過他的手緊握著。

「我們擁有現在，」古德蒙繼續說：「我也擁有你。我要的就這麼多。」

依舊十指緊扣的兩人遙望夕陽——

「還有什麼要跟我說嗎？」拉莎迪警官問他；跟其他員警非常不同的是，她和他說話的口吻總是溫柔中帶著肅穆。

「他很矮？」賽斯自告奮勇地說，但他知道這個早就說過了。他只是不希望拉莎迪警官離開，不希望對話告一段落，畢竟連日以來就屬她跟他講過最多話。

她咧嘴一笑。「大家都這麼說。不過，根據警方留存的檔案，我其實比他還矮兩吋，但從沒人說過我矮。」

「可是妳看起來不矮啊。」賽斯扭著指頭說。

「我把這當作你的讚美囉。不過，別擔心。賽斯，他個子矮不代表就比較難找。矮子也沒辦法躲一輩子。」

「他會不會傷害歐文？」賽斯脫口而出，而這也不是他第一次有話直說。

拉莎迪警官闔上筆記本，雙手疊在封面上。「警方研判，他是利用你弟弟當作自己的籌碼，」她說：「所以他會知道一旦傷了你弟弟，自己恐怕也會性命不保。」

「所以就不會傷害他了？」

「完全沒錯。」

他倆靜靜坐了一會兒，拉莎迪警官才開口：「賽斯，謝謝你。你真的幫了我們一個大忙。我去看看你爸媽怎麼樣了——」

大門砰然一開，他倆嚇得轉身。拉莎迪警官連忙起身，另一名警官也衝進客廳。

「怎麼了？」賽斯聽見他媽從樓上叫喚。這幾天她鮮少離開閣樓，只想待在歐文的私人物品附近。「發生什麼事了？你們——」

但新來的警官只顧著對拉莎迪警官說話。

「他們找到他了，」他對她說：「他們找到華倫泰——」

古德蒙的手機響啊響，但就是沒人接。他再試一次，這次直接轉語音信箱。

賽斯一把抓住外套。自從莫妮卡在門階上對他全盤托出，他就非得見古德蒙不可。在這洪水猛獸竄行的世界，不能再出事了。他一定要找到他。現在就要。他三步併作兩步下樓進客廳，才剛到大門，父親就在仍然裝修中的廚房叫住他。

「賽斯？」他充耳不聞，打開大門。但父親接著用不容爭辯的語氣喚他。「賽斯！」

「爸，我非走不可，」賽斯邊轉身邊說，但一看見站著的父親，他便呆若木雞。只見他渾身覆滿整修廚房的細微木屑，但手裡握著手機，神情古怪地盯著它，好像剛講完電話。

「你們校長打來的，」他父親語帶困惑地說：「居然星期六下午打來找我。」

「爸，我真的真的要走了——」

「說他女兒收到一張你的照片。」他父親低頭望著手機。「**這張**照片，」他邊說邊把手機舉高給賽斯看。

沉默降臨。賽斯無法動彈。他父親似乎也動不了。只是高舉照片，探詢地注視賽斯。

「他沒有生氣或怎麼樣。」他父親說著便將螢幕慢慢往回轉，自個兒低頭看那張照片。「說你是個好孩子。說一定是有人洩密，害你惹麻煩上身，他擔心你星期一上學可能會不好過。覺得應該讓家長知道，這樣我們才能幫忙。」

他停下來，仍舊靜靜杵在原地。

盛怒下的賽斯發現自己淚如泉湧。他試著眨眼擠掉眼淚，但還是有幾滴從臉頰滑落。「爸，你行行好。我一定要走。我一定要——」

「找到古德蒙。」父親替他把話講完。

不是問句，而是直述句。

賽斯不知所措，自有記憶以來從來不曾如此，比起當年在英國那男人敲著廚房窗戶那天更不知所措。當時世界停止運轉，此刻世界同樣為之凍結。賽斯不知它要如何重新轉動。

「兒子，我很遺憾。」他父親說，有那麼沮喪的一秒，賽斯以為他說抱歉是因為不打算讓賽斯出門，沒想到——

「我很遺憾，這件事你不敢對我們說。」他父親繼續往下說，再次低頭看手機，看賽斯和古德蒙的合照，雖然只是一張合照，但任誰都能看出其中的認真、真實與不容否認。「我說不出我有多遺憾。」

令賽斯驚愕的是，父親說這句話時連聲音都變了。

「我們對你疏於關心，」他父親說著，再次抬起頭。「我很抱歉。」

賽斯嚥下咽喉的黏稠物。「爸——」

「我知道，」他父親說：「去吧。去找他。我們待會兒再聊。雖然你媽不會高興，可是——」

賽斯愣了一下，不太相信聽到的話，但沒時間可以浪費了。他打開大門，衝入冷空氣中，上路去找古德蒙——

又到了夏天，那是幾個月前的事，古德蒙在峭壁邊緣對他微笑，落日餘暉將他的臉映成金色。

「只要懂得用不同觀點，」他說：「任何事都可以很美麗。」

後來世界就被一道刺眼的白光吞噬——

# 50

賽斯的腦袋像被著火的拳頭擊中似地灼痛不已，阻擋了一切外在的感覺。他看似無法承受如此劇烈的疼痛，也不可能有辦法思考他在這裡造成的無法修補的損壞。他聽見遠方傳來一聲尖叫，後來才發覺那出於自己口中——

「我不知道還能怎麼辦！」有人說。

「把它關掉就對了！」另一人吼道。「整個關掉！」

「**怎麼關？**」

賽斯不知打哪兒來的手把他往地面壓，但疼痛充斥在所有剩下的空間、剩下的所有思緒，他不斷放聲尖叫——

「他弄出的那個聲音！那聲音快讓他不行了——」

「那裡！按下去！隨便按一下！」

感覺像墜崖般的突如其來，他不痛了。賽斯在平滑的混凝土地板上嘔吐，無助地躺著，雙眼不斷湧出淚水，喉嚨像是破了，他渴望著空氣。

有一雙手又抓住他。

一雙小手。他也聽見擔憂的祈禱詞，肯定是波蘭語沒錯。

「湯瑪士？」他咕噥道，這時感覺兩條粗短的胳臂緊緊擁著他。他很難讓目光聚焦，得連眨好幾下眼才看見芮珍也彎著身子面向他。

她面如死灰，即使他思緒不清也看得出她多驚恐。「起得來嗎？」她急得聲音都在顫抖。

「賽斯先生，你一定要起來啊。」湯瑪士說，他們試著將他從地上扶起。賽斯的腿撐不起自己的重量，他們幾乎得用拖的才能搬動他。

「非走不可，」湯瑪士說：「不走不行了。」

「怎麼走——？」賽斯輕聲問道；在此同時，他們把他搬上平台，拖進走廊，但他連話都說不完。他的思緒分崩離析，充斥著影像，相互撞擊，如洪流、如海嘯般鋪天蓋地而來。他看見湯瑪士和芮珍，同時又看見古德蒙在峭壁之巔，看見他父親，看見歐文遭人擄走時年幼的自己，影像全攪在一起，即使閉上眼也閃躲不了。

「我猜你大概說了謊話，」湯瑪士邊說邊準備把他拖上主樓梯。「而且芮珍還試著幫你圓謊。」

「我們來是為了救他，不是嗎？」她厲聲訓斥。

「而且及時找到他！」

「第二次了。」賽斯發現自己在咕噥，只是思緒還在亂彈，他甚至不確定話說得夠不夠大聲。結果夠大聲。「沒錯。」芮珍說，並把他拖過樓梯井轉角，將他跟湯瑪士兩人推向內門。「其實我們不在這個空間。沒有一個存在。這一切都只是你的幻想。」

「少動點嘴巴！」湯瑪士說：「動作再快一點！」

他們走到底了，把賽斯扶出門外。他每一眨眼，就看見回憶浮現眼前，如此生動清晰，彷彿在兩個不同的世界來回穿梭。歐文、古德蒙、莫妮卡、H、大海、英國的家、美國的家。全部疾速扭轉更迭，使他反胃，等他們把他搬下監獄前階，他又開始嘔吐。

「現在……怎麼了？」他喘著氣說：「我沒辦法……世界要崩垮了……」

他在天旋地轉的視野中看見他倆憂慮地互換眼色——

然後看見湯瑪士驚慌地抬頭。「芮珍？」

賽斯發現芮珍面露恐懼——

但他又眨了個眼，回憶再次移山倒海而來，他跟拉莎迪警官同坐桌前，另一名警官衝進來說找到他了，他們找到華倫泰了——

賽斯猛一睜眼。

這個，他遺漏的就是這個。一個他能抓牢的東西。他感覺回憶的驚濤駭浪在片刻間退潮——

他抬起頭。他在芮珍懷裡。她跟湯瑪士正在想辦法再讓他站直，但這件事，這件要緊的事，正在他的舌尖，那就是——

「華倫泰。」他說。

芮珍跟湯瑪士愣了一下，望著他。

「什麼？」芮珍問他。

「華倫泰。」他說，而且把她的胳臂抓得更緊。「他叫華倫泰！就是那個男的把歐文擄走！就是那個男的——！」

「賽斯，你沒聽見嗎？」芮珍嚷道。

賽斯住口。聆聽。

廂型車的引擎聲。

離得很近，越來越大聲，速度快到他們絕對跑不過。

湯瑪士從他倆身邊跑開，穿過廣場，奔向兩台單車堆疊之處。賽斯情急下打算跟著他跑，只是連要站直身子都很掙扎，芮珍還得抓著他，免得讓他倒地。「你這樣子，我們逃不了的。」她面向其他樓房，尋覓藏身之處。

「可是湯瑪士——」賽斯說。放眼望去，湯瑪士沒有扶起單車，而是拾起繫在其中一台單車後方的背包，抓狂似地解開某樣東西。

「快呀！」芮珍邊喊邊把賽斯拖往廣場外圍中間那棟樓。咆哮的引擎聲就快追上他們，他們剛逃離的樓房後方原是一片漆黑，如今賽斯卻看見燈光愈顯明亮——

「芮珍！」他叫道。

「我看到了！」她說。

湯瑪士正穿過廣場奔向他們，手裡提著一條長長的金屬，在月光和暗影下賽斯看不太出那是什麼。他眨眨眼，試著讓雙眼適應黑暗——

——他跟古德蒙躺在床上，古德蒙握著手機、拉長手臂，拍下那張照片，單單只有他倆的合照，捕捉到這私密的一刻並永遠留存——

「芮珍？」他說：「芮珍，我覺得——」

「不要，湯米！」芮珍吶喊道。

眼花的賽斯定睛一看。湯瑪士仍在橫越廣場，只是跑得不夠快，雙手忙著把弄那玩意兒——

賽斯赫然認出那是什麼，不真實到教人難以置信——

湯瑪士提著一支獵槍。

幾乎與他同高的獵槍。

「湯瑪士，小心！」賽斯喊道——

因為在湯瑪士身後，黑色廂型車正駛過樓房轉角，隆隆地開進廣場——

朝狂奔中的湯瑪士逼近——

「不要！」賽斯和芮珍異口同聲嘶吼——

「快逃！」湯瑪士對他們大喊——

廂型車開到他們中間，輪胎刺耳地在混凝土地面急煞，最後車子停穩，車門開啟——

司機下車——

並以不可思議的速度向湯瑪士飛馳——

「湯米！」賽斯聽見芮珍尖叫——

她想要奔向他——

但她不可能及時趕到——

司機舉起冒著噼啪火花的鐵棍，準備對他痛擊——

湯瑪士笨拙地伸出獵槍——

「不要！」芮珍大吼——

湯瑪士扣下扳機。

# 51

槍響比賽斯預期得大，而且發出兩道閃光，一道從槍口射進司機的胸口——另一道是開槍的後座力直接在湯瑪士手上炸開。

賽斯在繚繞的白煙中看見兩人往反方向飛，司機旋轉的影身撞上廂型車，衝擊力差點把開啟的車門給拆了，隨後他猛然頹倒在地——

但湯瑪士也不好過，往後彈的他放聲驚叫，獵槍的碎片炸向空中。他倒落在堅硬的混凝土廣場上，身後曳著一縷白煙。

「**湯米！**」芮珍吶喊衝向他。賽斯試著跟上，但整個人還是搖搖欲墜。他跟著她繞過廂型車正面，瞥見地上同樣一動不動的暗影。前方的芮珍飛快撲向湯瑪士身旁的地面——

不要，賽斯暗想。拜託不要——

接著他聽見微弱的咳嗽聲。

「謝天謝地。」芮珍說。這時他粗魯地跪在她旁邊。「謝天謝地。」

「我的手，」湯瑪士開口說話。他坐直身子，聲音小得可憐。「我的手都是血。」

他伸出雙手。即使在門口燈光的陰影下，他們也能看見這雙手的灼傷有多嚴重，一條條破碎皮肉和鮮血從他的手腕流淌而下。

「哦，湯米，」芮珍氣急敗壞，把湯瑪士抱得緊到他忍不住大叫。她將他鬆開，開始咆哮：「**你這個笨蛋！跟你說過，這實在太危險了！**」

「那是最後一搏，」湯瑪士呻吟道。「我們最後的機會。」

賽斯望向他們身後。獵槍的槍管斷成兩半，掉在野草中不同的兩處，木製槍托的餘火如今在野地裡悶燒——

——警官走進他家的客廳說：「他們找到華倫泰了——」

賽斯咕噥一聲，硬把回憶塞到腦後，再次面向芮珍和湯瑪士。她已脫掉外套，正撕開一條袖子，綁在湯瑪士的一隻手上。

「你從哪兒弄來的獵槍？」賽斯有點口齒不清地問。如今情勢緩和，他又開始頭暈目眩。

「附近一戶人家的閣樓。」芮珍無視湯瑪士疼得驚叫，邊說邊包紮他的另一隻手。「但很明顯那把槍已經壞了，很危險，不是我們能夠拿來用的。」

「我再跟妳說一次，」湯瑪士嘀咕道。「那是絕望時用來最後一搏的。」

「你可能會送命欸，你這個小……」但芮珍沒法把話說完，她的眼眶噙著盛怒的淚水。她回瞪賽斯，諒他不敢多說什麼，然後臉色一變。「你沒事吧？」

賽斯臉部肌肉抽搐一下，仍舊感覺腦中擠滿回憶，仍舊感覺它們在腦中打旋。

「它本來打算殺了我，」湯瑪士望著廂型車說：「想殺小湯瑪士。不過我先把它宰了，對吧？」

他們全都回望司機。在穿著制服的胸膛上只見唯有全速發射的槍彈才能造成的深孔。

「華倫泰。」賽斯低語，又死扒著這名字不放。

「幹嘛一直叫這名字？」芮珍問他。

他神情痛苦地注視她。

「說正經的，」她說：「你沒事吧？」

「不曉得欸。」賽斯邊說邊勉強起身。

「你說那是某個男人的名字，」湯瑪士說。他不敢碰受傷的手，同樣笨拙地起身。「他擄走一個叫歐文的傢伙？」

「歐文是我弟弟，」賽斯說。

湯瑪士啊地一聲恍然大悟。

賽斯感覺回憶全都湧進心底、繞著他打轉。彷彿他位於暴風眼，但颶風向他步步近逼、洶湧而至，要向他索討什麼。「華倫泰。」他又輕聲呢喃。

「哦，好，」芮珍溫柔地說：「華倫泰。收到。」她轉身面向湯瑪士。「其他地方痛不痛？」

「我的胸口，一點點痛，」他一面回答，一面用繫上繃帶的手，指向槍托抵住的部位，「但不嚴重。」

「他沒辦法騎車了，」芮珍對賽斯說：「你得幫幫他。有辦法騎嗎？」

「應該可以。」賽斯依然魂不守舍。擄走歐文的那個囚犯千真萬確就叫華倫泰這名字。但之前在老家，這名字無論絞盡多少腦汁，就算要了他的小命還是想不起來。

直到在這裡遇上這樁棺材怪事。

但還不止這樣……

回憶又開始在腦中喧囂，從四面八方將他包圍。

「華倫泰。」他再次沉吟。

「等回家你們就能好好躺著，」芮珍說：「你們兩個都是。」她面向廂型車。「但是，首先。」

她開始朝司機倒臥的地方邁步。

「你在幹嘛？」湯瑪士驚慌地問他。

「確定它真的死了。」芮珍說；她緩緩邁步、極度小心，隨時準備再次起跑。

賽斯看著她走上前，但幾乎視而不見，因為海灘、大海、和寒意再次注滿他的思緒——

再加上員警、歐文、跟華倫泰——

還有莫妮卡、古德蒙、跟H——

浪潮再次襲來，在他身上碎裂，再次將他淹沒——

「這不是什麼好主意。」湯瑪士對芮珍叫喚，雙腳緊張地不斷變換重心——

回憶不斷翻湧而至的同時，有個東西就在那裡——

「我願意為不那麼討厭的東西冒險。」芮珍說。

「賽斯？」湯瑪士問道。「芮珍，賽斯很不對勁。」

聽到湯瑪士擔憂的語氣，芮珍只好調頭。賽斯雙手按壓頭部兩側，像是要防止它爆炸。

「不，」他說：「不要。」

思緒的洪水在他腦中奔流而過，回憶塞滿視線，爭奪他的注意力，把他逼到無路可退，一路往下拽——

但眼前的景象他也沒錯過，只是視線越來越模糊——

他仍能看見某樣東西不太對勁——

仍能看見動靜——

因為芮珍身後的司機正要起身。

# 52

湯瑪士用波蘭語高聲叫嚷，聲音令人不寒而慄、無須翻譯。芮珍猛一轉身，面向司機，扯開嗓門尖叫。

芮珍跑過賽斯身旁，順勢抓起他的胳臂。但他的目光緊鎖在慢慢坐直的司機身上。

「單車！」湯瑪士喊道。

只見它緩緩起身。

「快、快、快、快！」芮珍邊說邊用力拉他起來，差點把他撞倒。

現在他也跑起來了，不過與其說是奔跑，感覺更像是盡量不要跌跤。湯瑪士站在單車旁，但受傷的手無法扶起單車。芮珍抓住一台，另一台幾乎是扔向賽斯。他出於反射動作接住單車，湯瑪士也已爬到他身後，用他包紮過的雙手圈住賽斯的腰、緊抓不放。

賽斯回望司機最後一眼。

如今它站在廂型車旁，一手扶著殘破的車門穩住腳步。它那沒有五官的臉注視他們，頭盔面甲對他們反照月光。

它胸膛中央有一大塊被轟爛的破洞。

*怎麼會？*賽斯在混亂的腦中思考。*怎麼會？*

但他們開始騎車，賽斯竭盡困惑雙腿的力量盡速踩踏板，湯瑪士則將他緊緊抓牢。芮珍衝出他面前的廣場，他也盡全力緊跟在後，努力保持平衡。

「哦，不要倒，」他聽到湯瑪士在他身後說：「不要倒，不要倒。」

他專心把車騎好，努力使不堪負荷的思緒集中在手邊的工作上。湯瑪士的手腕把賽斯的腰壓得太緊，害他肋骨很疼；但還是忍痛跟著芮珍騎出廣場，經過第一棟樓。賽斯仔細聆聽引擎，不過無論音調或音量都沒有改變，不見司機追上來的跡象。

除非它是用走的，賽斯揣想。天曉得它能跑多快？

他把踏板踩得更起勁了。

芮珍在他前頭，在雜草叢生的步道奮力騎著上坡路。衝啊，他對自己心戰喊話，逼身體運作。衝衝衝、一步一步踩踏板、往前推進、衝衝衝。

「你騎得很穩。」湯瑪士說，好像有本事看穿他旋繞的心思。

「我覺得很難。」賽斯騎上小丘時，汗水滲進雙眼。「我覺得很難保持……」

保持什麼？他暗想著。保持清醒？繼續留在這個空間？

他不敢眨眼，怕看見眼睛一閉就會映入眼簾的畫面。即使睜著眼，他仍能見到所有暗影，一個世界疊在另一個世界上，每個他愛過的、認識的人，都搭上這趟往上坡騎的單車旅程——

「我們甩掉它了。」湯瑪士對芮珍喊道。

「它怎麼還活著啊？」她回吼道。「怎麼就這樣站起來了？」

「防彈裝？」湯瑪士瞎猜，但賽斯看到芮珍搖著頭，也猜中她的想法。那玩意比單純的防彈背心或防彈衣更恐怖。它胸口的洞實在太大了。

照理說是必死無疑。照理說應該永遠倒地不起。

沒想到，它又爬起來了——

他們騎過倒塌的圍籬，最後抵達列車鐵軌旁的瓦礫堆，那裡的電力照明依舊故障。因為沒路可走，芮珍便停下來，抬起單車在紛亂的磚塊間步行。

賽斯跟湯瑪士也跳下車依樣畫葫蘆。賽斯一把抓起單車車架，將它舉高——

世界瞬間變空。

聲響和噪音，回憶與影像，全數悄然無息地湧進，包圍著賽斯。

他放聲喊叫，但聲音出奇輕柔。單車從他指間滑落，哐啷啷落在磚頭上，輪圈被撞得強烈變形。

「賽斯！」湯瑪士驚叫。他蹲在單車旁。「可以把它彎回原形嗎？」他抬頭回望。「可以——？」

他的話嘎然而止。因為賽斯呆立原地，伸出手的姿勢跟單車從手中滑落時一模一樣。

他還是看得見湯瑪士，看得見單車，看見芮珍急忙往他們這頭折返。

可是其他的一切也在他的視界之中。

一切。

他阻止不了。

他的腦袋被填滿了，在這寧靜的喧嘩中，他再也無法抵抗，再也無法動彈——

一切。所有一切都在。

「怎麼回事？」芮珍問道。她的嗓音依稀在他耳畔迴蕩，聽起來像是中間隔著三個房間。

「他的靈魂卡住了。」湯瑪士瞪大了眼說。

芮珍走到賽斯面前。「賽斯，你在嗎？你還跟我們在一起嗎？」

她的話飄過他所經歷如千萬哩遠的一切遭遇，就算他想答話，那回答也得經過萬水千山才能來到他的嘴——

他和他們離得好遠。如此之遠，再也搆不著他們——

接著芮珍牽起他的手。

貼在她的雙掌間，帶著感情用力一壓。

「賽斯，」她說：「無論你的靈魂在哪裡都沒關係。回來就是了。無論你在那裡發生了什麼事，現在的世界看起來是什麼樣子，它不會永遠都是這樣。以後總會變的。還有別的。永遠都有別的。無論你看到什麼，無論你的靈魂在哪兒，我們還是與你同在。我跟湯米。」

賽斯張口試著回話，但感覺像是慢動作。他的頭腦和思緒太滿了，沒有空間行動，也沒有空間說話。

「對，」湯瑪士說。他不顧自己的手仍包在芮珍從外套扯下的袖筒裡，輕輕拾起賽斯另一隻手。「賽斯先生，我們在這裡。我們會照顧你的。會把你找回來的。」賽斯看見他突然綻露微笑。「就像我們剛才在大監獄裡逃出來一樣！還有開槍！」

芮珍噓他一聲，但始終緊盯賽斯的雙眼。

「賽斯，跟我們說你在哪兒，」她說：「告訴我們你在哪裡，我們才能把你找回來。」

賽斯可以感覺自己的手被湯瑪士和芮珍握著，感覺她溫暖粗糙的手，就算隔著布料也能感覺湯瑪士的憂慮，或許還能感覺他們的心跳，只是對湯瑪士來說，這幾乎不可能——

但話說回來，他感覺到真實的東西——

（對吧？）

（沒錯。）

也感覺自己回神了——

一切仍如颶風旋繞、翻攪、肆虐——

可是暴風眼也回來了——

小歸小——

但很實在——

他仰望月亮、附近的監獄、和沉默的山丘——沒有司機衝破黑暗近逼，也沒有增劇的引擎聲，只是大腦還是要他們逃跑，逃離這鬼地方，但——

但芮珍跟湯瑪士也還在這兒。

於是，他告訴他們。

告訴他們發生了什麼事。

「我想起來了，」他說：「我覺得我全都想起來了。」

# 第三部

# 53

「全都？」湯瑪士問道。「什麼叫作全都？」

「都在那裡了，我想。」賽斯說：「所有發生的事。像是我們為什麼來到這裡？又是怎麼來的。」他蹙起眉頭。「可是我湊近一看，它又立刻溜走。」他伸手作勢要抓。「總之……」

「賽斯，我們得先回家。」芮珍趁他猶豫時打岔。「等安全之後你再跟我們說。」

湯瑪士哀傷地轉頭，面向輪圈撞彎的單車。「這不能騎了。」

「跑得動嗎？」芮珍問賽斯。

「應該可以。」他說。

「那就來吧。」她說。她自己那台單車也不要了，直接便從與鐵軌平行的紅磚道上起跑。他們跟在後頭。賽斯的步速比自己預期中快，湯瑪士常回頭看他是否跟上。

「你跑你的，」賽斯說：「我不會不見。」

「上次你也這麼說，」湯瑪士說：「結果你說謊。」

「很抱歉。真的抱歉。」

「待會兒再道歉吧，」芮珍說。她喘著大氣。他們不費吹灰之力趕上她。「該死的香菸！」

「另一個原因是，」湯瑪士說：「妳滿胖的。」

芮珍搧他後腦一掌，但腳步稍微加快。他們抵達火車站，一路上完全沒見到司機會出現的徵象。他們爬上月台，匆匆離開出口，從單元樓那條街衝下階梯。他們沒轉向賽斯家，而是跑向北邊蓋滿房屋的街道。拐過幾個彎後，芮珍把他們拉進一座種滿綠樹的前院休息，暫時躲避一下。

他們喘著氣聆聽。周遭是寂靜的夜。沒有腳步聲，甚至也沒有引擎聲。照理說，如果有人開車，這段距離內應該聽得到。

「也許它真的被打傷了。」芮珍說。

「那怎麼還站得起來？」湯瑪士說：「我射中它了。用槍打的。」

「而且差點把你自己害死。」

「這我也搞不懂。」芮珍皺起眉頭，望向賽斯。「說全都想起來的人是你。可以解釋一下嗎？」

「這不是重點，而且居然沒人謝我。我在離它只有一公尺的地方開槍，他居然還站得起來？」

「不行，」他搖搖頭說：「思緒全都擠成一團，還沒辦法理清，總之……」

他止住不說，因為每當試著回憶，回憶總是作勢將他再次吞噬。彷彿每件事他都知曉，只是找不到任何方法理出頭緒。這就像同時有一百萬種樂器在他腦中演奏一百萬首曲目，吵到他無從分辨。他只能緊握感覺百分之百真實的一件事。

「我必須找到我弟弟。這是我接下來要做的事。」

「他也在這裡？」湯瑪士問道。

「應該是。我好像感覺自己知道他在哪裡。孤伶伶的，沒跟任何人一起。假如他醒了，但沒人在他身邊……」他眼眶泛淚。另外兩位戒慎恐懼地看著他。

「我懂，」芮珍說：「不過要等白天再說。那玩意兒無所不在。」

賽斯遙望幽暗長夜。腦中承載那麼多思緒和回憶，他的頭重到甚至難以和芮珍或湯瑪士對話，甚至難以感覺自己的存在。他確定答案全都攤在眼前，只是他還沒辦法抽絲剝繭——

「賽斯？」芮珍問他。

「好，」他幾近無意識地說：「我可以等。我需要休息。我快站不住了——」

「我不是要說這個。」她把賽斯頸背的衣領往下一拉。

「賽斯先生，你在閃光。」湯瑪士說。

「我在什麼？」賽斯問話的同時，也把手伸向他們注視的部位。

「過來。」芮珍邊說邊領他退到主屋的前窗。窗子污穢，但即使透著灰塵，賽斯也能看見它反照自己頸部皮膚下一閃一閃的藍光。

「藍的，」他說：「不是綠的。」

「『藍的不是綠的』又怎樣？」芮珍問道。「這有什麼要緊？」

「不知道。」

芮珍嘆了口氣。「所以，你說『全都想起來』的時候，其實要說的是『有用的一樣也沒想起來』。」

「我打開一具棺材，裡面躺了個男的，身上接了導管、綁著繃帶什麼的。他在同樣的部位閃著綠光。」

「我們找到你的時候，」湯瑪士說：「螢幕顯示**實現節點**。也許閃藍光代表你沒完全實現，所以才會叫個不停。」

「是啊，」芮珍附和道。「不過，什麼叫作實現？」她瞄了賽斯一眼。「我來猜猜：這個你也不記得。」

「都跟你們說了——」

她又皺起眉頭，舉起一手阻止他。「我不喜歡這樣。」

「不喜歡哪樣？」

「一問三不知。」

「我之前不也這樣嗎？」

她看向他。「我們剛才發現不知道的事又變多了。」

賽斯發現湯瑪士雙唇蠕動，試著理解那個句子。

「回我們家吧，」芮珍說：「回到家我會比較有安全感。」

「要走很久欸。」湯瑪士有點悲觀地說。

「那最好快點動身。」芮珍說。

他們溜上馬路，不敢掉以輕心，跟著芮珍彎過一條又一條街。

「一閃一閃，」湯瑪士盯著賽斯的頸背，邊走邊唸。「一閃一閃。」

「很好，你可以再煩一點。」芮珍說。

「我在找出閃光的模式啦。」湯瑪士說。

「找到了嗎？」

「找到啦。就是一閃一閃，一閃一閃。至於這是什麼意思，就留給別人解答囉。」

芮珍保持領先，扮演領隊角色，不讓他們有趕上的機會。

「她在氣你。」湯瑪士對賽斯說。

「從我認識她那一秒開始起，她每分每秒都在氣我。」賽斯答道。

「不是啦，我是說她自己之前的事。現在平靜下來後，她也開始回想起來。她不希望你離開我們。雖然她嘴上說你想做什麼是你的權利，但我聽得出來：其實她不想讓你走。」他面向賽斯。

「我也不想讓你走。我也在氣你。」

「對不起，」賽斯說：「但我得親眼見到，得搞清楚狀況。」他低頭凝望湯瑪士。「謝謝你們來救我。」

「終於肯道謝了，」令人詫異的是，湯瑪士沮喪地冒出這句話。「也等太久了吧。」

「你們是怎麼找到我的？」

「我知道事情不對勁。」湯瑪士對著芮珍的背後皺眉。「她變得怪里怪氣，整個人心不在馬。」

「心不在馬？」

「而且有點懶得取笑我的英文。」湯瑪士小聲說，然後提高嗓門，「或許是我誤會了。那叫什麼來著？分心。她分心了。」

賽斯從旋繞的記憶中抽出一縷思緒。「心不在焉？」

「對！就是這個！她心不在焉。」

「跟『心不在馬』差不多嘛。」

「又取笑我了，」湯瑪士發起牢騷：「你的命是我救的欸。這不是第一次了。那麻煩分享一下你對波蘭俚語有多精闢的見解。是的，那再有意思不過了。讓我們好好長談，看你對波蘭文有多了解，還有波蘭人是如何使用生動的語言表達內心的感受。」

「你在哪個年代學的英文啊？一九五〇年？」

「重點是**搶救任務**，」湯瑪士大吼。「芮珍漫不經心。我找到原因之後，提議一起來救你。她不答應，說這不是你想要的。我說：誰管賽斯先生想要什麼啊，賽斯先生不曉得他的處境有多危險。我說拿了獵槍就上路。」他又看了芮珍一眼。「最後一樣我可是抗爭好久呢。」

「那是有原因的。」芮珍頭也不回地說：「你可能會死掉欸。」

「我這不是活得好好的嗎？」湯瑪士說：「不好意思，我對槍的了解比妳多，這是事實。」

「是喔，了解多到槍會在你手上爆炸。」

「了解多到能夠阻止司機追殺我們！」湯瑪士挫折地高舉包紮的雙手。「為什麼總是不肯記上湯瑪士一筆功勞？為什麼從來沒人真心感謝他出的好點子？我從那個殺人怪物手中救了你兩次欸，可是呢，我一樣還是小丑湯瑪士，英文破、頭髮亂、凡事一頭熱。」

他們止步不前，有點驚訝他居然那麼火大。

「哇，」芮珍說：「看來有人火氣大需要補個眠哦。」

湯瑪士怒目圓睜，對他們飆了一長串怒氣沖沖的波蘭文。

「都說對不起了嘛，」賽斯說：「湯瑪士——」

「你們不懂啦！」湯瑪士嚷道。「我也很寂寞！你們以為你年紀大了點，就比較聰明，感受也比較深。你們錯了！我也很有感觸好不好！假如失去你或妳，那我又要孤伶伶一個人了，我不能接受！我不能。」

他開始嚎啕大哭，但他們看出他在氣自己太容易哭，所以沒試著安慰他。

「湯米——」芮珍才剛開口。

「我叫湯瑪士！」他火冒三丈地說。

「你自己說我們可以叫你湯米的。」

「只有我喜歡你們的時候。」他抹掉眼淚，喃喃自語：「你們對湯瑪士一無所知。一無所知。」

「我們知道你被閃電擊中。」賽斯說。

湯瑪士抬頭看他，眼底充斥的情緒教賽斯無法看透。其中包括不可置信、在賽斯的話中尋找揶揄的語氣，此外還有恐懼。以及傷痛。彷彿重溫一次被閃電擊中的經歷。

「我不是在取笑你，」賽斯說：「寂寞的感覺我懂。再懂不過了。」

「是嗎？」湯瑪士的口吻近乎質疑。

「是，」賽斯說：「千真萬確。」

他伸手想搭湯瑪士的背，作為休戰的表示。但湯瑪士見狀閃躲，賽斯的手指拂過湯瑪士頭蓋骨底部的那個點——

他一碰就亮了起來——

世界也隨之消失。

# 54

房間又窄又暗，還有其他人。共有多少人他不知道，反正很擠就是了，大家身子貼著身子，近到可以聞到他們的口臭和體味。還有他們的恐懼。

人們壓低音量，但說話如機關槍掃射般急促。他聽不懂那些人在講什麼。不對，他聽得懂。他們說的不是英文，可是字字句句他都能理解。

「情況不妙，」附近有個女人這麼說：「他們要把我們殺了。」

「我們會付錢的，」另一個女人堅定地說：「錢會送來。他們只是要錢而已。錢會送來的——」

「送來也沒用，」第一個女人說，周遭七嘴八舌的人也同樣憂慮。「他們還是會殺了我們！他們會——」

「閉上妳的烏鴉嘴！」有個新的聲音咆哮而起，源頭就在他腦袋後方，出自胳臂環抱著他、將他摟緊的女人。「閉上妳的烏鴉嘴，否則別怪我不客氣。」

第一個女人懾於盛怒的女聲下只能住口，但發出拖長尾音的高聲嗚咽，跟先前的喪氣話相比好不到哪兒去。

「我的小水坑，別聽她的，」他身後的女人對著他的耳邊說：「一切都照計畫走，所以沒什麼好怕的。稍微耽擱而已。就這樣。我們馬上就要展開新的人生。時候到了自然會知道。」

他開口說話。那不是他說的話，不是他的聲音，卻出自他口中。

「媽媽，我不怕。」他說。

「小水坑，我知道你不怕。」她親吻他的後腦勺，他知道她這麼做其實是為了安撫自己。其實他真的不怕。她都帶他們走這麼遠了。以後還會把他們帶到更遠的地方。

「講幾句英文給媽媽聽，」她低聲說：「讓我聽聽你說的話，我們可以用英文造個新家。」

他想起來了。想起那些日子有多苦，上不起英文課，但他從不質問媽媽怎麼有錢把一捲又一捲錄影帶帶回家——不像學校是下載或燒在碟片上，而是用絕緣膠帶黏起的一台古董大機器播放——有的是英語發音的黑白片，有的是艷麗的雜色電影。英語這種語言好似向前躍進至開放空間，然後翻筋斗彈回原處縮好。他跟媽媽會玩一種英文遊戲，將英文對話跟字幕配對。

老師總是誇他聰明，有的甚至形容他聰穎「過人」。他排除萬難，開始學英文，跟少之又少敢深入這片國土的英語系國家觀光客練習對話。他甚至連不知是誰捐到地方圖書館的發霉舊英文小說也不肯錯過。

他只希望自己學得夠多。他們到這兒了。過邊界了。快要抵達終點了。他衷心希望自己學得夠多。

[4]「**沃辛先生，失去雙親中的一位，**」為了媽媽，他絞盡腦汁回憶，引述電影中的一段對話：「**或許算是不幸。而一下弄丟兩位，就是你粗心大意了。**」

「小水坑，很好，很好，」他心裡有數，媽媽懂得其實不到一半，但她仍舊連聲誇讚。「再來。」

[5]「**你只要炸掉那該死的車門就好，**」他說：「**把它們炸飛。**」

「很好，親愛的。」

「**世界各個角落的自動點唱機——**」

這時他周圍的女人突然發出淒厲叫聲——現在他想起來了，身旁都是女人，還有幾個跟他同齡的小男生——因為門鎖嘩啦啦地解開，巨大金屬門拖著沉沉的重量轟然開啟。眾家女人看見來的是兩個蛇頭中較友善的那個，這才鬆了口氣。那個人笑容可掬但眼神哀傷，跟他們總像和自己孩子般地說話。

「看到了吧？」他的母親邊說邊和他一同站直身子。「幾句話就能讓世界煥然一新。」

但這時眾家女子開始放聲尖叫，因為她們看見那友善男子手中拿著一支槍——

4 語出愛爾蘭劇作家王爾德（Oscar Wilde）的諷刺風俗喜劇《不可兒戲》（*The Importance of Being Earnest*）。

5 語出米高・肯恩（Michael Caine）主演的動作片《大淘金》（*The Italian Job*），即二〇〇三年重拍版本《偷天換日》之原作。

# 55

有隻手使出全力在賽斯胸口狠推一把，原來是芮珍。他跌在覆滿爛泥的馬路上。她站在湯瑪士身旁，兩人俯視著他。

「你做了什麼？」湯瑪士驚恐地說：「你對我做了什麼？」

「怎麼了？」賽斯反問。

賽斯說的是波蘭語。

「啥？」芮珍發問。

「啥？」湯瑪士走到他面前說：「你說什麼？」

賽斯坐直身子，甩甩腦袋。他仍能嗅到擁擠房間的恐懼氣息，仍能感覺女人緊貼著他，以及大夥兒看見男人拿著槍時，集體魂飛魄散、手足無措——

「我是說——」賽斯又試著說話，這次開口說的是英語。但他來不及多吐一個字，湯瑪士就往他臉上揮拳，裹著雙手的布完全起不了緩衝作用。

「你沒有權利！」湯瑪士邊說邊不斷出拳。賽斯嚇得忘了自衛，只感覺自己開始流鼻血了。

「那是我的隱私！你沒權利偷看！」

「哇！」芮珍吼道，並抓住湯瑪士胡亂揮打的雙臂。她的大骨架像約束衣般將他緊緊裹住；但他仍舊怒不可遏地瞪著賽斯。

「這不是你該看的！」

「有沒有人能解釋一下這是什麼情況？」芮珍說，然後她瞥見湯瑪士的頸背。「為什麼湯米的燈也在閃？」

「不知道。」賽斯說。他想辦法起身，抹掉臉上的血漬。「我不知道怎麼了。碰了他一下就——」

「我在這裡欸！」湯瑪士吼道。「不要說得好像我不存在一樣！」

「湯瑪士，對不起，」賽斯說：「兩件事我都道歉。我不知道怎麼了。也不是有意要——」

「這不是你該看的！」湯瑪士複述道。

「什麼跟什麼啊？」仍舊緊抱湯瑪士的芮珍問道。

「這些……」賽斯說：「這些應該是隱私。」

聽到這裡，湯瑪士的臉一垮，真的哭了起來，腿一軟跌進芮珍懷裡。他緊閉著眼，講了一長串波蘭語。

「說了，說正經的，到底發生什麼事了？」芮珍摟著湯瑪士靠著她的肚子，對賽斯問道。「你看到什麼，不用跟我說。可是你一碰他頸背，你們兩個就僵住了，像靈魂出竅一樣。」

「不曉得欸。」賽斯說。

芮珍惱火地嘆息。「你當然不曉得。」

「芮珍——」

「我不是氣你，」她說：「我氣的是這鬼地方。你說你全都想起來了，但你一定無法想像我有多想知道。可是這一切似乎意味著新的痛苦。在這裡生活就是這麼回事。噁爛的、可怕的意外接二連三發生——」

「妳不是可怕的意外。」賽斯輕聲說。

「——天氣也詭異多變，還有穿裝黑色套裝的不死怪胎在追殺我們……你剛說什麼？」

「我說妳不是可怕的意外，」賽斯說：「你們兩個都不是。」湯瑪士雖然仍對著芮珍的襯衫抽鼻子，但一隻眼睛也回望賽斯。

賽斯拭去鼻血。「聽我說，」他才開口又止住不說。他的手拂過一頭短髮，摸到後腦勺的那個凸點，明知它在閃，卻不知它為何而閃，腦中一片混沌不斷翻攪。事實上，他什麼都不知道，只知道此時此刻自己在這裡，與湯瑪士和芮珍同在。感覺他欠他們的，永遠都還不起。

「我是自殺的。」他說。

他等到確定他們在聽了才往下說。他們都傾耳細聽。「我走進海裡。一塊礁岩撞斷我的肩膀，接著同一塊岩石壓碎我的頭蓋骨，位置剛好就是燈亮的地方。」他頓了一下。「不過這不是意外。是我自找的。」

芮珍不發一語，湯瑪士抽著鼻涕說：「我們也猜到了一點。」

「這我知道，」賽斯說：「你們找到我那天，把我攔住，免得我撞上廂型車司機那天，我……」他欲言又止，又逼自己堅強以對。「我正打算再次尋死。梅森丘我很熟，我知道哪裡可以跳崖。我本來打算這麼做的。」

他在喉底嚐到血味，隨口一吐。「所以，你們不是可怕的意外，這是我的真心話。你們是美好的驚喜，美好到讓我懷疑這不是真的。到現在還是不可置信。我很抱歉。抱歉因此對你們撒謊。抱歉因此硬闖監獄。還有，湯瑪士，看到你的祕密我很抱歉。我不是有意的。」

湯瑪士又吸了幾聲鼻涕。「我知道。但還是——」賽斯從未見過他這麼愁雲慘霧，嘴角下撇、下唇外噘，配上稚氣未脫的臉龐，相對之下眼神便顯得超齡。

「我不是被閃電打中的。」他說。

「我們一無所有。」湯瑪士盯著雙腳往下說：「還記得經濟大蕭條那幾年嗎？即使虛擬世界也有經濟崩盤的時候吧。」

賽斯跟芮珍點點頭，但湯瑪士根本沒看他們。

「金融危機前我們就過得苦哈哈，」他說：「爆發金融危機後更是只能喝西北風。以前還能偷渡到歐洲其他國家，但經濟一垮，根本無路可逃。誰也不想收留別人。我跟媽媽被困住了。可是她找到一個方法。有個男的說可以開船把我們偷偷載走。發給我們護照跟文件，證明我們是在邊界關閉前抵達的。」他握緊他的小拳頭。「我們付出一切。其實不只如此。可是媽媽說這是為了以後能過好日子，所以要我學英文，說情況會好轉的。」

他瞇起眼。「可是根本沒有好轉。旅程好漫長，我們吃了好多苦。本來該幫忙的人根本沒幫上什麼忙。其中一個人比較好，另一個壞到極點。他不把我們當人看，還……對媽媽，幹了壞事。」

湯瑪士舉起緊握的雙拳，注視他倆。「我太瘦小，幫不上忙。但媽媽說沒關係，我們就快到了，就快到了。有天我們終於抵達英國。大家都興奮死了，好日子就快來了，我們長途跋涉，歷經千辛萬苦，如今終於到了、終於到了、終於到了。」他懷抱憧憬的面孔稍微舒展，隨後又轉為剛強。「但是有個問題。錢，總是要錢，總是跟沒錢的人要更多錢。」

他嘆了口氣。「問題是沒錢了。人比較好那個男的到人蛇集團藏我們的地方。一個金屬大貨櫃。把我們當豬還是垃圾一樣。有天晚上，人比較好那個男的來了。」

他望著賽斯。月光下的他淚水再度盈眶，賽斯明白他要說什麼了。

「他對你開槍，」賽斯言簡意賅地為故事收尾。「對你、你媽、對所有人開槍。」

湯瑪士只是點頭，斗大的淚水滾落臉頰。

「哦，湯米。」芮珍輕聲呼喚。

「但我不知道怎麼會變來這裡，」湯瑪士用濕漉漉的嗓音說：「我被射中後腦勺，然後就在這裡醒來！這說不通嘛。假如我們全都在某處沉睡，為什麼我沒在波蘭醒來？為什麼找不到媽媽或其他人？」他殷切地向賽斯說：「我根本不知道這裡是哪裡。我醒來後很害怕，以為壞人還在追殺我，所以芮珍找到我的時候，我說我一直都是這裡的人，我跟媽媽來這裡很久了，可是……」然後他聳聳肩。

「也許你真的在這兒啊，」賽斯說：「也許你到了英國，他們把你放進棺材，然後……」

可是這說不通嘛。

他心想：也許呢……也許沒時間把人驅逐出境了。也許在一切終結前，湯瑪士還是襁褓中的嬰兒時，他的母親已在真實世界抵達英國。也許他們全被逮捕了，有人一不做二不休將他們休眠，讓他們以為自己未曾離開波蘭。讓他們回到起點，以為還沒展開旅程。

不過，如果你有意志力、有勇氣偷渡，那也很可能願意再冒一次險吧？如果不知道自己身在虛擬世界，他們願意不惜任何代價離開家園。

但始終不曉得他們早已成功抵達目的地。

這殘忍到近乎不可能。

「湯米，我很遺憾。」芮珍說。

「只要別拋下我就好，」湯瑪士說：「我只要求這樣。」

她又將他摟入懷中，只是這次摟得更緊。

「那妳呢？」賽斯問她。「妳是怎麼來的？」

「跟你們說過啦，」她答話時不敢正視他。「我是從樓梯上摔下來的。」

「妳確定？」

她沒答腔，只是死盯著他。但湯瑪士也仰望著她，臉上浮現同樣的疑問。「沒事的，」湯瑪士說：「我們是妳的朋友。」

芮珍還是不吭聲，但前額掠過一絲疑慮。她深吸一口氣，是要解釋、要否認、還是要叫他們滾，賽斯無從得知，因為他們再次聽見廂型車在遙遠的某處發動。

# 56

「動作快。」芮珍回頭低聲催促，一行人在陰影間挪動。

「還有多遠？」他們追上她，三人蜷在路邊兩台車之間時，賽斯問道。

「快到了，只是要先過一條大馬路。」

「引擎聲還遠，」湯瑪士在他們身後低語。「它不知道我們在哪兒。」

「它看過你們住的地方嗎？」賽斯問道。

「應該沒有，」湯瑪士說：「我們總是在回家前甩掉它，不過……」

「不過怎樣？」

「不過社區也就這麼點大，」芮珍說：「你們兩個的燈又閃個不停。天這麼黑，很引人注目的。」

「如果它會發送什麼信號，」賽斯說：「司機早就找上我們了，不是嗎？起碼這是個好消息。」

「好消息，」芮珍說：「但不是天大的好消息。」

她領著他們蹲著在路邊的車間穿梭，越過一條小街，來到通往十字路口的人行道。這就是芮珍說的那條大馬路，除了尋常的野草和爛泥外，這是個他們將要橫越的遼闊空間。他們在停靠路邊的兩輛白色小卡車之間等候。

「你近距離直接射中它的胸口，但它還是爬起來了，」芮珍說：「我們不曉得它有什麼能耐。你以為它不知道我們是依靠引擎聲判斷它的位置嗎？難道它不會利用這點故意把我們搞得暈頭轉向？」

湯瑪士瞪大雙眼，一隻布料包紮的手偷偷牽起賽斯的手。

「真的沒剩多少路了，」芮珍說：「只要穿過——」

她嘎然而止，眼神在月光中頓顯警戒。

「怎麼了？」賽斯輕聲問。

「聽到了嗎？」

「沒，我——」

但他也聽到了。

腳步聲。

這是錯不了的腳步聲。

比遙遠的引擎嗡鳴聲近得多。

腳步聲既輕又緩，彷彿不願被聽見。但是朝這個方向來的沒錯。

湯瑪士把賽斯的手抓得更緊了，燙傷的部位疼得他輕輕「啊」了一聲，但他仍不肯鬆手。

「不許動。」芮珍低聲說。

腳步聲越來越大、越走越近，從他們右邊而來，或許是來自對街的人行道，以陰影和停靠車輛作掩護。聽起來怪怪的，出奇地躊躇，走走停停，彷彿不良於行。

「也許我們把它打傷了。」芮珍小聲地說，賽斯發現她的姿態略有改變。他這才明白，她會樂於司機受傷。樂於在可能擊敗它的情況下與它正面交鋒。

「芮珍——」

她噓他一聲，用手指作勢要他安靜。賽斯和湯瑪士傾身向前。

對街的陰影有了動靜。

「先離開這裡吧。」賽斯說。

「先等等。」她說。

「假如它有武器——」

「先等等。」

賽斯可以感覺到湯瑪士身子往後抽，隨時準備逃跑。賽斯跟著他後退，但芮珍仍舊不動如山——

「芮珍。」賽斯咬緊牙關說。

「你們看。」她只說這三個字。

緊張憤怒、準備拔腿就逃的賽斯往前一探，再次望向那條大街，只見腳步的主人終究踏出陰影，走進月光。

他身旁的湯瑪士微抽一口氣。

是鹿。兩頭鹿。母鹿和小鹿，遲疑地走上街，耳朵保持警戒，沒走幾步就停一下，確定路上安全無虞。小鹿越過母親面前，咬了口路上的野草。月光下無從判別牠們的毛色，但賽斯覺得這兩頭鹿並不瘦弱。附近的植物肯定足夠牠們食用。既然有小鹿，就意味著某處有公鹿。

賽斯、湯瑪士、和芮珍目送兩頭鹿過街，聽鹿蹄在柏油碎石路上達達作響。引擎仍在遠處轟鳴，母鹿的耳朵輕彈，顯然也聽見了，但仍平靜地望著小鹿吃草。

她止步仰頭，朝空中嗅了嗅。

「牠發現我們了。」芮珍低語。母鹿沒有倉惶逃離，只是轉向背對他們，把小鹿推向道路另一頭，消失在遠處的黑暗中，直到最後連月光都照不到為止。

「哇，」兩頭鹿離開後，湯瑪士發出讚嘆。「我是說，**哇！**」

「就是說啊，」賽斯說：「我沒料到——」

但他旋即噤聲。

因為他發現芮珍正抹去臉上的兩行清淚。

「芮珍？」

「繼續走吧。」她說完便起身帶路。

他們繞了好大一圈才到她家。家戶之間的樹木出奇濃密，月光僅只微露閃現，他們宛若置身陡峭的峽谷。引擎嗡鳴聲依舊遙遠，他們走到芮珍家的那條街，完全看不出有人守株待兔的跡象。

即使在低垂夜幕中，賽斯也能看出這個社區比他住的地方高級。房屋是獨棟的，不像他家是聯排屋；花園佔地更廣；街道也更寬一些。賽斯記得，儘管他家還算寬敞，不算寒酸，但要不是鄰近監獄，他父母一樣買不起。

「妳在這裡長大的？」他話一出口就為自己驚訝的語氣懊悔。

「對，」芮珍說：「就算在虛擬的烏托邦市鎮，我們仍是唯一一戶黑人。你覺得這代表什麼？」

他們在轉角一輛車況維持較好的廢棄車輛後方等待。

「我什麼都沒看見。」湯瑪士呢喃著。

「對，」芮珍說：「但誰知道？它搞不好比我們更能按兵不動。」

「隨便進哪戶人家都可以休息，」賽斯說：「屋裡八成都有空床。」

「是沒錯，」她邊說邊瞇眼望向馬路：「但那些終究不是我家嘛。我還沒打算棄守家園。」

「這點我很確定，」賽斯：「只是——」

「哦，饒了我吧，」湯瑪士起身說：「我的手好痛。我想要洗手。管它在不在呢，如果它在，自然知道該到哪兒找我們，無論我們跑到天涯海角，它都有本事找到。況且我現在很暴躁，整個人也累癱了。」

他跨步走向街頭。

「湯米！」芮珍在他身後呼喚，但他還是邁步向前。

「其實他說得有理。」賽斯說。

「道理他最會講了。」芮珍嘴裡雖然咕噥，卻起身跟著湯瑪士走。賽斯也跨出步伐，這時他發現芮珍對於發出燈光的事說得對極了。湯瑪士有如燈塔般照耀著黑暗。

他不禁暗忖：到底發生了什麼事？他們兩人的意識是怎麼連結起來的？怎麼會突然陷入擺明是湯瑪士最慘痛的際遇？這沒道理，但它最起碼暫時安撫了他腦中的狂潮，縱使千頭萬緒仍舊沸騰，但目前至少牽制住了。

他凝視芮珍的頸背。令他納悶的是：不曉得連上她會怎麼樣？

「湯米，等等。」眼前是一幢隱身在野生植物和爛泥後方的幽暗磚房，等他們靠近大門步道，芮珍叫住他。她小心翼翼環顧四周，身子轉了三百六十度——賽斯發現自己處於戒備狀態時也是如此——但黑暗中依然不見有東西在追殺他們。

「應該沒事了，」湯瑪士說：「暫時沒事。」

芮珍低聲吐了好長一口氣，持續掃視鄰近房舍的正面。「暫時。」她輕輕複述。

# 57

「慢著，」芮珍在大門前說。她把門推開一條縫，拿出一小張紙片。「確定沒人比我們先進門。假如紙片掉了，我們就知道有人在屋裡。」

她潛入屋內，打手勢要他們先等著。

「窗戶都封得密不透光，」湯瑪士對賽斯說：「從外頭看不見裡面。」

不到半晌，屋內深處有燈亮起，彷彿不只從一個角落點亮。

「好了，」芮珍再次現身說：「進來吧，快點。」

一等賽斯進門，湯瑪士便迫不及待把門帶上，拿把椅子卡在門把底下。他們在一間氣派的起居室裡，有道往樓上的階梯，後面還有門通往廚房。

前廳中央有具布滿灰塵的棺材，周圍有沙發和椅子，看起來儼然像張咖啡桌。

「來吧，有吃的。」湯瑪士邊說邊繞過棺材，帶賽斯進廚房。光就是從那兒來的，一盞提燈藏在一個可能當過食品櫃的側邊櫥櫃。另有通往屋外的後門，門縫塞了毯子，免得燈光外洩。

「我們睡在樓上，」芮珍說：「共有三間臥室，不過其中一間變儲藏室了。你願意的話，可以跟湯米睡一間。」

「反正我常溜到她房間睡地板。」湯瑪士故意用氣音大聲說。

芮珍點亮另一盞提燈，再把湯瑪士叫到流理台前解繃帶。洗淨血漬後，雙手看起來就沒那麼嚇人了。幾處較深的割傷和一些灼傷，芮珍一往上頭淋水，湯瑪士就疼得嘶嘶叫，但雙手已經可以稍微彎曲。

「傷口會好的。」芮珍說。接著她從抽屜取出幾條擦碗碟的抹布，替他包紮雙手。「不過我們應該搜刮一點抗生素，免得傷口感染。」

湯瑪士仍舊一臉不在乎。「我再說一遍，救你只是小事一件，不用客氣。」

芮珍伸手進櫥櫃拿罐頭食品。「恐怕沒什麼好料。」她邊說邊點燃跟賽斯類似的丁烷行動爐。她烹煮食物的同時，手裏抹布的湯瑪士開始擺碗盤。賽斯也想找事做，於是把他們從超市帶回的瓶裝水轉開，把水倒進碗裡。沒人說什麼話。賽斯的腦袋依然擁擠超載，但假如置之不理，便會陷入痲痺以設法釐清箇中糾結。他得不斷努力，過程艱辛累人。他強忍呵欠。但第二次累到忍不住了。

「我也累翻了，」芮珍咕噥著把碗遞給他。碗裡一半是玉米濃湯，一半是塞了麵條的紅番椒。

「謝了。」塞斯說。

芮珍跟湯瑪士坐在廚房的小椅子上用餐。賽斯坐在地上。他們幾乎沒有交談。賽斯有次抬起頭，發現湯瑪士睡覺了，他頭後仰靠著櫃台長桌，空碗擱在大腿上。

「我早就猜到不是閃電。」芮珍壓低音量，免得把他吵醒。「但沒想到是那樣。」

「我也沒料到。」賽斯答腔。

「你一向什麼都不知道。」她不留情面地說。

賽斯洩氣地哼了一聲。「妳對我有什麼意見？我都道過歉了。」

「道歉我也接受啦。」她說著把空碗往櫃台一擱。「可不可以別提了？」

「辦不到。」

「辦不到。」

「其實就是你這個態度。自以為有權知道每一件事。一切都跟你有關。甚至還覺得我跟湯米是來這裡當你助手的。有夠自我中心。你怎麼沒想過你是來這裡幫我們的？」

他搔搔耳朵。「抱歉。我適應這裡的時間沒有妳長。」他環顧提燈照亮的廚房和他們的陳年罐頭晚餐。「我爸說說：只要時間夠久，什麼都能適應。」

「我媽也說過這種話。而且她說得沒錯。」

芮珍的語氣酸溜溜的。賽斯詫異地望著她。她嘆了口氣。「她是教書的。主要是科學，不過她跟我爸是法國裔，所以她有時候也教法文。她好得沒話說。堅強、善良、有趣。後來我爸死了，這個打擊讓她有點……崩潰。然後不知怎麼地，迷失了。」芮珍蹙著眉說：「我繼父那王八蛋看到她有多脆弱，卻反而得寸進尺。剛開始還能接受，不算完美，但馬馬虎虎，習慣就好。後來點走下坡，但忍著忍著也習慣了。直到某天一覺醒來，壓根兒不懂怎麼會爛到這個地步。」

「我爸崩潰過，」賽斯溫柔地說：「我媽應該也有點崩潰。」

「你也是。」

「我也是。大概是人都會崩潰。沒有例外。」

「最後是什麼讓你崩潰的？」

「現在又是誰覺得自己有權知道每一件事啦？」

她猶豫一下，然後對他投來一個幾乎算是友善的眼神。

他打個呵欠，今晚終於能闔眼睡了，但不知又會有什麼回憶入夢。希望是好夢，就算會讓他心痛也罷。或許會夢到初次發現古德蒙對他也有好感的那一夜。又或許是他們一同露營，古德蒙的父母就在隔壁帳篷，所以他們不能作怪，只能閒聊；他們共譜未來的計畫，上大學和以後種種都要併肩同行等等，那很美好，比什麼都美好。

「我們可以擁有一切，」古德蒙曾這麼說過。「等到一離開這裡，想做什麼都行。我們在一起？任何人都別想阻止我們。」

賽斯甚至說不上來這些話有多令人亢奮卻恐懼、真實又不著邊際。

他們整晚聊個不停。為往後的人生畫好藍圖。

光用想得他就心痛。

「是人都會崩潰，」他重複這句話。「但我們三個有重新來過的機會。」

芮珍笑了一聲。「你覺得這是重新來過的機會？你以前的日子有多慘啊？」她起身向湯瑪士那頭伸手。「來幫我一個忙。」

芮珍點蠟燭照路，和他一同把仍舊半睡半醒的湯瑪士搬到床上。她從衣櫥取出幾條發霉的毛毯。「你要將就點，睡地板了。」

「沒關係。」賽斯邊說邊把毛毯堆在地毯上。

「等他溜進我房間，你就能霸佔他的床了，」她說：「他可不是開玩笑的。」

湯瑪士已鼾聲連連。芮珍溫柔但故作剛強地俯視他，隨後掉頭就走，連晚安也沒說。

「謝謝妳過來找我，」賽斯說：「可以別裝得那麼機車拒絕我的道謝，好嗎？」

芮珍哼了一聲。「這在地方會有困難。就是要強悍才能生存。」她歪嘴微笑。「以前我可是個大好人。」

賽斯回以笑容。「打死我都不信。」

「很好，」她說：「不信最好。」她多看他一眼。「首先我們可以開始找你弟弟。如果真有那麼重要的話。」

「這倒是。謝謝。」

「不用謝我。一切交給你計畫。比方要從何找起。」

賽斯甩甩頭。「我會想出法子的。回憶都在，我很確定。只是要想辦法理清頭緒。」

「那就好，」她說：「因為我也想得到一些答案。」她對他點頭表示晚安，然後離開。

賽斯躺在地上，用毛毯裹住身子。夜深人靜。在湯瑪士的微弱鼾聲間，不論遠近，他沒聽見廂型車在屋外的引擎聲。他不禁暗忖：芮珍跟湯瑪士躲在這兒銷聲匿跡。現在他們也把他藏起來了。

他的腦袋仍舊因紛亂的回憶而超載，但在轉瞬之間，在一整天無窮盡的疲累追上他之前，他發覺自己幾乎算是安全了。

# 58

他沒做夢。

# 59

「賽斯先生，你醒醒啊，」湯瑪士一面呼喊，一面搖他肩膀。「我們又活過一晚了。」

虛弱無力的賽斯睜開眼，只見微光勉為其難地濾進遮蔽窗戶的毛毯。

「早餐又要吃玉米濃湯跟紅番椒了，」湯瑪士說：「真是抱歉。」

賽斯張口準備接話——

但欲言又止。

有些東西不一樣。

有些東西變了。

什麼東西——

他猛然坐直身子。

「吼，糟了！」他說。

「怎麼啦？」湯瑪士警戒地說。

「不好了。」

「什麼啦？」

「全都湊齊了，」賽斯驚奇地抬頭看湯瑪士。「全都一清二楚。一定是睡眠幫我消化了這一切，或者——」

他再次住口。

「現在是怎麼回事？」湯瑪士問道。

但賽斯能怎麼答呢？能說什麼呢？如今所有的混沌都歷歷可辨。他所遺忘的——不好了。

他站起來，差點連腳都沒套進鞋裡就衝出臥室下樓。

「等等！」湯瑪士嚷著在他身後追。「你要去哪裡？」

賽斯抓著卡住大門的那把椅子，但腦袋迷迷糊糊，只是讓椅子越卡越緊。

「怎麼了？」芮珍問道。她手裡捧著一碗恐怖的早餐從廚房走出來。

「他醒來之後發瘋了。」湯瑪士說。

「又來了？」

「我沒做夢。」賽斯緊抓那把椅子。

「什麼？」芮珍問道。

「我沒做夢。我睡著了，但沒做夢，沒夢到半點回憶，什麼都沒夢到。」他感覺自己瀕臨恐慌。「醒來後全部一清二楚了。」

椅子終於被賽斯抽開，哐啷地彈進起居室。賽斯拉開大門。

「你要上哪兒去？」芮珍叫道，但他已經出門，已經奔過人行道，已經跑上街頭。

因為他知道。

他想起來了。

即使對這個社區的環境不熟，雙腳卻直接為他帶路。他恍然大悟，昨天跨越的大街其實是個地標。他從芮珍家起跑，壓根不管有沒有廂型車的引擎聲。他家在南邊，約莫要走三哩路，腦中已為他畫好一張地圖。

他知道該往哪兒走。

他知道。

**「等等！」**身後傳來一個聲音，離他還有段距離。

「不行，」他說，但音量不夠大，他們差點聽不見。「不能等。」

他不停狂奔，毫不遲疑、胸有成竹地轉彎。街道在他身後越拉越遠，他跑起來不費吹灰之力，目標明確地箭步如飛。又轉個彎。再轉個彎。現在條條皆是下坡路，將他帶往超市後門，出來後是小公園的另一側，他看見鴨子的那一側。

「你也行行好！」他聽見身後上氣不接下氣的人聲。

他往身後一瞥，只見芮珍氣喘吁吁騎著一台單車，想必是他們之前留在家的。湯瑪士緊貼在後，綁了繃帶的手環抱她的腰際。

「你要逃離我們！」湯瑪士吼道，口吻出奇憤怒。「又來了！」

「不是的，」賽斯邊說邊搖頭，但腳步毫不停歇。「真的不是。」

「那你這是幹嘛？」芮珍嚷道。

「我想起來了，」他說：「我想起來了。」

「那你會不會想起來我們還沒完全脫離險境？」追不上他的芮珍說。

「對不起，」賽斯嘴上道歉，卻腳下一步不停。「我非走不可，對不起。」

他跑著。這種感覺無以名狀。這是某種強迫心理，某種東西驅使他前進——

他無法相信的東西——

他不願相信的東西——

下坡路變得極度陡峭，他來到丘底，嘴裡直嘟噥：「不會的。不會的、不會的、不會的。」

他轉向鴨塘的反方向，爬上一座小丘，再從另一頭下來。一大片蔓生的圍籬後是高級住宅區。連道路建材也比較高檔，大概用了較貴的混凝土，所以地面鮮少有野草冒出頭。他經過一棟類似社區活動中心的建築，然後看見角落有座教堂，就知道不遠了。轉過最後一個彎時，他能聽見芮珍和湯瑪士遠遠跟在後頭。

他在路中央慢慢止步。

他到了。找到了。來得突然，來得太快。一如當初走到監獄的短短路程，照理說這趟旅程應該拖得更長。

可是他到了。

「不會吧。」他再次沉吟。

芮珍跟湯瑪士在他身後煞車。芮珍實在喘不過氣，除了彎身靠著龍頭把手，什麼也做不了。但湯瑪士已跳下單車大喊：「你不可以這樣！你答應過我的！你不可以——」

他驟然噤聲，因為發現賽斯呆若木雞。

也看見賽斯把他們帶來哪裡。

「賽斯先生？」他迷惘地說。

賽斯不發一語，逕自跨過一道矮石牆，踏進雜草叢生的原野。他知道該往哪兒走。雖然不願知道，卻又清楚得不得了。野草與他齊高，他得一把一把抓了往旁邊塞。湯瑪士緊跟在後，努力在這片野草叢林中跟上腳步。賽斯不曉得芮珍在做什麼，因為他完全不曾回頭。視線保持向前，凝視，尋覓。

他讓雙腳為他帶路。

雜草下有步道，他毫不遲疑順著路走，在必要的地方轉彎，藉某棵樹辨別方位，接著再轉一次彎——

然後停下來。

湯瑪士跟上來。「賽斯先生，怎麼了？」

賽斯聽見芮珍也趕上來。「芮珍？」湯瑪士問她。「這是什麼意思？」

賽斯一聲不吭。他兩腿一軟，跪倒在地。手往前伸，撥開一簇野草，將它挖開、清開。直到底下。

看見他要找的。

他知道這既是事實，也是謊言。

但這不是謊言。這不是。

因為他現在想起來了。全想起來了。

「那是——」芮珍低聲：「我的天啊。」

「什麼？」湯瑪士問道。「什麼？」

但賽斯沒轉頭，只是繼續跪著，讀上頭的字。

讀刻在大理石上的字。

歐文・李察・魏林。
四歲辭世。
嗓音如樂，話語似歌，
如今傾聽的天使聽見，無不面帶笑容。
賽斯把他們帶到墓園。
來到一座墓碑前。
他弟弟下葬的安息地。

# 60

父母坐在拉莎迪警官對面的桌前，最令他惱火的是，他們竟然如此沉默。他們沒有哭天搶地，怎樣都看不出憂傷。他父親眼神呆滯地坐著，眼神失焦地望向拉莎迪警官肩膀上方某個點。他母親垂著頭，一頭亂髮遮住臉孔。她一聲不吭，好像在座的其他人都不認得。

「雖然無法帶來安慰，」拉莎迪警官說。她的嗓音低沉平靜、充滿敬意：「但我們有非常充分的理由相信歐文沒受什麼苦。綁票案發生沒多久凶嫌就下手了，過程非常快。」她把手伸向桌子另一頭，彷彿想握住他們其中一人的手。但他的父母都沒反應。「他沒受什麼苦。」她複述道。

他母親扯開粗嘎的嗓門，低聲說了句話。

「妳說什麼？」拉莎迪警官問道。

他母親清清喉嚨，微微抬頭。「我說，妳說得對。這沒辦法帶來安慰。」

賽斯坐在走廊盡頭的階梯上。拉莎迪警官和前來通報說找到華倫泰的那名警官把他送出客廳後就沒盯著他了。於是他又溜下樓偷聽。

「我們會帶你們去見他，」拉莎迪警官說：「現在只是在等上面下令，然後就可以過去了。」

他的父母還是不發一語。

「請節哀順變，」拉莎迪警官說：「但警方已經逮到華倫泰，我可以向你們保證，他必須為自己的犯行付出代價。」

「妳要把他放回監獄？」他母親問道。「這樣他就可以讀他的書、種他的花，想越獄的話隨時可以大搖大擺出來？」她轉向他眼神依舊呆滯、幾乎形同空氣的父親。「我本來打算離開你的。」

他父親好像沒聽見這句話。

「你有沒有聽我說話？」他母親說：「那天我本來打算離開你的。我偷藏了私房錢，所以那天早上才要趕回去。我放在那家白癡銀行的櫃台上忘了拿。」她又面向拉莎迪警官。「我本來打算離開他的。」

拉莎迪警官的目光在兩人間來回掃視，但他父親沒有反應，母親則依舊瞋目切齒，叫人看了害怕，活像準備撲向獵物的美洲豹。

「相信這事可以之後再解決，」拉莎迪警官說。她頓了一下，接著語氣稍微改變。「又或許永遠都不必解決。」

聽到這裡，另一名警官尖叫著：「阿絲瑪——」，想必那是拉莎迪警官的名字。

「我只是說可能還有其他方法，」她說：「讓這一切從沒發生。」

這是她第一次同時得到他雙親的注意。

「世界正在改變，」賽斯輕聲說，他的目光仍舊盯著墓碑。「或說已經變了。變得幾乎不能住人。」

「其實這很明顯，」芮珍說：「看看這鬼地方就知道。」

賽斯點點頭。「人們長久以來過著兩種生活。我認為一開始是兩種。可以選擇兩種生活。在虛擬跟現實世界來回穿梭。後來人們漸漸留在虛擬世界，跟一年前相比，感覺也沒那麼怪了。因為現實世界變得越來越破敗。」他回望芮珍和湯瑪士。日光從身後照過來，他倆幾乎成了黑色剪影。

「至少我認為是這麼回事。」

芮珍聽出他話中的疑問。「以前的事我都不記得了，」她說：「抱歉。」

「失憶應該也是人為的，」賽斯說：「這樣人們才會忘記還有別的什麼。記憶重寫後，一切才會合情合理，每個人才能好好過眼前的生活。虛擬的人生。至於現實生活，則變得遙不可及。」

賽斯面向墓碑。手指拂過碑石上刻的歐文的名字。

「他死了，」賽斯直白地說：「抓走他的男人把他殺了。他再也沒有回家。」

賽斯感覺哀傷在胃裡、在胸口翻攪，可是新舊交雜的消息與回憶依舊重得讓他無法負荷。此時此刻他只感到麻木。

「哦，賽斯先生，」湯瑪士說：「我很遺憾。」

「我也很遺憾，」芮珍說：「可是我搞糊塗了。這怎麼會是你弟弟呢？你不是說他——」

「還活著，」賽斯說：「我跟他一塊長大。旁聽他的單簧管課。湯瑪士真的好像他，像到有時候我都不敢看他。」

「可是……」他從芮珍的嗓音聽出她在強忍不耐。「可是他在這兒啊。他死了。在這個現實世界裡。」

「如果這是現實世界的話。」湯瑪士說。

「以前要統一把這裡當現實世界，」芮珍斬釘截鐵地說：「我知道我是真的，我也只能這樣繼續下去。」她接著又說：「你總得抓住某個東西。」

「那這是怎麼發生的？」湯瑪士問道。

賽斯未從墓碑面前轉頭。「我爸媽，」他說：「得到一種選擇。」

「聽過離思河（Lethe）嗎？」市議會的女專員在餐桌前問他們。三天前的晚上，拉莎迪警官才在同一個地方宣布壞消息。

賽斯的母親眉頭一皺。「在蘇格蘭？」

「不對，那是利斯（Leith）。」他父親含糊地說。他對議會女專員點頭示意。「妳是指離思吧。」他又唸了一遍：離——思。「冥府的遺忘之河。死者過了那條河就不會記得前世，免得永生不停哀痛悔恨。」

看樣子議會女專員不太樂於被人糾正，但賽斯發現她選擇釋懷。「沒錯。人們進入連結後展開的過程也叫離思。」

「進去就不出來了。」他母親語氣平穩地說，目光直視眼前的桌面。

「是的。」議會女專員說。

「他們就這樣放棄自己的人生。」他母親這番話同時也是問句。

「不是放棄，是交換。獲得機會在一個還沒那麼衰敗的世界做點事情、創造未來。」女人的姿態不再那麼拘謹，似乎暗示著要私下與他們分享什麼祕密。「你們也不是沒見識到社會現狀。未來情勢如何大家心裡都有數。以後只會每況愈下，而且是急轉直下。經濟、環境、戰爭、流行病。還需要問人們為什麼想重新開始嗎？去一個最起碼他們能得到公平機會的地方？」

「有人說那裡跟這個世界一樣糟——」

「沒這回事。雖然人類本性難移，但跟我們這個世界比起來，那裡算得上樂園。一個重新來過的樂園。」

「青春永駐，長生不死。」他的父親像在引述什麼名言。

「其實不然，」議會女專員說：「那種奇蹟，我們辦不到。還沒辦法。人類的心智也不太能接受。不過其他全都完全自動化。除了有全天候不間斷的看守，必要時你們也會得到醫療照護。人的身體機能得以維持，好比肌肉狀態保持正常；我們也剛發明一種荷爾蒙，可抑制人類毛髮與指甲生長。此外，繁衍後代和分娩胎兒的技術我們也正開始研發。這無疑會是人類未來最好的希望。」

「妳在其中有什麼好處？」他的母親問道。「誰會獲利？」

「大家都能獲利，」議會女專員馬上接話。「耗電是一定的，但比人類自由活動時要省電得多。除了連接腔室的電源，其餘我們一律關閉。省下的電留作適當用途。最起碼我們可以進入睡眠狀態、躲過災難、在另一頭醒來。」她屈身向前。「我跟妳說實話，很快會有那麼一天，妳我都別無選擇。還是趁現在透過自由意志決定得好。」

他母親端詳著她。「妳的意思是，歐文可以死而復生？」

女人臉上浮現一抹詭異的微笑。照理說那是友善而富同情心的笑容，但就連坐在桌子遠處角落、無人察覺的賽斯都能看出那微笑同時是勝利的象徵。議會女專員贏了，但賽斯根本不知道這是一場對抗。

「模擬程序只是雛形，」女人說：「這是我想強調的。」

「還沒辦法？」他的父親說。

「你說什麼？」

「之前說到奇蹟，妳說『還沒辦法』。這個也是『還沒辦法』，對吧？」

「如果你非得這麼說的話，」女人講話的口吻明白表示她不喜歡這種說法。「但是我可以告訴你兩件事。第一：離思會確保你們這輩子永遠不會察覺異狀；第二：目前為止，我們在初步測試得到的結果，遠遠超乎參與者的想像。」

「所以這整件事……我們會忘得一乾二淨？」他的母親問道。

議會女專員抿緊雙唇。「也不盡然。」

「不盡然？」他母親的語氣突然變得嚴厲。「我什麼事都不想記得。妳說的『不盡然』到底是什麼意思？」

「離思是個微妙的過程，擁有驚人的特性，但必須建立在妳現有的記憶，無法將剛剛發生、那麼重大的回憶抹滅——」

「那做這些到底有什麼屁用？」

「——但它能給妳另外一種結果。」

他們陷入沉默。「什麼意思？」他父親終於發問。

「在植入節點、完全實現以前，我提供的任何細節都只是推測。但我猜令郎的綁票案，你們八成忘不了——」

他的母親輕蔑地哼了一聲。

「——不過案子會有個快樂得多的結局。警方會找到他，他也還活著，可能受了傷，可能需要休養復健——你們適應新歐文的時候，離思會對你們灌注這種信念——但無論如何，他再也不是一具冷冰冰的屍體。他將由你們對他的回憶中重生，會長大、會進步、會對你們回應，就跟原本的兒子一樣。無論從哪一點來看，他都是活過來了。你們甚至不會發覺有何不同。」

他母親準備講話，但得先清喉嚨。「我可以摸他嗎？」她發問的嗓音很沙啞。「可以聞到他的味道嗎？」她用手摀嘴，激動地說不下去。

「可以。都可以。連結不只是這個世界的變體。它本身**就是**世界，只是變到一個安全的所在。妳的工作不變、房子不變，家人朋友統統不變——我指的是已經進入連結的部分。但話說回來，不久後所有人都要進去的。無論是感覺起來或看起來，都會跟真的一樣，因為它**本身**就百分之百是真的。」

「那我們要怎麼跟還沒進連結的人互動？」他父親問道。他母親又是一聲奚落，彷彿那是她聽過最蠢的問題。

議會女專員連眼睛都沒眨一下。「怎麼跟裡面的人互動，就怎麼跟外面的人互動。這是程式最聰明的功能之一。我們已經成功翻轉。你到那裡的時候，反而會覺得**這個**世界才是虛擬的，那就是你和它互動的方式。你會發放同樣的電子郵件和訊息。如果現實世界有人想跟你說你身在線上虛擬世界，那麼，離思會讓你一次又一次遺忘。」

她的口吻轉為嚴肅。「不過，說正經的，人類真的已經到了臨界點。要不了多久，這些問題將不再重要，因為到時這裡根本就沒有世界可以互動。人類將全部移居，在一個尚未衰竭的世界過著更幸福的日子。」

「我不想住這裡，」他母親說：「我是說這個小鎮。這個愚蠢的國家。可以請妳安排嗎？」

「這個嘛，容我重申一次，我們無法為妳植入嶄新的人生，必須用回憶作為運作的基礎。不過，在那裡搬家就跟在這裡一樣。只要妳想，就能離開。」

「我想離開。」他母親再次環顧客廳。「我要離開。」

「方法很簡單，」議會女專員說：「植入節點後，我們會實現你們的記憶，接著將你們置入睡眠腔室。目前場所已經快滿了，不過我們會陸續擴大場地。如果需要，我們可以輕易在府上安裝，等有空間後再把你們移過去。」

「就這麼簡單？」他父親問道。

「一星期就能搞定，」女人說：「你們可以跟兒子重逢，現在感受的痛苦也將消失。」

他父母沉默半晌，然後兩人相望。父親握著母親的手。起初她不願意，但他緊抓不放，最後她也就順著他。

「他不是真的，」他父親低語。「只是一個程式。」

「你不會發現的，」議會女專員說：「永遠不會發現。」

「泰德，我沒辦法接受，」他母親說：「我沒辦法在沒有他的世界生活。」她轉頭面向女人。「什麼時候可以開始？」

女人再度展露微笑。「現在。文件我都帶來了。跑程序的速度一定會快到讓你大開眼界。」她從公事包取出三大包文件。「魏林太太，一份給妳，一份給魏林先生，一份給小賽斯。」

他的父母這才轉過頭看，賽斯確定他們非常驚訝地發現他就坐在那兒。

「議會女專員肯定說得沒錯，」對芮珍和湯瑪士道盡來龍去脈後，賽斯下了結論。「人類碰上某個臨界點，世界崩壞的速度比他們預期中快。所以沒人把我從家裡移到監獄。」他望著芮珍。「妳也一樣。沒有司機前來看守你或我。無論他們打算建立什麼系統，顯然沒辦法全面貫徹到底。能保護多少算多少，其他只能靠老天保佑。世界一定已經在崩潰邊緣。」他喘了口氣。「然後就崩潰了。」

「可是，」湯瑪士說：「不可能取代整個人啊。你弟——」

「就是說嘛，」芮珍火冒三丈地質問。「如果可以換回老公，我媽幹嘛嫁給我那王八蛋繼父？」

「我不知道，」賽斯說：「就像妳說的，每次一有什麼新發現，總會再蹦出一百樣未知的新鮮事。」他轉身面向墓碑。「但是你們或許可以想像先前的狀況。一開始來回穿越還滿好玩。後來人們漸漸留在那裡，拋下現實世界，各國政府也開始動腦筋：等等，這招挺管用的。之後就鼓勵人們留在那裡，畢竟，想想看，你們省了國家大筆鈔票和資源，所以我們會想辦法變出在現實世界絕跡的東西作為獎賞。但後來時局可能急轉直下。就像那個女人說的，人們被迫留下，因為世界變得不能住人了。」

「現在所有人都跑到那裡去了，」湯瑪士說：「連當初寫程式變出你弟的人都跑光了。沒人修正虛擬世界。也沒人改善它。」

「對，」賽斯說：「我弟的病情從來沒有好轉。」

「但住在那裡的人也感覺不到差異啊。」芮珍仍舊盛怒難息地說。

「其實這點我就不確定了，」賽斯說：「我認為人們在某種程度上是知道的。他們感覺有什麼東西不對勁，只是不願多想。妳難道沒有感覺過人生一定不只這樣嗎？在某個地方還有更多更多，只是妳抓不到，要是能搆著……」

「我一直這麼覺得，」湯瑪士輕聲說：「從頭到尾都這麼想。」

「每個人都會這麼覺得，」芮珍說：「特別是青少年。」

「我敢說，」賽斯說：「我爸媽在某種程度上是知道的。無論他感覺起來有多真實，那都不是真的。做了這麼重大的決定，你怎麼可能忘得了？從他們在那裡是怎麼對我的就知道了。把我當作事後的追悔。有時又當作負擔。」他語氣一沉。「我覺得他們就是無法原諒歐文被擄走時我也在場。」

「啊，」湯瑪士說：「你說這件事你也要負點責任。」

賽斯把手搭在歐文的墓碑上。「我幾乎沒跟任何人提過。警方後來轉告我爸媽，但再也沒有別人知道。」他仰望日光，想起古德蒙。「曾有機會，但就是沒提。」

「不過現在也沒差了吧？」芮珍問道。「你認知裡的事實不是真的。」

他詫異地面向她。「什麼叫作沒差？這改變了一切欸。」

芮珍一臉不可置信。「一切早就變了。」

「不，」賽斯搖著頭說：「不，你們不懂啦。」

「那就解釋給我們聽啊，」湯瑪士說：「畢竟賽斯先生，你也看過我最悲慘的回憶了。」

「我辦不到。」

「是不想要吧。」芮珍說。

「哦，是嗎？」賽斯說著火氣也上來了。「那再說說妳是怎麼死的？從樓梯滾下來的詭異意外？」

「那是兩碼子——」

「是嗎？我剛發現弟弟是我害死的。」

一小群鴿子被賽斯提高的音量嚇得振翅飛出附近的草叢。賽斯、湯瑪士與芮珍目送數量少得可憐的鳥兒飛離，隱沒在墓園深處，潛入濃密的樹與影間，最後徒剩回憶。

然後賽斯娓娓道來。

# 61

他仍握著歐文的手。因為母親說過：「不要亂動！」他們幾乎把這句話當作聖旨，累了就乖乖坐在餐廳餐桌旁的地上。

後來有人敲門。不是大門，而是廚房後面的窗戶，窗後是花園，出了花園只有一道又一道圍籬。

窗前站了個男人，他穿了一件衣領樣式古怪的深藍色襯衫，正在凝視他們。

「小朋友，你們好，」隔著玻璃窗，他的聲音變得朦朧。「幫幫我好嗎？」

「賽斯？」歐文憂慮地叫他。

「走開，」賽斯故作勇敢對男人說。但他只有八歲大，從來都搞不懂大人做事背後的動機，所以又補上一句：「你想幹嘛？」

「我想進去，」男人說：「我受傷了。需要幫忙。」

「走開！」歐文用吼的重複賽斯的話。

「我不會走的，」男人說：「小朋友，我不會騙你。我永遠都不會走開。」

歐文把賽斯抓得更緊。「我好害怕，」他低聲說：「媽咪呢？」

賽斯靈機一動。「你要有麻煩了！」他對男人叫道。「我媽會來抓你！她在家裡。她在樓上。我現在就去叫她！」

「妳媽出門了，」男人紋風不動地說：「我親眼看見她走的。我以為她會很快回來，因為誰會把你們這麼小的小孩單獨留在家，哪怕只有短短幾分鐘？可是，看樣子她真的走了。好了，小朋友，我再要求你們一次。把後門打開，讓我進去。我需要你們幫忙。」

「你如果真的需要幫忙，」賽斯對他說：「應該趁媽咪還在的時候問。」

男人愣了一下，彷彿承認自己犯了個錯。「我不需要她幫忙。我需要你們幫忙。」

「不行，」依舊驚恐的歐文低聲說：「賽斯，不要幫。」

「不會的，」賽斯對他說：「我絕對不幫。」

男人被陰影遮住了半張臉，賽斯有那麼一會兒想著他有多矮，畢竟他們只能看到他的頭跟肩膀。而父親從窗外往裡看時，幾乎得彎下身來。

「不要逼我再問一遍。」男人的語氣稍微強硬了點。

「等我們媽媽回來再說。」賽斯說。

「這麼說好了，」男人冷靜地說：「講清楚你才懂嘛。如果你讓我進去，你讓我進去的話，我就不會把你們殺了。」

說到這裡，男人臉上泛起一抹微笑。

歐文的小手使勁捏緊賽斯。

男人歪著腦袋。「小弟弟，你叫什麼名字？」

賽斯來不及意識自己可以拒答，就脫口而出：「賽斯。」

「好吧，賽斯，其實我可以破門而入。相信我，我這輩子幹過更壞的事。我可以破門而入，進去把你們殺了。不過呢，現在我是叫你開門讓我進去。如果我真的打算傷害你們，怎麼會好好地拜託你？還會管你答不答應嗎？」

賽斯沒吭聲，只是緊張地嚥下口水。

「那麼賽斯，我再問你一遍，」男人說：「請讓我進去。只要你讓我進去，我保證不會把你殺了。我向你保證。」男人雙手貼在玻璃窗前。「可是，如果你逼我再問一次，我就會硬闖然後殺了你們兩個。我是不想那麼做，不過如果你堅持的話——」

「賽斯。」歐文輕聲呼喚，他的臉怕得皺成一團。

「不怕，」賽斯低聲回話，但這不是因為他有何打算，而是因為他母親老是這樣安慰他們。「不怕。」

「我數到三哦，」男人說：「一。」

「賽斯，不要。」歐文輕聲說。

「你發誓不會殺掉我們？」賽斯問男人。

「我不騙你，」男人邊說邊在胸口畫十字。「二。」

「賽斯，媽咪說不可以——」

「他說了不會殺掉我們的。」賽斯一邊說一邊起身。

「不要——」

「我要數到『三』了哦，賽斯。」男人說。

賽斯不知所措。恐嚇的氣味無所不在，在家中死寂陳腐的空氣中，在這個似乎和傷害與危險沾不上邊的地方，啪啦作響。在那男人的身上像火光閃耀。

但他並不了解恐嚇，不完全了解。如果男人說的他不照辦，這還算是恐嚇嗎；或者**照辦了**才算恐嚇？他相信男人有能力破門而入——大人有能耐做那種事——所以，如果他照男人說得做，或許就能——

「三。」男人說。

賽斯一時情急衝進廚房，手忙腳亂地開鎖，轉移門的重量，好把門打開。

他退了幾步。男人從窗前消失，繞到門前。這時賽斯發現男人衣領古怪的襯衫其實是件深藍色連身衣。男人捋著下巴，賽斯看見他指關節上的疤，白白皺皺的很怪，好像曾經被燙傷。

「喲，賽斯，謝謝你啊，」男人說：「還真是太感謝你了。」

「賽斯？」歐文一面呼喚，一面沿著客廳的門慢慢移動。

「你說我讓你進來的話，你就不會殺掉我們的。」賽斯對男人說。

「我是說過沒錯。」男人說。

「我們有繃帶可以給你包傷口。」

「哦，我受的不是那種傷，」男人說：「其實呢，與其說是傷口，倒比較像是困境。」

男人綻露微笑。笑容一點也不友善。

「我要你們其中一個跟我走。」他弓身向前，雙手搭在膝上，壓低到賽斯的高度。「哪一個我無所謂。真的沒差。反正要有一個就對了。不能都不來，但也不用兩個一起來。」他伸出一根手指。「一個。」

「我們不能出門，」賽斯說：「媽媽馬上就要回來——」

「你們其中一個要跟我離開這裡，」男人打斷他的話。「沒什麼好說的。」

他現在完全踏進廚房了。賽斯退到烤箱前，視線從未離開男人。歐文仍緊握門框，他皺著小臉，看著進入廚房的陌生人，他驚懼不已，皮膚嚇得慘白。

「賽斯，我打算這麼做，」男人說話的口吻像是得到百年難得一見的好主意。「我讓你選。選你們兩個誰要跟我一起走。」

# 62

「哦，賽斯先生，」湯瑪士說：「這實在太可怕了。」

「我在想，」賽斯說話的時候不敢直視他們的目光。「我在想，如果讓他帶歐文走，我會比較懂怎麼報警。我可以比較有效率地解釋事情經過，這樣警方就能去追壞人，把他逮捕。歐文只有四歲。他幾乎沒有語言能力，我在想……」他轉頭面向墓碑。「其實我也不知道自己在想什麼。我甚至不知道這究竟是事實，還是我拿來騙自己的故事。」

「可是這太難了，」湯瑪士說：「當時你只是個男孩。你只是個小男孩。怎麼會有能力去選誰走誰留？」

「我年紀已經大到知道自己在做什麼，」賽斯說：「坦白說——」他頓了一下，不得不先嚥下口水——「坦白說，我很害怕。擔心要是自己跟他走，不曉得會發生什麼事，所以我說……」

他打住不說。

湯瑪士踏步向前。「如果換成現在，這個男的問你。」

「什麼？」

「如果現在這個男的走進你家廚房，問你同樣的問題。他對你說：我要帶一個人走，讓你選是你還是你弟弟。你會怎麼說？」

賽斯不解地搖搖頭。「你在——」

「他現在問你，」湯瑪士不肯放棄。「他此時此刻問你要帶誰走，你或你弟弟。你會怎麼說？」

賽斯眉頭一皺。「那不一樣——」

「你會怎麼說？」

「我當然會說選我！」

湯瑪士身子滿意地後仰。「你當然會這麼選。因為你是男人了。大人就會這麼做。那時候你還不是男人，你只是個男孩。」

「你跟你媽關在那個房間裡時，你也只是個男孩。可是你卻準備要保護她。我感覺得出來。」

「那時候我年紀比較大。不只八歲。不是小孩了。」

「那時候你還不是大人。你現在也不是。」

湯瑪士聳聳肩。「大人跟小孩之間也有過渡階段吧？」

「你好像沒搞懂欸，」賽斯提高嗓音說：「我把他害死了。你沒看出來嗎？我才剛發現這件事。一直以來，我都以為他還活著，警方找到他了。他受了傷需要復原，這已經夠糟了。可是現在。現在。」

他轉身面向墓碑。胸口開始緊縮，喉嚨開始閉鎖，他覺得自己快要窒息，彷彿身體被老虎鉗夾緊。

「夠了，」芮珍起初只是靜靜地說，但後來開了嗓門：「賽斯，你夠了！」

他幾乎沒聽見她的話，只是一個勁地搖頭。

「你只是在自怨自艾。」她語氣中滿滿的怒氣打動了他。

他轉向她。「什麼？」

「你怎麼會覺得這是你的錯？」

賽斯紅著眼眶凝望她。「不然是誰的錯？」

芮珍像被嚇壞似地瞪大眼睛。「你傻啦？那兇手呢？那你媽呢？她把年紀那麼小的孩子獨自留在家中，讓你們面對那麼恐怖的事？」

「她又不知道——」

「她知不知道不是重點。她的職責就是保護孩子。她的職責是確保你們永遠不會遇到那種慘事。那是她的職責！」

「芮珍？」湯瑪士被她的音量嚇著了，於是叫喚她的名字。

「聽我說，」芮珍說：「我懂你為什麼覺得是你的錯，也懂你爸媽可能做了什麼事，讓你抱著這種認知。但是，你有沒有想過也許這跟你完全無關？也許是妳媽搞砸了呀？有時候好人也會把事情搞砸的。所以，也許他們之所以這樣對你，並不是因為你的緣故。問題或許出在他們身上。也許之所以會發生這些事，是因為他們忙著處理自己的鳥事，根本忘記你的存在。」

「妳覺得這樣不糟嗎？」

「當然很糟啊！別擔心，我沒打算要安慰你，免得剝奪你自怨自艾的權利，畢竟你對這超在行的！」

「芮珍，」湯瑪士提醒她：「他才剛發現他弟——」

「可是，」她繼續高分貝說：「賽斯，也許這個世界不是以你為中心。也許你爸媽只顧著想他們自己，就像你只顧著想你自己。」

「嘿——」賽斯開口。

「**我們都一樣！**每個人都是！是人都會這樣。想到自己。」

「不一定吧。」湯瑪士靜靜地說。

「多半是！」芮珍說：「所以，也許你做錯了決定、爸媽因此用下半輩子來懲罰你的這些悲劇，全都只是你想信以為真的故事，因為這樣你會比較好過。」

「比較好過？哪裡比較好過？」

「因為這樣的話，你就可以放棄努力了！如果是你的錯，一切都解決啦。你犯下這個滔天大罪，這樣可輕鬆了，就再也不用為了擁有快樂而冒險。」

賽斯愣住了，活像被賞了個巴掌。「我曾經為了擁有快樂冒險。真的冒過險。」

「冒的險沒有大到能阻止你自殺。」芮珍說：「哦，可憐的小賽斯，他那可憐兮兮的爸媽不愛他。你曾說我們都希望世界不只這樣！我告訴你，世界永遠不只這樣。永遠都有你不知道的事。也許你爸媽不夠愛你，這樣很慘沒錯，但或許這不是因為你很差勁。或許這只是因為人世間最悲慘的事發生在他們身上，而他們沒有能力應付。」

賽斯搖搖頭。「妳幹嘛這樣長篇大論？」

芮珍發出惱怒又氣餒的聲音。「賽斯，因為這不是你的錯，只是有件悽慘的事發生在你身上，可是不幸的遭遇天天都在上演。湯米被人一槍打在腦袋上！我——」

她忍住沒往下說。

「怎樣？」賽斯挑釁地說：「妳怎麼了？」

她熾烈的眼神直視他的雙眼。

他沒有迴避她的目光。

「我被我繼父扔下樓。」她說。

湯瑪士大為詫異，倒抽了一口氣。

「他酒精成癮，」她說話時絲毫沒有中斷與賽斯的視線接觸：「覺得偶爾賞我幾耳光也不要緊。接著揮拳也無所謂。我媽還試著替他辯護，試著把他的行為合理化、覺得我忍忍就過去了。但我跟那王八蛋對幹。每次只要他想碰我，我一定反抗。可是有一天，為什麼我忘了，反正他太過火了。也許不是故意的，但那個禽獸還是動手了。他想揍我，我怒罵他，他把我推下樓梯，我撞到腦袋，然後就這麼掛了。」她惱怒地拭去滑落臉頰的淚水。「還有我媽，她是我在世上最愛的人，卻沒有挺身阻止。那是她的職責，她卻一次都沒阻止過他。」

她環顧四方，直視陽光，凝望周遭高得滑稽的野草。「至於這個世界？這個白癡的、空蕩蕩的世界？就算是地獄又怎樣？我完全沒差。它是真是假，我們是不是從什麼虛擬世界醒來，又或許只是你想像力太豐富，賽斯，我都沒差。我只知道我很真實。湯米也很真實。無論這裡有多悽慘……」她嗓音頓時變柔，彷彿能量從體內滲出。「無論這裡有多糟，都比那裡好。」

# 63

「我都不知道這些。」湯瑪士說著，用他依舊裹著的手牽起她的手。

「你怎麼可能知道？」芮珍邊說邊拿衣袖擦鼻涕。「我又沒說過。」

烈日當頭，氣溫再次變熱。賽斯又一次發現這裡沒有蟲鳴聲。甚至連半點風聲都沒有。這片雜草叢生的寂靜墓園，只有他們三個。

「我們這個三人組也挺可笑的，」湯瑪士說：「受虐兒、被人謀殺、自己想不開。」

「而且是平白無故發生這些鳥事。」芮珍說。

「妳是不是因為這樣才老生我的氣？」賽斯問道。「妳覺得我只是自怨自艾就跑去自我了斷？但你們兩個是真的很不好過？」

芮珍投來一個意味深長的眼神。

「我不是因為我弟的事自殺，」賽斯說：「那件事很鳥，而且更鳥的還在後頭，但這不是原因。」

「那是什麼原因？」湯瑪士問他。

「跟你說過的，曾經冒險擁有幸福的事有關嗎？」芮珍問道。「跟那個名字很怪的男生有關？」

賽斯半晌答不上來，後來只點了個頭。

「這樣啊，」湯瑪士望著墓碑說：「假如這個故事不只你想的那樣，或許那個故事也一樣。也許永遠都不只如此。」

日頭升得更高。賽斯仍在釐清今早湧現的千頭萬緒，那些新鮮但莫名熟悉的傷痛還等著他去體會。儘管昨晚睡了覺，但他再次感到疲憊。他感覺好糾結，糾結到解不開。那些傷痛、惱怒、恥辱、失去、與嚮往。

但或許不只如此。

他回望墓碑上歐文的名字，不曉得湯瑪士說得對不對。這故事也不只如此。

古德蒙是不是也不只如此？

「我沒在開玩笑，」過了一會兒，芮珍開口：「我們要在這裡站一整天嗎？有人早餐吃到一半被打斷，也有人想回去把早餐吃完，如果其他人同意的話。」

「對，」賽斯說：「對，沒問題。」

他們在草叢裡往回走，偶爾被隱沒不顯的墓碑絆倒，三個人都默默無語。抵達矮牆後，湯瑪士越牆而出。

「你們有沒有想過要回去？」賽斯問正邁步跨越的芮珍。

她暫時停下動作。「回去？」

「也許不是回從前的生活，」賽斯說：「可是，如果一切只是電腦程式跟操縱記憶……」他聳聳肩。「也許回去之後會好轉。」

她面容依舊堅毅卻又哀戚。「當你已經知道怎麼回事，怎麼還有辦法直視你爸媽或你弟的雙眼？」

「那其實不算是答案。」

「聊什麼聊那麼久？」湯瑪士在單車旁叫喚。他因為手傷而無法抬起單車。

「沒什麼，」芮珍說：「賽斯只是又提了個沒用的點子——」

這時賽斯把她的話打斷。

「**湯瑪士！**」他吼道——

因為他看見司機——

正從附近教堂的轉角飛快奔跑而來，它那噼啪作響的棒子已高高舉起——

目標直指湯瑪士。

湯瑪士轉身尖叫，急著逃跑卻被單車絆了一跤。芮珍已翻過矮牆，跺著重步過街，朝湯瑪士狂奔。

賽斯緊跟在後，但他們肯定來不及了——

因為司機已近在眼前，棍頂散發電光與火花。

賽斯暗忖：它一直等著我們。畢竟他們沒聽見引擎聲。想必它一直待在那裡。但它又怎麼可能知道——？

湯瑪士用波蘭語呼號。他手忙腳亂，試著如螃蟹般從跌倒的地方橫行爬出——

「不要！」芮珍尖叫。「**湯米！**」

賽斯聽出她嗓音中的怒氣，在聽完她的故事後，如今他更明白她為何總是如此——

她在保護湯米——

因為從前她沒受到保護——

司機縱身越過單車，動作流暢地嚇人。它絲毫不曾放慢腳步，向湯瑪士近逼——

賽斯從沒見過芮珍動作這麼快，快到眨眼間就從他身邊抽離——

可是太遲了——

太遲了——

司機來到湯瑪士面前——

湯瑪士舉起包紮的雙手，試圖保護頭部——

司機將棒子往下猛甩，棍頂流洩出電光——

擊中了芮珍的胳臂，因為她飛身擋在湯瑪士面前。

棒子末端燒傷她的皮膚，痛得她發出慘絕人寰的叫聲，身體痛苦地糾結。她的胳臂、胸口和腦袋都被一層電光火花包覆。

她的尖叫嘎然而止，突如其來的中止才是最駭人的聲音。她往地上一倒，無力保護自己，直接撞上混凝土地。

倒地不起。

沒了生氣。

# 64

賽斯不假思索。他沒有吶喊或尖叫她的名字，也沒發出半點聲音。

他只是行動。

司機站在芮珍前方，賽斯絲毫不管那根棒子依舊在它手上噼啪作響、不停閃爍。他跑過正在哭喊芮珍名字的湯瑪士面前，把全身重量壓在這沒有臉又烏漆抹黑的形體上。

它在最後一刻發現他，試圖高舉棒子，但賽斯用力一撞，他倆雙雙跌在地上，棒子從司機手中往外飛、掠過路面。

他倆砰地一聲重重落地。賽斯落在司機身上，這一撞害得他喘不過氣。感覺像是整個人往鋼柱上撞。疼痛貫穿每根肋骨，但他管不了那麼多，只是試著用身體的重量把司機繼續壓在地上。

他不知道下一步該怎麼做——

只知道前所未有的憤怒猶如森林大火湧上心頭。

他朝司機面罩下方曝露的喉頭出拳重擊，這種感覺像是拿拳頭砸混凝土道路。他大聲嘶吼，底下的司機弓背而起，輕而易舉將他甩開並重新站穩腳步。

賽斯抬起頭，清楚看見它的胸膛，看見湯瑪士用子彈射中的部位。那裡似乎做了些修補，但仍然可見一個深得誇張的窟窿。

今賽斯烙印在心的是：那個窟窿深到它應該活不了才對。

如今湯瑪士在幾呎之外，蜷在芮珍身邊，在她耳邊慟哭，要她醒來、醒來、醒來，懷疑與震驚使他的臉皺成一團，賽斯幾乎不忍直視。

司機的視線瞄向棒子，然後衝了過去。賽斯猛一躍起，再次撲到司機身上，明知擱不住，但說什麼都得試一試，說什麼都得奮力一搏——

不過這次司機有備而來。它猛一轉身、舉起拳頭，一把抓住躍向半空的賽斯，朝他腦袋側面使勁一擊，力道大到他被打飛在地。

賽斯的視線消失在一道道閃光之中。他依稀察覺身子底下是混凝土地，他的額頭貼地，突然令他感到疏離的身體在落地後扭曲糾結。

他不怎麼能動，無法隨心所欲支配手腳，只能稍微翻身，勉強看見司機用它滑順得詭異的步伐奔向那根掉在地上的棒子。

他看見湯瑪士放聲尖叫，衝向司機。

他看見司機摑了一下湯瑪士的頭頂，彷彿他只是隻惹人厭的螞蜂。看見湯瑪士頹然倒地。

他看見司機拾起棒子，轉身面向倒地不起的無助賽斯。

這就是了，他還有片刻可以思考。我的死期到了。

司機朝他移動，迅速逼近。

賽斯暗忖道：對不起，只是不曉得是對誰又是為了什麼——

然而，司機竟在芮珍身旁止步。它的手臂做出一個複雜動作，然後棒子便消失在隱形袖套中。

賽斯試著再次起身，可是腦袋痛得像要炸開，他覺得自己可能要暈倒了。他再次頹然倒地。

他只能眼睜睜地看著司機跪下，手臂伸到芮珍身子底下。它再次起身，將她高高舉起。它骨架笨重卻又無比靈活，倘若情勢沒那麼恐怖，看起來其實還挺可笑的。

司機捧著芮珍，最後一次面向他，它的臉龐一如以往教人無法解讀。在失去意識前，賽斯看見的最後一幕是：司機將她抱走。

# 65

「醒醒啊，」他依稀聽見人聲，彷彿有人在隔壁街呼喊。「哦，拜託拜託，賽斯先生，求求你醒醒啊。」

他感覺有人輕拍他臉頰，不知為何仍舊纏在湯瑪士手上的綳帶讓拍擊力道小到沒什麻麼感覺，但仍足以喚起他的注意。

「湯瑪士？」他叫道。他的嘴和喉嚨感覺像是覆著羽毛和黏稠的太妃糖。

「賽斯先生，它把她抓走了！」湯瑪士幾近歇斯底里地驚呼。「她不見了！我們要去把她找回來！我們要去——」

「她……」幾乎抬不起頭的賽斯開口。

「拜託，」湯瑪士邊說邊拉扯他的手臂。「我知道你受傷了，可是我們一定要阻止司機！不然它會殺了她！」

賽斯仰望湯瑪士，頭骨的劇痛逼得他只能瞇眼。「會殺了她？它不是已經……？她不是已經？」

「她暈倒了，」湯瑪士說：「可是還在呼吸。我發誓她還在呼吸——」

「你發誓？湯瑪士，你確定沒有搞錯——」

「她的燈還在閃。」湯瑪士手指狂舞。「一閃一閃，一閃一閃。賽斯先生，以前從來沒有這樣的。從沒這樣過。而且它變紅了。跟我們的不一樣。」

「它為什麼要把她抓走？」賽斯發問，儘管仍舊暈頭轉向，卻勉強自己坐直身子。「它想要幹嘛？」

湯瑪士上氣不接下氣。「也許它想把她接回去。」

賽斯聽了連忙抬頭。「把她接回去？」

湯瑪士哭嚎著抓緊自己腦袋兩側。「賽斯先生，我搞懂了！我們不該待在這裡的！你自己也說過啊。我們是故障品。我們是意外。」

賽斯用嘴呼吸，盡量別嘔吐出來。「它試圖修正這些意外。它大概是管理員什麼的吧。要把我們放回原本所在的地方。」

「它會把她送回從前的人生！」湯瑪士吼道。「在那裡她應該要死掉的！」

「不過它幹嘛不直接在這裡就殺了她？她說它殺了她遇到的那個女人。」

「或許司機只是抓走她的朋友，但芮珍以為她死了。」

「該死，」賽斯說：「它要把她送回去……」

他想起芮珍，那魁梧、憤怒、無畏的芮珍，被一個她試著反擊、但本來不該需要反擊的男人摔下樓梯。

而她馬上要被送回那裡。送回她已死去的那個世界。

賽斯在湯瑪士攙扶下起身，俯視著他，從他堅毅的表情，賽斯知道他會赴湯蹈火回去救芮珍。就像回去救賽斯一樣。

他不是歐文，賽斯心想：但他是湯瑪士。而她是芮珍。我們只有彼此了。

「我們去救她吧，」他咆哮著：「把那王八蛋幹掉，讓它永遠翻不了身！」

「它應該進監獄了，」湯瑪士邊說邊忍痛皺著臉扶起單車。「我聽見車子重新發動又開走了。」

「為什麼不開到芮珍的家？」賽斯問話的同時也專心保持身體直立。「畢竟她的棺材放在家裡。」

「不曉得欸，」湯瑪士又答腔了。「也許它的職責只是看管監獄裡的棺材。也許它認為該把我們都送去那裡。」

「但它在這裡等我們。等著抓我們回去。」

「對，」湯瑪士說：「也許它知道你會來這裡。也許你撞到頭的時候，它就擷取了你的回憶。」

「媽的，希望不是這樣。」

「我們要快點動身了。」

「我這就來了。」賽斯說。他走了幾步就失去平衡，又趕快站穩。

湯瑪士面露愁容地望著他。「賽斯先生，你一定不能倒。一定要撐下去。不管你多難受，我們都要去救她。我們沒有選擇了。」

賽斯頓了一下，闔上眼再把眼睜開。「我知道，」他說：「我們不會眼睜睜看她送死。不管怎樣都不會。」

他深吸一口氣，強迫自己走得更穩。他走快一點，再快一點，最後來到單車旁，伸腿跨過座椅，感到有點暈眩，但還是硬騎上去。

「你還好嗎？」湯瑪士邊問邊爬到他身後。

「夠好了。」

「你知道自己在幹嘛嗎？」

「湯瑪士，我知道怎麼騎單車——」

「不是啦，」湯瑪士把臉埋進賽斯的背，抓穩準備上路。「你知道你現在在幹嘛嗎？」

「什麼？我現在在幹嘛？」

「司機攻擊她的時候，你奮不顧身撲向它，」湯瑪士說：「我看到了。你明知道自己可能會被殺卻還是撲上前。而現在，你明知道它有多強大、有多大能耐，卻還是要救她。你無論如何都會試著救她。」

「這不是廢話嗎？」賽斯惱怒地說，努力踩好踏板，免得翻車害他倆都摔下來。

「你就是這樣的人，你沒看出來嗎？」湯瑪士繼續說：「你不是那個會把弟弟交給殺人犯、自己留在家的小孩了。你是願意挺身拯救朋友的大人。是個連眼睛也不眨一下就會去救朋友的大人。」

「我的朋友。」賽斯幾乎是用問話的方式說。

湯瑪士捏了他一下。「沒錯，賽斯先生。」

「我的朋友。」賽斯覆述道。

他開始踩踏板，努力在兩人的重量下保持平衡，但越騎越快，越騎越快。

# 66

「她會在的，」湯瑪士在賽斯身後說，彷彿在唸禱詞。「我們會趕到的。」

「會把她救回來的。」賽斯說：「別擔心。」

他騎呀騎，閃過長草，在深深的裂痕上顛簸而行。他們穿過社區，朝賽斯的家、再來是監獄前進。

「小心！」湯瑪士嚷道，因為有隻野雞飛出叢生野草。賽斯猛一轉向，差點害兩人摔倒。不過現在有了目標，他感覺更堅強了。他要載他們到火車站，一同騎過鐵軌旁的步道，然後潛入監獄，能闖多遠算多遠——

然後呢？

這個嘛，他還沒想到那裡，不過現階段只要趕到監獄就好。轉進他家那條街後，他加速前進。無論什麼為真，無論這裡是真是假，究竟是他想像力太豐富，還是世界真的變成這樣，他開始反芻湯瑪士說的話。

他的朋友。

對，感覺沒錯。感覺很真實。他怎麼也不可能在這無法想像的人生中憑空捏造出朋友。不管有沒有其他說詞，湯瑪士跟芮珍感覺都很真實。

接著，他想起芮珍說過的那句話，把它當誓約般堅定地對自己說。

了解自己，他騎過自家門前時在心中默想。

隨遇而安。

他們把單車抬到火車站，牽過月台，再扛上鐵軌邊的紅磚道。湯瑪士再次在賽斯腰際環扣十指，騎過短短的路程來到磚牆的破洞邊。

「就快到了。」他們再次下車、搬起單車時，湯瑪士緊張地說。

「你應該沒有計畫吧？」賽斯問他。

「啊哈！」湯瑪士咧嘴開懷笑道：「你終於開口問了。見識到湯瑪士這麼多英勇的脫逃行動、想出這麼多高明的點子之後，你終於肯把功勞給他啦。」

「所以到底有沒有？」賽斯邊問邊把單車放在破損圍籬迷宮另一邊。

「沒有。」湯瑪士怯懦地說，賽斯從沒見過他這麼稚氣的樣子。

「你到底幾歲啊？」

湯瑪士望著監獄土地長出的荒涼野草。「我醒來前正要滿十二歲，不曉得這樣在這裡算幾歲。」

賽斯抓住他的肩膀，逼湯瑪士直視他的雙眼。「在我所看到的，你在這裡已經算是個大人了。」

湯瑪士一度回望他，再凝重地點了下頭。「我們會把她救回來的。」

「會的。」他們騎上單車，疾速滑過下坡。他們逐漸逼近，廣場周圍的樓房在陽光下顯得沒那麼高聳了。不見暗藏著無盡空間的隱蔽陰影。

不，賽斯暗忖：無盡的空間都藏在地底下。

「為什麼要建在監獄底下？」他邊騎邊高聲提問。「有這麼多地方能建，為什麼偏偏選這裡？」

「可能監獄很安全吧？」湯瑪士說：「這種地方一定得很安全，畢竟有這麼多人要在這裡長眠。這樣想想是很恐怖但也挺有道理。」

「你是哪時開始覺得我們會在這裡發現什麼有道理的東西了？」

「不曉得欸，賽斯先生，希望不久後會找到囉。」

他們抵達步道盡頭，接近第一棟主樓房時，在雜草叢生的地面顛簸前進。「聽不到引擎聲了。」賽斯說。

他倆下了單車，從轉角偷瞄廣場，但裡面沒有動靜，反正沒有驚喜就是了。陽光下的樓房顯得更加剛硬、更屹立不搖。

「她真的在底下嗎？」湯瑪士問道。

「不然會在哪裡？」賽斯說。

湯瑪士點點頭。「那請你進去救她，我在外面找廂型車。」

「什麼？」賽斯愣了一下問道。「你瘋了嗎？」

「它一定在這附近啊。這裡很明顯就是它停車的地方。」

「那你要拿它怎麼辦？」

「我哪知道！但現在我們一無所有，這樣至少算是做了點什麼吧。」

賽斯試著回嘴，卻又無話可說。

「別讓司機靠近她就對了，」湯瑪士說：「我會想辦法幫忙。假如真的幫不上什麼……」他聳聳肩。「我就回來跟你一起跟他拚個你死我活。」

賽斯眉頭緊蹙。「我們沒要拚個你死我活。」

「我知道你是為了我才假裝勇敢，但我們的確可能活不了了。跟死神交手就會有風險。不是每次都會贏的。」

「但今天一定要贏，」賽斯堅強地說：「說什麼都不能讓那玩意兒把芮珍帶走。門都沒有。」

湯瑪士露齒而笑。「你這麼說，她會很開心的。沒錯，她一定會很開心。」

「湯瑪士，我不能讓你——」

「湯瑪士——」

但仍咧嘴而笑的湯瑪士已準備往後退。「你真好笑，怎麼以為我會聽你的？」

「賽斯先生，把她找回來吧。我隨後就到。」

賽斯氣急敗壞地：「好吧，但別冒不必要的險啊。」

「我覺得在這個地方，不管做什麼都一定有危險。」湯瑪士說完便跑開了。

賽斯目送他離開，看他粗短的小腿穿過廣場，消失在對面樓房的遠處轉角，他們上次來監獄時，廂型車就是從那裡出現。

「注意安全，」賽斯嘀咕道。「哦，注意安全啊。」

他深呼吸壯膽，接著又深吸口氣，用跑的穿過廣場。他以為司機會從哪裡蹦出來，但豔陽照耀每個角落，他完全沒發現異樣。他跑到監獄門口聆聽。既沒引擎聲，也沒腳步聲。也沒有芮珍爭執、打鬥、或掙扎的聲音。

他打開門。乳白色玻璃內門和階梯依舊發光。他踏進第一扇門，慢慢步向第二扇門。除了樓下傳來的電子嗡鳴，還是沒半點動靜。

他蹲低身子走下幾階樓梯。然後再下幾階。抵達樓梯轉角。他的心臟在胸口猛捶，力道猛到他不禁異想天開懷疑司機也聽得見。

然後他聽見一聲尖叫。

芮珍。

他在停下的念頭出現之前，就跑完了剩下的樓梯。

# 67

他腳步沉重地穿過下一層的走廊，拐過最後一個轉角，奔進偌大的房間；他血脈賁張，舉起拳頭準備迎擊。

他暗忖道：隨遇而安了。

問題是找不著她啊。從小平台上放眼望去，一如上回，只有成排棺材。他發現先前他打開的那具棺材，現在已關閉密合，好像什麼事都沒發生過。眼前是一片廣闊無垠的空間，他還記得顯示器上的攝影機來回掃視一望無際的房間。

她可能被放在任何一個房間。

「芮珍？」他喊道，只是聲音立刻被巨大的空間吞噬。

沒動靜。沒反應。沒更多尖叫聲。

他面向牆面上的乳白色控制板，看看能否再次操控。他碰了幾下，控制板亮起，大螢幕上跳出好幾個小螢幕，不斷如卷軸般飛快地在資料間跑動，只是看來不具意義，而且速度快到也讀不出個所以然，從綜合大樓各處角落拍的照片也不停變換。

不過，螢幕正中央有個影像維持不變。偌大空間的某處有具敞開的棺材。

芮珍躺在裡面。

司機站在她面前替她裹繃帶。

「不要！」賽斯邊吼邊瘋了似地亂按螢幕，試圖找到她的所在位置。她旁邊有張格網地圖，雖然這種地圖他以前不是沒見過，只是地點可能是任何地方，標示座標的方式他又看不懂。上頭寫著2.03.881，解讀方式可能有千萬種。二號房，第三排，881號棺材嗎？天曉得這什麼意思？

他放眼望向偌大的房間，打算跟它賭了，就這樣跑下去，直到找到她、然後想辦法阻止——

她再次尖叫。

他猛一轉身，面向顯示器。芮珍似乎沒有抵抗司機，或甚至不曉得它在那裡。賽斯眼睜睜看她再度放聲尖叫，與影像分離的嗓音從巨大樓房深處竄進他的耳門。

「你這王八蛋！」他對著影像怒吼，司機無視芮珍的恐懼，無視於發生在她身上的一切，繼續幹它的活兒。「我要殺了你！聽見沒有！我要殺了你！」

他以拳重擊螢幕。

結果螢幕起了變化。

一個方塊圈著她的名字躍上螢幕。寫著：**芮珍・法蘭絲瓦・艾默利**，下面是她的個人資料。身高、體重、出生年月日，然後可能是她被置入虛擬世界的日期。

還有一個標註為**斷線**日期。

那正是她被摔下樓的日期。肯定是的。那天出了差錯，她人沒死，反而在這裡醒來。

他往下讀：**原腔室位於保護網外**。一定是因為這樣，司機才把她抓來這裡，而非帶回家。晚了這麼多年，它終於把她帶到其他人長眠的所在。

又有一行字躍上螢幕，閃著紅光：**離思連線擱置**。

「離思？」賽斯說：「怎麼會……？」

他再次掃視螢幕。芮珍的小螢幕周圍充斥太多數據，很難搞懂哪個數字代表什麼意思。他按下**離思連線擱置**，又有另一個螢幕跳出來。

出現離線日期，在它的下方是：**重新連線時間碼**。

賽斯讀了一遍。

再讀一遍。

「不可以。」他低聲說。

重新連線日期，也就是她要被接回虛擬世界的日期——

居然是在她斷線之前。

司機要把她及時送回去。送她回死前那一刻。雖然只差幾分鐘，但千真萬確是她死前。

「怎麼會呢？」賽斯邊嘀咕邊按更多鈕，試圖尋得答案。「怎麼可能？」

這是程式，他揣度著。*就這麼回事。所有人都同意的程式，所有人都參與的程式——*

但說到底它仍只是個程式。

倘若歐文只是電腦模擬的產物，那天曉得那裡會發生什麼事？天曉得虛擬世界的過去與現在是否一樣？畢竟他在夢裡反覆重溫自己的過去。他也去過湯瑪士的回憶。

假使芮珍之死是系統出錯——

那麼或許系統必須修補它的錯誤。

或許它會將她送回死前那一刻，讓她重新經歷死亡，只不過這回經歷得徹底一點。

徹底死掉。

螢幕上突然閃現藍光。閃著：**離思初始化**。影像中的司機已將一條呼吸管塞進芮珍口中。賽斯暗忖：這大概就是讓離思進入體內的方式。

這樣她就會失憶。這樣她就會忘了他和湯瑪士。那將抹滅她的所有記憶。

然後把她殺了。只是為了讓世界運作下去。

「你敢試看看，」賽斯邊說邊按下**離思初始化**。有個螢幕跳到旁邊。**暫停初始化？是／否**。

賽斯戳了一下**是**。「爛貨，看你能怎麼樣？」

影像中的司機轉過頭。

直視攝影機。

彷彿直視賽斯的雙眸。

然後拔腿就跑。

賽斯聆聽腳步聲。聽到急速移動的步伐，從右邊稍遠處拐過轉角。

芮珍一定在那裡。

賽斯呼吸急促、心臟急捶。他手無寸鐵，沒有東西可以跟它拚命。一旦它靠近，他說什麼都制伏不了它。

但或許他能跑贏它。畢竟他曾是路跑健將。

他從平台一躍而下，火速穿過成排棺材。在這十萬火急的情況下，唯一要緊的就是不讓司機靠近芮珍，不讓它執行將會害她喪命的程序。他在房間盡頭轉彎，大致朝司機奔跑的腳步聲邁進。一見它繞過轉角，他就迅速彎下身子。賽斯停在一具棺材邊，只要司機一作勢追他，他便拔腿就跑。

可是司機並非朝他而來，而是穿過中央廊道，經過他身邊時看都不看他一眼——

直奔顯示螢幕。

「**喂！**」賽斯站起來吼道。「**看過來！**」

但司機腳下一步不停，一到平台便立刻在顯示器上東按西戳，看樣子一定是重啟在芮珍身上執行的程序。

賽斯抓狂似地東張西望，想找東西扔司機，什麼都行，哪怕只是稍微減緩它的速度都行。問題是這裡別的沒有，只有一具具擺滿所有空間、塞滿角落、消失在幽深處的棺材——

他靈機一動。他第一具打開的棺材如今已歸位，彷彿什麼都沒發生過——

他心想：它是管理員。這是它的工作。它負責善後。

他正倚著一具棺材，於是手往下伸試圖找到縫隙，跟上回一樣費了九牛二虎之力才把手指探進棺蓋，使勁吃奶力氣往上抬，打死都不讓它閉合——

棺蓋彈開時，他差點跌落地上。裡面躺了個矮個男子，渾身裹緊繃帶，燈光在棺材中流動，不知在進行什麼神祕的程序。賽斯望向司機。

它也正直視著他。

然後回頭面向螢幕，手指在顯示器上狂彈。

賽斯眼前的棺蓋開始閉合。

「不！」賽斯邊喊邊試著接住棺蓋。但無論怎麼拚死撐著，棺蓋仍以毫不緩解的力道往下壓。司機又回去操作芮珍的程式。

「媽的！」賽斯鬆開棺蓋。不過他靈光乍現，把手伸進正在閉合的棺材，抓住男人的手臂，垂放在蓋緣，自己再往後退。棺蓋就這麼往下、往下再往下，快壓到男人的手了——

但一碰著他的皮膚，棺蓋又馬上彈開。

「哈！」賽斯得意地哈一聲，並抬起頭看。

司機又把目光對向他。

而且開始朝他這頭走來。

「全部都得復原對吧？」賽斯吼道，蹦蹦跳跳地離開，然後在另一具棺材前停步。現在他比較了解棺蓋的構造，更輕易迅速地將它掀起。裡面躺了個老女人，他同樣把她的手臂垂在蓋緣。

他看見司機站在男人棺前，將他放回原位，接著在棺材頂部按下某個點，金屬表面便亮起一個小顯示器。棺蓋馬上閉合。

賽斯低頭看向隔壁的棺材，並按下同一個點。棺蓋上冒出顯示器。「原來是這樣運作的。」他說。有個框框標註**開棺診斷**？他往下一按。棺蓋開了，裡面躺了個沉睡的中年黑人男子。賽斯抓起男人的手臂垂放在蓋緣，司機靠近時他再度跑開。

賽斯在幾排棺材間迅速移動，隨意駐足打開一具又一具棺材，重新擺放裡面的住民然後離開。司機緊跟在後，依序照管每具棺材。

它的動作比賽斯快，就快趕上他了。

賽斯趕往下一具棺材將它打開。裡面躺了個瘦小蒼白的女人。「我很抱歉，」賽斯低聲向她致歉，把她整個人抬出棺材，輕輕擱在地上。她的棺材開始嗶嗶叫並亮起警示燈，有的燈沿著仍接在她身上的導管跑。賽斯一把抓住幾根管子，卻又遲疑片刻。

「這是為了救我朋友，」他對女人失去意識的身體說：「反正妳八成也不會記得。」

他從棺材那頭拔掉導管，結果出乎意料地容易。凝膠和液體如浪花噴濺，其他管子則冒出火花，其中一根燒到賽斯的手。他嘶聲一叫，鬆開管子——

接著在千鈞一髮之際閃過來到他身邊的司機，它高舉熾烈的棒子，準備往下敲——

賽斯連忙滾開，棒子擊中地板，留下焦痕。他躲回原位時，司機已矗立眼前，重新拾起棒子——

但它轉向女人。如今液體從拔斷的導管溢出，流得滿地都是，她也陷在逐漸堆積的水坑中。

賽斯見機不可失，旋即起身狂奔。「對不起！」他回頭對女人喊道，司機這時正將她抬起、放回棺材，重新連上導管，以令人眩目的高速按壓控制板——

賽斯跑個不停。他繞過司機剛轉出的角落，然後放慢腳步，眼前的景象令他大為詫異。

他面前放置的棺材一望無際，多到即使花上幾小時也數不完。與其他房間相連的走道向後延伸、無邊無際，轉向其他角落，天曉得會往內蔓延到多深。

他繼續奔馳，不時左右張望，尋找打開的棺材。無奈只見到不計其數的閉合棺木，光亮潔淨，裡面住著獨立的生命。看來司機的效率真是高到慘無人道。

賽斯冒險回頭看。它雖沒跟上來，但真要追的話幾秒就能追上。賽斯接近第二區的盡頭，準備要跨進第三區。他在中途止步，打開另一具棺材，駕輕就熟地按鍵盤，不費吹灰之力掀起棺蓋。

裡面躺了個女人。

懷中抱著一個嬰兒。

女人跟其他人一樣全身包著繃帶，但嬰兒則以貌似藍色膠水做的毯子裹緊。導管從他接到母親身上，但她雙臂摟著嬰孩，緊緊抱著貼向自己。

就如任何一對母子。

繁衍後代和分娩胎兒的技術我們也正開始研發，議會女專員是這麼說的。看樣子，他們顯然在一切崩壞之前研發成功了。透過導管懷孕，母親在沉睡中分娩。天曉得這是怎麼運作的？

傳宗接代。

未來的希望，議會女專員曾這麼說，如今構想已實兌現。

他們深信還有未來。

他又聽見腳步聲。

司機在他身後某處奔跑。

賽斯看了女人和嬰兒最後一眼便闔上他們的棺材，然後打開另一具。裡面是個圓胖的青少年。賽斯三、兩下拔掉導管，接著手伸向男孩的腋窩，把他拽出棺外——

腳步聲來到這個房間，賽斯可見司機箭步如飛，橫衝直撞地穿過走道。

賽斯腎上腺素激增，硬把男孩拖出來擱在地上，然後將他直立靠著棺材，為防萬一，又多拔幾根導管。

「對不起啦。」他對男孩道歉，再度拔腿就跑。

他正要離開第二間房時回頭張望。

只見司機在青少年身旁停步。

而不是來追他。

不過它的目光一直鎖定賽斯，顯然是敵非友。

有那麼心驚肉顫的一刻，感覺它就要衝上來了——

但它只是把男孩擺回去。賽斯繼續狂奔，猜想司機肯定正在學習，下回把人從棺材裡拖出來可能就無法奏效了。還有，他得找到芮珍，得馬上找到，得——

然後他又聽見她放聲尖叫。

「芮珍！」他吼道。

他很篤定人聲是從下一間房傳來，在寬闊廊道盡頭那間。她肯定在裡面。不會錯的。

他又聽見尖叫聲。「不，」他說著開始衝刺。「不要，不要——」

他在廊道上奔馳而過。就外觀看來，他還真不知自己身在何處。這連綿不絕的房間似乎大到不可思議，也深到不可思議。他的腦袋不斷告訴他這一切沒有道理。這是什麼時候建的？又為什麼建在這裡？

她再次尖叫。

他看見她了。

就在他右邊，接近遠端牆壁某排棺材的尾端。她的棺材開著，他能看見她躺在裡面。

看見她在掙扎。

原本她沒有掙扎。

「芮珍！」

和棺材中其他人不同的是，她只是半裸，繃帶裹著她的上半身和　臉，但牛仔褲跟鞋子沒脫，彷彿抹滅她的記憶才是至關重要之事，不過事實也的確如此。

賽斯暗忖：唯有如此，其他一切才有可能。

但她似乎正在反抗，和矇住眼的繃帶對抗，跟插進嘴的導管對抗，那根導管怎樣也抑制不住他的尖叫——

「我來了！」他吼道。

他跑到她身邊，把導管拔掉，引她可憐兮兮一陣猛咳。

「芮珍？」他哭喊道。「芮珍，妳聽得到嗎？」

她的尖叫聲震耳欲聾。瘋了似地狂摑他耳光，可是動作並不協調，只是胡亂揮著雙臂朝空中掀擊。

「聽得到嗎？」他又嚷道。

她顯然十分驚恐地退開，又如先前那樣嘶聲力竭地叫。

「哦，慘了，芮珍。」賽斯心煩意亂地說。他回望一排排棺材的彼端，直視連接這房間及他剛出來那個寬敞房間的中央廊道，另一頭會再通往多少房間沒人說得準。雖然仍未看見司機的蹤影，但他肯定不會落後太多。

「對不起。」他邊說邊伸出一隻手，抓住芮珍的手腕往下壓。可是她力氣大，他幾乎壓不住，強壓也只是讓她更惱怒。「對不起，對不起，對不起。」他道歉的同時，把另一隻手繞到她頸後，試圖摸索繃帶盡頭。

「妳會看見我的！這樣妳就懂了。我發誓——」

他的手拂過她脖子上疾閃的紅燈——

他也在那一瞬間，從世上消失。

# 68

「沒用的東西，」男人說：「又肥又醜。噁心到是男的都不會看妳一眼。」

「很多男生都會看我。」雖然逞了口舌之快，恐懼卻在胃裡蔓延。只見他握緊的拳頭放在身子兩側。她塊頭大沒錯，但他更是虎背熊腰，而且她心裡有數，出拳對他來說根本是小事一樁，畢竟他才剛在她母親身上施展過，只因為茶太涼，他就把她從廚房餐桌這頭揍到那頭，芮珍被逼上樓，他則跟在她身後咆哮。

他酒醉時行動通常很慢，可是她花了太多時間拿手機跟錢，所以一出臥房就看見他杵在那裡，擋住樓梯口。

「是男的都不會看妳一眼，」他口出惡言。「賤貨。」

「讓我過，」她握緊拳頭說：「讓我過，不然我對天發誓，」

他假笑幾聲。整張粉紅色的蠢臉都被醜惡、酒醉的歡愉點亮。無論他多常洗頭，那扁塌的金髮看起來始終都髒兮兮的。「讓妳過，不然妳對天發誓要怎麼樣？」

她沒吭聲也沒輕舉妄動。

他往後退，鄭重地一手往下劃，嘲諷地鞠了個躬，給她下樓的空間。「請便，」他說：「別客氣。」

她吸氣吐氣，每條神經都甦醒過來。只要從他身邊走過去就得了。可能會被摑耳光或挨拳頭，但他現在這樣爛醉，也可能什麼都不會發生——

她出其不意，突然往前衝。見她來勢洶洶，他一如她預期地往後閃。她繞過他身旁的欄杆，一腳踏上頂階——

「醜八怪！」他吼道——

拳頭還沒落在身上她就有感覺了，感覺身後的空氣挪移——

她想要閃躲，可是位置重心都不對——

拳頭擊中她——

她往下跌——

往下墜落——

眼看瞬時、頃刻、剎那，就要撞上堅硬的樓梯——

而她放聲尖叫——

「沒用的東西，」男人說：「又肥又醜。噁心到是男的都不會看妳一眼。」

「很多男生都會看我，」雖然逞了口舌之快，恐懼卻在胃裡蔓延。只見他握緊的拳頭放在身子兩側。她塊頭大沒錯，但他更是虎背熊腰，而且她心裡有數，出拳對他來說根本是小事一樁，畢竟他才剛在她母親身上施展，只因為茶太涼，他就把她從廚房餐桌這頭揍到那頭，芮珍被逼上樓，他則跟在她身後咆哮。

他酒醉時行動通常很慢，可是她花了太多時間拿手機跟錢，所以一出臥房就看見他杵在那裡，擋住樓梯口。

「是男的都不會看妳一眼，」他口出惡言。「賤貨。」

「讓我過，」她握緊拳頭說：「讓我過，不然我對天發誓，」

他假笑幾聲。整張粉紅色的蠢臉都被醜惡、酒醉的歡愉點亮。無論他多常洗頭，那扁塌的金髮看起來始終髒兮兮的。「讓妳過，不然妳對天發誓要怎麼樣？」

他往後退，鄭重地一手往下劃，嘲諷地鞠了個躬，給她下樓的空間。「請便，」他說：「別客氣。」

她吸氣吐氣，每條神經都甦醒過來。只要從他身邊走過去就得了。可能會被摑耳光或挨拳頭，但他現在這樣爛醉，也可能什麼都不會發生——

她出其不意，突然往前衝。見她來勢洶洶，他一如她預期地往後閃。她繞過他身旁的欄杆，一腳踏上頂階——

「醜八怪！」他吼道——

拳頭還沒落在身上她就有感覺了，感覺身後的空氣挪移——

她想要閃躲，可是位置重心都不對——

拳頭擊中她——

她往下跌——

往下墜落——

眼看瞬時、頃刻、剎那，就要撞上堅硬的樓梯——

而她放聲尖叫——

「沒用的東西，」男人說：「又肥又醜。噁心到是男的都不會看妳一眼。」

「很多男生都會看我，」雖然逞了口舌之快，恐懼卻在胃裡蔓延。只見他握緊的拳頭放在身子兩側。她塊頭大沒錯，但他更是虎背熊腰，而且她心裡有數，出拳對他來說根本是小事一樁，畢竟他才剛在她母親身上施展，只因為茶太涼，他就把她從廚房餐桌這頭揍到那頭，芮珍被逼上樓，他則跟在她身後咆哮。

他酒醉時行動通常很慢，可是她花了太多時間拿手機跟錢，所以一出臥房就看見他杵在那裡，擋住樓梯口。

「是男的都不會看妳一眼，」他口出惡言。「賤貨。」

「讓我過，」她握緊拳頭說：「讓我過，不然我對天發誓，」

他假笑幾聲。整張粉紅色的蠢臉都被醜惡、酒醉的歡愉點亮。無論他多常洗頭，那扁塌的金髮看起來始終髒兮兮的。「讓妳過，不然妳對天發誓——」

## 69

賽斯喘著大氣，瞬間回到擺滿棺材的房間。芮珍四肢亂舞，頭早就從他手上移開，他倆之間的連結因此斷線。

她再次尖叫。

賽斯驚懼地揣想：怪不得。她卡在某種循環裡，不斷重現那一刻，重現最淒慘的那一刻。一而再、再而三地瀕臨死亡。

他仍能感受她的恐懼，仍能感受拳擊之痛、滑跤的驚駭、墜樓的不可置信——

他得想法子把她帶離那裡——

「賽斯？」她喚道。

他愣住了。她的嗓音虛弱、絕望、害怕。她四腦袋仍裹著繃帶，不過已經不再掙扎。

「賽斯，是你嗎？」

「我在這裡。」他邊說邊抓住她的雙手讓她感覺。「芮珍，我在這裡。我們要離開這裡。快點。」

「這是哪裡？我看不見。有東西矇住我的眼睛——」

「妳被裹住了。來。」他轉動她的腦袋，抓住後腦勺的接縫，開始為她鬆綁。「我們在地底下。在監獄下面。」

「賽斯，」她呼喚道。這時他已鬆綁到她皮膚那層，開始慢慢撕開眼皮上的繃帶。「賽斯，我剛——」

「我知道，」他說：「我看到了。可是我們得——」

此刻又傳來腳步聲。他回眼一望。司機正快步穿過這房間的入口。

它發現他們。

然後止步不動。

直接停在中央廊道上，用空白的臉凝視他們。

「慘了。」芮珍低聲說。她撕掉最後一條繃帶，看到他所看見的景象。

賽斯環顧四周。無路可逃。他們被逼到角落，從芮珍臉上的表情看來，賽斯知道她也發現了這個真相。

「你快逃吧，」她的嗓音粗啞，淚水盈眶，他從沒見過她這麼脆弱。「我應該逃不掉了。我很虛弱。你快走吧。」

「不行。說什麼都不行。」

「你來救我，」她搖著頭說：「這就夠了。真的，你根本不曉得這對我的意義有多重大。你選擇過來救我——」

「芮珍——」

「你設法破解循環。你已經救了我——」

「我不會丟下妳的。」他提高嗓門說。

腳步聲再度響起。司機朝他們緩緩走來。它掏出迸發火花的棒子。

「它知道，」芮珍說：「它知道它贏了。」

「它沒有贏，」賽斯說：「還沒。」

可是連他自己都對這話存疑。

他感覺有人碰他的手。往下看，原來是芮珍牽起他的手。緊握不放。

他也同樣緊握住她。

如今司機來到中央走道的中間，它頭盔的黑色螢幕只鎖定他們倆。賽斯莫名地預感到它不會讓他溜走。至少這次不會。不管他對棺材動什麼手腳都攔不住它了。他是它首先要解決的對象，不僅跑得比他快，身體也比他強壯，他無論如何都攔不住它。

但他還是得試。說什麼都得背水一戰。

「湯米沒事吧？」芮珍輕聲問道。

「他跑掉了。說是有什麼點子。」

「那他一定會在最後關頭跑來救我們，對吧？」

賽斯不禁對她咧嘴一笑。「如果這是我腦袋裡鋪陳的一個故事，那就沒錯。故事的確會這樣收尾。」

「這是我第一次希望事情被你料中。」

司機已抵達他們那排的盡頭。它再次停步，似乎在細細品嘗他們的困獸之鬥。

賽斯把芮珍的手抓得更緊。「我們拚了，」他說：「跟它拚到底。」

芮珍對他點頭。「拚到底。」

司機啪地一聲甩手。棒子增長一倍，迸發的火花和光亮變得更加凶險。

賽斯站穩腳步，準備戰鬥。

「賽斯？」芮珍說。

他望著她。「怎麼樣？」

她說了什麼，但他一個字也沒聽見——

因為室內充滿嗡鳴聲，起初低沉，但逐漸增強——

司機也聽見了，面向往深處更多房間延伸的廊道——

因為那裡是聲音的源頭——

音量劇增——

他們看見司機拔腿就跑——

可是跑得不夠快——

那輛黑色廂型車從廊道深處飛馳而出，以驚人速度撞向司機，快到它的一條腿被撞得跟身體分家。廂型車在寬敞的中央走道全速推進，直到撞上遠處的一堵牆、把司機卡在其中才煞住。

司機掙扎了一下。廂型車的輪胎抵著混凝土地板徒勞地空轉，散發縷縷盤旋灰煙，把司機撞進牆中。

然後它倒在廂型車的引擎蓋上，手中的棒子哐啷落地。

司機倒下，動也不動。

廂型車的輪胎慢慢不再轉動。

賽斯和芮珍瞠目結舌望著小小的身影爬出依舊破損的車門。

「大家都沒事吧？」湯瑪士問道。

# 第四部

# 70

湯瑪士用仍舊裹著繃帶的雙手圈住芮珍的腰，再也不放她走似地緊摟著。「哦，我好開心。」

「我也好開心。」芮珍邊說邊把臉緊貼著他狂放的亂髮。

賽斯仍舊驚魂未定，在旁觀望。湯瑪士從芮珍懷中抽身，然後抱緊賽斯，力道大到把他肺裡的氣都擠光了。「還有你！你說我們會救她出來，我們真的辦到了！」

「多半是你的功勞。」賽斯回望成排棺材後方那台撞爛的廂型車，回望弓著背癱在引擎蓋上一動也不動的司機。「千鈞一髮。」他轉頭面向他倆。「再一次。」

湯瑪士瞄了芮珍一眼。「他又要覺得我們都是捏造出來的了。」

「他這樣想也不是沒道理，」芮珍說：「你到底是怎麼找到廂型車，又把它開到地底下的？」

「也沒難到哪裡去啦。」湯瑪士說：「我們不是猜車子停在監獄附近嗎？所以只要想辦法找到就好啦。」

「還要發動車子，」賽斯說：「然後開車——」

「好啦，好啦，我承認找到車子的時候，確實發生了幾件怪事。」湯瑪士說：「車門沒關，我直接坐上車，車子就自己發動了。我什麼都沒做，它就發動了。然後螢幕亮起，問了一些我不懂的問題——不是因為我英文不好，而是那些問題根本沒道理。一堆沒意義的數字，還有攝影機照向擺滿棺材的大房間——」

「對，」賽斯說：「這些我也見過。」

「然後有個一閃一閃的方塊寫著**開向亂源**？就那樣，像在發問，我猜亂源一定是指你們，所以答好，按下**出發**的方塊，車子就開出去了！車子加速的時候，我還差點摔出車外呢。」湯瑪士用身體模仿急轉彎，左轉又右轉。「車子呼嘯開過燒成廢墟的社區，最後開進這個地下大停車場的入口，不知不覺就越來越往底下開。」

他兩手一攤，彷彿在說其餘的經過不用多說。「然後我就到了這些地下室，看見司機站在路中央，於是抓住方向盤，不讓廂型車往別處開，然後我得把身子往下滑，腳才能搆著油門，之後就砰！撞上它了。」他雙手一拍做音效。「接著車子就撞牆了。」他揉揉頭頂。「滿痛的。」

「你太強了。」芮珍說。

「就是說嘛，」賽斯表示贊同。「不只是強。」是強到不可思議，他暗忖道。強到讓人起疑。

不過話說回來，機會渺茫並不等於絕無可能——

「有人看見我的襯衫嗎？」芮珍說。

「這裡，」湯瑪士邊說邊往棺材後面蹲下，拾起一捆衣物。「抱歉，幾乎都撕爛了。」

「反正我本來就沒多喜歡，」芮珍說著便把殘餘的破布裹在身上。

「妳還好吧？」湯瑪士問她。

她沉默片刻，賽斯原以為她不想談這話題，沒想到後來她說：「賽斯看到了。賽斯看到我是怎麼死的。」

湯瑪士瞪大眼轉向他。「就跟你看我的瀕死經歷一樣。」

「我還真走運。」賽斯咕噥著說。

「我感覺你在那裡。」芮珍說。

「妳感覺得到？」賽斯詫異地問。

「對啊！」湯瑪士說：「我也感覺你在那裡。我重回瀕死回憶的時候，感覺你跟我同在。」

「說也奇怪，」芮珍往下說：「在某種程度上，光是知道你跟我同在就足夠了。」她疲憊地用掌心揉揉雙眼。「我不知道該怎麼說。總之看見那個王八蛋，重現瀕死經歷實在糟透了。」她望著賽斯。「不過我知道他也在場。也知道……反正就是知道還有人記得我是誰。」

湯瑪士點點頭。「這是最讓人安慰的。」

「發生這種事是悲劇，」她說：「重溫跟初次經歷一樣可怕。可是，不曉得為什麼，如果非要發生的話，知道起碼有你試著阻止，知道有你盡了最大的努力……」

她眉頭緊鎖。只見她又要熱淚盈眶，不由自主地對事實惱火。

「我懂。」賽斯說。

她近乎責難地注視他。「是嗎？」

賽斯點點頭。「我想我可能終於懂了。」

他們穿過成排棺材，往中央走道前進，賽斯帶頭，湯瑪士居中，仍舊緊抓襤褸衣衫的芮珍殿後。廂型車和司機周圍絲毫沒有任何動靜。

「腿。」湯瑪士一面說，一面指向分離的那條腿。它從大腿處被扯掉，在它周圍的地上流了一灘濃稠的深色液體。絕對不是血的液體。

「機器腿。」芮珍說：「比我們在另一個世界擁有的任何東西還要先進。」

「是啊。」賽斯若有所思地說。

「我不喜歡你的語氣，」她說：「疑神疑鬼的樣子。」

他們緩緩靠近廂型車。司機倒下之處冒出火星和煙霧。它有條胳臂看似脫臼，腦袋歪扭的角度可能、或應該表示它已經壞掉了。

「哎呀！」湯瑪士叫道。他們發現他在附近一具棺材底下找到棒子。

「小心！」芮珍厲聲說。

湯瑪士翻個白眼。「怎麼還有人自以為是我媽？要我說多少次，你們的命是我救的？有多少——**啊！**」

棒子散發出電光，觸碰到他的臉，他立刻把它扔掉。棒子一落地，像是觸動了什麼內部機關，自動縮合成最小尺寸。

「你沒事吧？」芮珍努力憋笑問道。

「爛東西。」湯瑪士捧著臉頰說。

不過收合的新版棒子看似起不了作用，於是他撿起來放進口袋。他們沒阻止他，畢竟如果要論功行賞，就屬湯瑪士最有權力。

他們眼睜睜看著廂型車燒毀，濃煙嗆得他們咳了幾聲。黏稠液體在引擎蓋上漫溢更大一片，順著側邊流下涓滴成池。司機顯然掛了，但賽斯發現所有人都移動地很慢，彷彿隨時預期它會死而復活、發動攻勢。

賽斯揣想：假如這是個故事，它就會死而復活。壞人不會這麼輕易嗝屁的。你必須一而再、再而三抵抗它。如果這一切只是我的憑空幻想，劇情就會這麼走。

除非。

除非。除非。除非。

「我要知道。」他說。

「知道什麼？」芮珍問他。

「知道面罩下的真面目。我想看看一直不肯放過我們的那個玩意兒究竟長什麼樣子。」他開始走向它。「我要知道它到底是什麼東西。」

說時遲那時快，廂型車爆炸了。

# 71

低矮的火花突然耀眼地躍起，點著廂型車旁的那攤液體。著火的轟聲意外地輕柔——一切都消失在火球中。

他們被轟向後方，就在墜地時，熊熊烈焰鋪天蓋地而來——

第一道閃現的火光很快消散，等他們倒在地上，火勢已然退去。幸好火光初現時大部分氣體就已耗散殆盡，主要火勢便縮小到廂型車前方那攤液態燃料上，燒起來卻出奇鮮亮猛烈。

這下他們搆不著身陷火海的司機了。

「搞什麼飛機啊。」賽斯邊咳邊說。

但湯瑪士已經起身，慌亂地環顧周圍的棺材。「那些人！會著火的！他們——」

天花板上開了個口，一道強勁猛烈的水柱朝他們轟隆直下。幾秒內他們就已濕透，傾盆大水在光滑閃亮的棺蓋上彈跳。烈焰幾乎瞬間熄滅，但水還是噴個沒完。廂型車上冒出的滾滾濃煙和蒸氣充斥整個房間，他們也吸了些氣體進去。

「嘗起來好像有毒。」湯瑪士臉部抽搐地說。

「八成有毒。」芮珍說：「它不會只是金屬那麼簡單。」

賽斯仍然盯著司機那頭，如今它已消逝在蒸氣和煙霧後方。

「我想看它長什麼樣子，」他說：「面罩下的臉。」

「我們打敗它了，」渾身濕透、直打哆嗦的芮珍說：「這樣還不夠嗎？」

散發毒味的氣體充斥走道，湧向監獄入口。「我們得從我來的那條路出去，」湯瑪士說。

芮珍對他伸出手。他牽起她的手。兩人熱切地望著賽斯。

「是啊，」目光始終停在滾滾濃煙上的他說：「是啊，好吧。」

他們從中央走道往回走。隔壁從天花板噴濺而下的水停了，賽斯回頭一望，仍不見任何動靜。他們越走越深，經過一排又一排棺材。賽斯不時回頭檢查，穿過不計其數的房間，等到一行人終於抵達通往地表的斜坡，被他們打敗的司機早已消失在視線中。

走上坡路時，三人都沉默寡言，尤其是賽斯，只是悶著頭想自己的事。那是條環狀斜坡，他發現他們越往上走，地表世界的塵與土便開始細細堆疊。

「當時妳記得自己是誰嗎？」緩步盤旋而上時，他問芮珍。「我知道妳說感覺到我也在，但妳那時還記不記得這裡？」

「記得一清二楚，」她說：「我的意思是，回去那裡實在太不公平了。我只有一個念頭：不能死在這裡。假如我在這裡死了，那裡也不會有我了。所以我確實記得這裡。」

「時間在那裡運作的方式可能不同，」賽斯說：「『過去』或許要比現實生活中離我們更近。或許每件事都會一直不斷反覆發生。」

芮珍注視著他。「我懂你在問什麼了。」

「什麼？」湯瑪士說：「他在問什麼？」

賽斯繼續前行。「顯示器說它開始在妳身上進行離思程序。要讓妳忘掉過去。」

「沒有啊，」芮珍小心地說：「可能還沒開始進行吧。我什麼都記得啊。所以，那表示——」

「那表示——」賽斯打斷她的話卻又不解釋。

「那表示什麼？」湯瑪士說：「很討厭欸，都不跟我說那表示什麼。」

「噓，」芮珍說：「等等再說。」

她死盯著賽斯向他索求，但他始終保持靜默，三人往上爬了又爬，這頭的貯藏室顯然比他來時的那條路更深入地底。

他在腦中反芻發生了什麼事，又是怎麼發生的。一切種種將他們帶來這裡，三人爬上斜坡、進入陽光下——就在出口、就是這個，為他們帶來溫暖，他聽見芮珍舒服地嘆了口氣——發生過的每一件事，把他們，把他，帶來這裡，帶到此時此刻。

他在社區廢墟的灰燼中遙望日光，令他驚訝的是——或許沒那麼驚訝——有個可能在他心底漸漸成形。

因為這裡可能有種解釋。

也可能有另一種解釋。

甚至可能有讓人始料未及的解釋。

不過，他大概知道下一步該怎麼走了。

「準備好回家了嗎？」芮珍問道。

她問的是湯瑪士，但賽斯忍住沒有答腔。

# 72

湯瑪士在回芮珍家的漫長旅途上，不斷詳述他的救人經過，每講一回，故事就變得更加英勇，搞得芮珍最後聽不下去了，說道：「哦，得了吧，你不過就是找到一部熄火的車，然後往車裡坐嘛。不就那麼回事嗎？」

湯瑪士面露嫌惡。「妳都不感激——」

「湯米，謝謝你，」芮珍突然微笑說道：「謝謝你找到一輛熄火的車，然後坐進車裡，在最後一刻出手，救了我這條小命，我真的感激不盡。」

他的表情變得羞怯。「不客氣。」

「我也很感謝你。」賽斯說。

「哦，你自己也不賴啦，」湯瑪士慷慨地說：「把那鬼東西搞得焦頭爛額，好讓我英雄式地開車進場。」

「我只是驚訝你的腳長到能踩油門。」芮珍說。

「這個嘛，」湯瑪士坦承。「很不簡單呢，身子要伸得很長。」

他們走回火車鐵軌，然後沿著軌道往北走。途中芮珍不斷輕拍口袋，但始終沒找到她要找的。她發現賽斯在看她，於是賞他一個白眼。「你難道不覺得連續死了一百次後，來根卑微的香菸對算過分嗎？」

「我什麼都沒說。」

「我覺得妳不該抽，」湯瑪士說：「妳今天在鬼門關前走了那麼多次，就不要再走一趟了。」

「又沒人跟你講話。」但她的語氣已不像平時那般嚴厲。

他們走了整整一小時，穿過半倒的鐵路天橋，往超市前進——賽斯提議在他家暫歇，可是芮珍即使在豔陽下仍直打哆嗦，而且巴不得趕快撕掉身上的繃帶——於是他們橫越之前遇見鹿的那條馬路，彎進芮珍的家。

「我一直期待它會蹦出來，」三人走近她家的大門步道時，芮珍低聲說：「感覺不可能這麼簡單就能解決。」

「妳覺得這很簡單？」湯瑪士問道。

「如果這是個故事，」賽斯說：「肯定會有最後一次反擊。因為壞人從來不會真正死掉。」

「別再胡說八道了。」芮珍說。

「妳心裡還不是這樣想。」他說。

她一臉挑釁。「才沒有呢。我還是確定自己是真實的。重返虛擬世界的經歷剛好能替我作證。」

他們繼續走，結果芮珍家門口果然沒有驚喜等著他們。進了屋內，起居室一如以往，芮珍的棺材置於中央，沙發和椅子塞在周圍。她到樓上換裝，湯瑪士走進廚房去弄吃的。

賽斯往沙發上一坐，面向棺材。他聽著湯瑪士在廚房哐啷啷地拿餐盤，試了幾次小瓦斯爐還是不理不睬，逼得他用波蘭語撂髒話。樓上的芮珍進浴室開蓮蓬頭，不急不徐地恢復元氣。

這兩個有趣又難搞的傢伙。

聽著他們的聲音，他的心不免隱隱作痛。

但他向內探尋，發現那種心痛不是壞事。完全不是。

他暗自淺笑一下。然後，過了半晌，他像在監獄裡那樣用手指輕彈棺材。試了幾回後，顯示器亮了，雖然殘破但勉強可讀。

沒過多久，湯瑪士捧著幾碗冒煙的食物走出廚房。

「慶祝一下吧，」他邊說邊遞給賽斯。「熱狗、玉米濃湯、和墨西哥辣肉醬。」

「你在開玩笑嗎，不過對美國人來說，這也差不多等於烤肉野餐了。」

「啊，也對，我老忘記你是美國人。」

「其實我也不真的算是——」

「**芮珍！**」湯瑪士用震耳欲聾的音量呼喊。「晚餐好囉！」

「這就來了。」芮珍邊說邊下樓，只見她已換好乾淨衣物，拿毛巾擦乾頭髮。

「在廚房，」湯瑪士說：「爐子沒關在保溫。」

「真是把全家燒光的妙招。」

「不客氣。」湯瑪士在她身後用吟誦的調子說。

有好一會兒，他們只是默默進食。湯瑪士先用完餐，幸福地打起飽嗝，將餐盤擱在靠牆小桌上。「那麼，」他說：「我們現在要幹嘛？」

「我想狂睡一整個禮拜，」芮珍說：「或一個月。」

「我本來覺得可以回超市看看，」湯瑪士說：「畢竟後來都沒再去了。有好多食物跟東西可以拿欸。」

「是啊，我也可以拿幾根——」

「不准妳說香菸！」湯瑪士打岔。「妳現在活下來了。妳的命是我們救的。用戒菸來慶祝吧。」

「其實呢，你猜怎麼著？」芮珍說：「或許我們真的需要慶祝一番。」

湯瑪士訝異地望向她。「妳是說？」

她點點頭。「沒錯。」

「妳是說怎樣？」賽斯看著把餐盤收回廚房的她問道。

「這個嘛，」她說：「不是每樣東西都會因為放久而變質，對吧？」

賽斯瞥了湯瑪士一眼，發現他正咧嘴狂笑。「她在說什麼？」

「來狂歡吧！」湯瑪士說，但接著臉一沉。「之前我們一直沒有值得慶祝的事。」

芮珍重新在廚房門口現身，一手拿酒瓶，一手拿三個咖啡杯。「我們沒冰箱，所以希望你喜歡紅酒。」

她以鏞得不成樣的開瓶器開酒，為她跟賽斯倒了滿滿一杯，但只為湯瑪士倒了半杯。「喂！」他出聲抗議。

「多倒點給他啦，」賽斯說：「這是他應得的。」

芮珍一臉狐疑，但還是注滿湯瑪士的杯子，然後三人舉杯，笨拙地敬酒。「慶祝我們還活著！」

「慶祝重生！」賽斯說。

「乾杯！」湯瑪士用波蘭語說。

他們大口飲酒，不過湯瑪士立刻把酒吐回杯中。「呸！」他說：「會有人愛喝這種東西？」

「你沒喝過聖餐的葡萄酒嗎？」芮珍問道。「波蘭人不是都信天主教？」芮珍說。

「沒錯啊，」湯瑪士說：「但我一直以為他們是故意把聖血弄得那麼難喝，否則味道怎麼會那麼淡？可是真的酒……」

他欲言又止，於是芮珍替他接話。「嘗起來應該像葡萄汁？」

他點點頭。「結果不是。」他嗅了嗅馬克杯，再喝一口，不過這次只啜飲一口。「難喝死了。」他接著又喝一小口。

賽斯舉杯自飲。他曾和爸媽在晚餐時共飲，多半是為了他朋友跟歐洲人八竿子打不著的父母，一邊說他們閒話一邊藉酒澆愁。酒太酸了，他一向不怎麼欣賞；不過此時此刻，與其說是喝酒，不如說是一種儀式，所以他欣然接受。

「妳不喜歡嗎？」賽斯說：「不難喝啦。味道有點重，但是──」

「他喝酒，」她說：「口氣總是很臭……就算在回憶裡還是一股臭味。原本以為這沒什麼，以前又不是沒喝過酒，沒想到。」

「沒想到。」賽斯表示贊同。他放下馬克杯。湯瑪士也照辦。

芮珍搔了搔褲子上不存在的污漬。「你覺得他也在地底嗎？直到現在我才真的相信，可是……他一定在底下，對不對？」

「我爸媽在，」賽斯說：「我在顯示螢幕上看見他們。在地底的某處，過他們的日子。」

「我媽也是，」芮珍說：「跟死掉的女兒和爛人老公繼續生活。」她咳了幾聲掩飾情緒，但臉上流露出疑似陰鬱的表情，不再往下說了。

「我媽死了，」湯瑪士就事論事：「不過我找到了新家！有了哥哥和姐姐。」

「我異父異母的弟弟。」芮珍咧嘴笑道，只見湯瑪士作勢抗議。「好啦，半血親的弟弟。領養的弟弟。」

「哦，」湯瑪士說：「我以為我們都是領養來的。」

「我在底下看到一個嬰兒，」賽斯對此回應。「和他母親放在同一個棺材裡。」

他們目不轉睛地盯著他。「可是這怎麼可能？」湯瑪士問道。

「仔細想想，會有辦法的，」賽斯說：「但無論那些人是怎麼辦到，他們都相信還有未來。」他屈身向前，把雙手搭在面前的棺材上。「聽我說。」

湯瑪士望著他，但他發現芮珍繃緊神經、做好準備。

「好吧，」他繼續說：「我看過你們兩個的死亡經歷。雖然不是故意的，但還是看了。」他輕敲棺材，卻不再直視他們的眼睛。「大概只有和你們分享我的死亡經歷才算公平。」

於是他娓娓道來。

交待來龍去脈。

包括結局。

# 73

「有人來找你。」某個星期六的早上，母親在他房門口簡單丟下這句話。

「古德蒙。」他竊想著，胸中的心猛地一晃，令他頭暈眼花。他已經好幾星期沒見到他，自從那一晚後，古德蒙發誓他們不會斷了聯絡，保證只要他們伸出手，就一定會有未來。

然而，在那之後，古德蒙的手機要不是被沒收，就是換了號碼，無論寫信到他的哪個電郵信箱，都是石沉大海。但他肯定可以在新學校向別人借手機，或用假名重設一個電郵信箱。這個年代只要有心，怎樣也阻止不了他和外界通訊。

但始終沒有音訊。

直到現在。

他幾乎是從床上跳到門口，把門打開——

發現歐文擋著他的路。

「嗨，賽斯。」他弟弟說。

賽斯伸手輕推歐文的胸口，把他推開。「閃開啦。我要——」

「我寫了一首單簧管演奏曲。」

「歐文，等等再說。」

賽斯雀躍地下樓，轉進客廳，目光明亮有神，嗓音嘹亮地說：「天哪，古德蒙，我怎麼也沒想到我——」

他嘎然而止。那不是古德蒙。

「H。」賽斯說。他感覺皮膚發燙，猜想難為情的紅暈正爬上脖子。

但那也是憤怒的顏色。

自從照片外流後，H不但沒跟他說過話，甚至把他當作空氣。學校裡的冷嘲熱諷已稍微塵埃落定，但他周圍仍有一圈地雷，彷彿即使有心，卻任誰也無法靠近。賽斯知道H是他們這小團體中最怯懦的，他最親近的兩位男性朋友原來是情侶，肯定會讓他最受身邊的人欺凌。

但他始終有個好心腸，不是嗎？撇開那些愚蠢的玩笑和蹉跎光陰，賽斯始終相信H在本質上是個好人。這也是為什麼H的不聞不問格外令他心痛。

「我不是他。」H說。他拱著背坐在沙發上，上方是賽斯舅舅畫的驚世之作，也是賽斯小時候的夢魘。他甚至沒脫外套。「也沒見到他。」

只有他們兩人獨處。天曉得賽斯他媽跑到哪兒去了，而他爸還是在廚房裡忙。

沉默蔓延，最後H終於開口：「你想要的話，我可以離開。」

「你來我家幹嘛？」

「有事要跟你說，」H說：「有事要跟你說，但又不知道你該不該知道。不過。」

「不過什麼？」

「不過或該你應該知道。」

賽斯愣了半晌，然後走到面向沙發的椅子坐下。「H，這些事全都爛透了。」

「我知道。」

「我還以為你是我朋友。」

「我知道——」

「我又沒惹你。我們又沒——」

「才怪。你們說謊。」

「我們沒有說謊。」

「沒有坦白就是說謊。雖然明眼人都看得出來。」

「看得出來什麼？」賽斯警惕地說。

H直視他的雙眼。「看得出來你愛他。」

賽斯感覺自己的臉又紅了，但沒出言反駁。

H開始翻轉手裡的手套。「我是說，當下我沒看出來，因為我太白癡。可是如果回頭看，回頭看的話，其實很明顯。」

「如果這就是你的反應，我又為什麼要把這種事跟你說？」

「那不是——」H扯開嗓門，然後左右張望，又壓低音量。「那不是原因。那不是我不聞不問的原因。」

「最好是啦。」

他嘆了口氣。「好啦，有一點影響沒錯，但不是令人抓狂的主因之類的。你知道嗎？我也不好過。現在每個人都以為我是同志，不是嗎？」

「沒這回事。你跟莫妮卡交往那麼久了——」

他臉上浮現詭異的神情。「這個嘛。」

「怎樣？」

「我們分手了。」

賽斯大吃一驚。「是哦，那也好。就是她捅出這個大簍子的。要不是她——」

H打斷他的話。「賽斯。」

賽斯止住不說。H呼喚他的口吻，使微微作嘔的感覺開始在他胃裡打轉。「怎樣？」

「你難道都沒想過他是怎麼得到照片的嗎？」

「什麼意思？」

他又開始把玩手套，一下翻轉，一下折疊。「你以為古德蒙會把手機亂放，讓她去找？你以為他有那麼笨嗎？智多星？」

「你的意思是……」賽斯開口，但非得重啟話頭。「你的意思是，是他給她的——？」

但H已開始搖頭。「不，賽斯，我不是這個意思。」

「那你想說什麼？」

他心不甘情不願地深吸一口氣。「她老愛跟古德蒙打情罵俏，這你也知道吧？他也會回鬧她。」

「對，她愛他愛瘋了。」他發現H臉部抽了一下。「我的意思是，老兄，抱歉，她跟你交往，那也很好，可是你也知道……」

「對。」他悲哀地點點頭。「我知道。」

「所以她才把照片公諸於世。她都親口跟我說了。她發現我跟古德蒙的事，打翻醋罈子，然後——」

「她也是因為跟他上床才**發現**的。」

這句話懸在半空，幾乎有了形體，賽斯彷彿能夠看見。

看得見，但不願去讀。

「什麼？」最後他設法輕輕吐出這兩個字。

「是她跟我說的，」H說：「直到昨晚才說的。」他皺起眉頭。「我們正在談分手。她說某天晚上她搶走他的手機要跟他合照，結果發現那些照片。」H把手套擰得好緊，感覺就快扯破了。「他們大概大吵了一架。他大概說了如果不是為了迎合她，他也不會跟她上床之類的話。說他只是把她當朋友一樣關心，不知道該怎麼處理，所以就給了她想要的，因為他以為，嗯——」H聳了個肩：「這就是她想要的。」

賽斯感覺周圍的一切瞬間凝結。彷彿什麼東西都不會動了。彷彿世界將要變成冰天雪地。

一片空無。

**我不可能是任何人的一切**，最後一晚，古德蒙是這麼說的。**賽斯，更不可能是你的**。

那是古德蒙所犯過最大的錯。他不可能是任何人的一切。

但他努力過了。

「你為什麼要告訴我？」賽斯問他。

「因為這是真相。因為我覺得——不曉得。」他嘆了口氣。「我覺得告訴你的話，你會比較能夠對他離開這件事釋懷。」

「沒有。完全沒這回事。」

他激動地撥頭髮。「媽的，賽斯，我之所以跟你說是因為：為什麼每個人非得失去所有人不可？我們本來是**朋友**的。是人都會犯錯，好嗎？明明該說的話卻打死都不說出口，不該做的事卻又狠狠地做，但說真的，是人都會有需要，你懂嗎？至少我懂。他們有需要，卻又不知道為什麼，反正就是需要。其實我甚至不在意她跟他上床。我唯一在意的是，她跟我分手了，因為現在我誰都沒有了。」

他望著賽斯，賽斯看出他眼底的迷惘。

「曾經我有三個好友，三個摯友，現在還有什麼呢？我誰都沒了。只有一群腦袋有洞的低能朋友，以為我是雙性戀，成天拿這件事消遣我。」

賽斯依然千頭萬緒，慢慢靠向椅背。「H，你來這裡幹嘛？」

H挫折地哼了一聲。「不曉得。大概覺得你該知道真相吧。就像我說的，這樣你可能比較可以釋懷。」

賽斯沉默以對，發現自己甚至無法多看H一眼；過了一會兒，H起身。他又等了一下，想看賽斯有沒有什麼話要說，後來發現沒有，便戴回手套。

「不過我真心覺得他是愛你的，」H說：「起碼莫妮卡這麼覺得。」

後來H就走了。賽斯聽見大門開了又關。

只剩他一個人了。

過了半晌，其實他不曉得確切時間是多久，他行屍走肉般起身上樓。歐文仍舊手拿單簧管，在他臥室門外守候。

「我吹新歌給你聽好不好？」他笑容燦爛地問道，頭髮亂得驚人。

賽斯走過他身邊，直接進臥室。

「是我寫給你的，因為你一直很傷心。」歐文邊說邊舉起單簧管，準備吹奏。賽斯在他面前關門，但這沒有澆熄他的熱情。一系列旋律出奇優美的音符反覆吹奏了好幾遍，有點吹得太快，但反正賽斯只是坐在床邊當它是耳邊風。

他感到空虛。

同時也出奇平靜。他聽見母親帶歐文去看醫生，自己只是靜靜坐在床上，猜她根本不曉得他還在家。

他幾乎是在神智恍惚的情況下決定打掃房間。

決定穿上外套。

決定到海邊。

# 74

湯瑪士面如死灰。「哦，賽斯先生，」他說：「你發現誰都信不過。真是令人消沉的教訓。」

「不，」賽斯說：「其實不是——」

「我很遺憾，」芮珍打個岔，顯然是想按捺自己的困惑：「但我不懂這為什麼是把你逼上絕路的最後一根稻草。」

「妳不懂？」湯瑪士說：「古的慢不是賽斯以為的那個人。」

「聽我說，我沒有要貶低它的重要性，只是——」

「只是湯瑪士慘遭謀殺，」賽斯幫她接話：「妳被推下樓梯。而我只是心碎而已。」

「不過千萬別低估心碎，」湯瑪士說：「我在這裡醒來，發現沒了媽媽，心也碎了。非常難過。」

「我沒說這不痛苦，」芮珍解釋：「只是感覺這麼做有點——」

「極端。」賽斯說。他又輕敲棺材，匯整思緒。「還記得我們談過的感覺嗎？世界一定不只如此？我們過的日子那麼爛，但除此之外還有別的可能嗎？」

「記得。」芮珍猶豫地說。

「是這樣，我曾經以為我擁有更多。曾經以為古德蒙就是我的更多。其他別的有多爛都無所謂。歐文的意外、爸媽的低落、甚至後來校園裡的冷嘲熱諷，這些我都能忍，因為至少還有他。他是我的，而且只屬於我。我們共享這個私密的小宇宙，沒有其他人發現，也沒有其他人能住進來。那就是我的更多，妳懂嗎？只要有他，其他什麼苦我全吞了。」

「但他不只屬於你。」芮珍說話的語氣像是明白了。

「原本我以為失去古德蒙是我這輩子最悲慘的遭遇，」賽斯說：「但其實不是。最悲慘的是我發現他其實從一開始就不是真正屬於我。於是，在那一刻，在華盛頓州冷得要命的海岸，破破爛爛的小鎮，糟糕透頂、爛到難以置信的那個下午，我變得一無所有。再也沒有更多的什麼，而唯一屬於我的好事，其實根本不屬於我。」

他伸出拇指抹去臉上的淚水，難為情地清清喉嚨。

「你很想他。」湯瑪士說。

「想到言語無法形容。」賽斯嗓音沙啞地說。

「這我可以理解，」湯瑪士對芮珍說：「失去這麼重要的人為什麼會這樣難過。為什麼會難過到想投海自殺。妳沒辦法理解嗎？」

「我當然懂什麼是傷痛，」她說：「什麼叫難過到想離開。相信我，這我都懂。我曾經看進黑暗的深處。不是只有你低潮過。」

「我沒說只有我有低潮。」賽斯說。

「但我們的不同在於，你從沒離開過。即使很想要走，即使真的快走了，因為天曉得？說不定真的不只如此。」

「可是——」湯瑪士重開話閘子。

「不，她說得對，」賽斯說：「即使對我來說，也不只這樣。我真正擁有的，比我以為的要多，比我親眼所見的還多。拿歐文打比方好了。就算那個世界只是謊言，其中的一部分對我爸媽來說依舊真實。悲劇降臨在他們的兒子身上，就算與我無關好了，又怎麼可能不影響他們的生活？」

「那你的古的慢呢？」湯瑪士問道。「哪裡來的更多？」

「『更多』源自於讓他那麼有安全感、那麼美好的事物。他也是基於同樣的理由，才會跟莫妮卡在一起，不是嗎？」他暗自苦笑。「古德蒙沒辦法眼睜睜看著自己關心的人受苦。他不曉得該怎麼終結他們的苦難，所以奉獻出自己。」

「而你想知道他是不是也這樣對你。」芮珍說。

「這個問題很令人費解，對吧？」賽斯說：「這也是我造成的大錯。每當我想起，當我看個仔細，就像我剛說的，我知道那不是真的。H這麼說，莫妮卡也這麼說，可是我聽不進去。古德蒙也是愛我的。」他再次輕拂臉頰。「愛無所不在，在他說的每句話，做的每件事，和我來這裡之後回想有關他的每件往事裡。」

「但這樣並不會讓你比較好過。」湯瑪士說。

「其實在某種程度上，我是好過了點。在我停止相信的那個瞬間，就足以讓一切變得不再可能，但它並非絕無可能。而那也不是一切。我要說的是，我在那個世界的最後幾天，我爸向我道歉，說他很遺憾沒能支持我。有些事我選擇遺忘，只因為它跟其他鳥事不搭軋。還有最後一個早晨，H過來找我的那件事。」

「他向你伸出友誼的手。」芮珍說。

賽斯點點頭。「他很孤獨，也很想我，想他的朋友。對H來說，告訴我莫妮卡的心聲，大概是他表示友誼的最大誠意。」賽斯得再清清喉嚨。「我曾經多渴望那裡不只那樣。朝思暮想除了我微不足道的生活外還有別的可能。」他搖搖頭。「沒想到的確不只那樣。只是當時我瞎了眼。」

芮珍往後一坐。「所以你還有別的事要跟我們說，是不是？」

賽斯沒吭聲。

「跟我們說什麼？」湯瑪士問道。還是沒人答腔。「跟我們說什麼？」

芮珍的視線始終沒離開賽斯。「所以他打算跟我們說他要回去。」

「他要**什麼**？」湯瑪士起身說。

芮珍仍舊用質疑的眼神盯著賽斯。

「被她說中了嗎？」湯瑪士質問他。「跟我說她說錯了。」

「對啊，賽斯，」芮珍說：「告訴湯米我說錯了。」

賽斯嘆了口氣。「她說中了，不過——」

「**不！**」湯瑪士吼道。「你想回去？你想拋下我們？為什麼？」

「我不想拋下你們，」賽斯堅定地說：「這才是真正的重點——」

「可是你想回去啊！」湯瑪士的臉皺成一團。「你一直想回去。打從你來的那一刻起，就一直想辦法要拋下我們。」他的皺眉哀傷到賽斯不忍直視。「我不希望你就這樣走了。」

「湯瑪士，」賽斯說：「芮珍回去的時候什麼都記得呀。她記得自己是誰，又是怎麼到那裡去的。」他面向芮珍。「不是嗎？」

她一臉不自在。「印象很模糊啦。不足以改變什麼，也不足以阻止任何事發生。」

「妳確定？」

她張嘴打算回話，卻欲言又止。「我其實根本沒想過。我只知道什麼事非得發生，我又非得做些什麼。」

「我猜妳吸了一點離思進去，」賽斯說：「它正要發揮效用，但還沒真正奏效。但是，如果你完全不吸離思就回去——」

「太遲了，」湯瑪士說：「你在那裡早就死了。」

「死亡在那裡的意義是什麼？那只是機器故障。一個模擬的我死掉而已。模擬的我比此時此刻的我懂得要少多了。」

湯瑪士直搖頭。「我不懂這怎麼行得通。你回去是唯一死路，這樣也等於在這裡死掉，我們就再也見不到你了。」

「其實我也不確定，」賽斯說：「但感覺應該行得通，不是嗎？芮珍回去之後還記得她是誰。而且，湯瑪士，我們也把她救回來啦。」

湯瑪士準備跟他爭辯，但接著驚喜交雜地眉毛一挑。「你是說，你會回來？」

賽斯望著他，接著轉向仍舊死命盯他的芮珍。他在她的眼神中看到敵意，卻也或許看到了希望。

「我當然會回來。」他說。

# 75

湯瑪士舔舔嘴唇，賽斯幾乎可以看出他在思考。「不過你要怎麼回去？」

「這個嘛，」賽斯邊說邊啟動芮珍棺材上的顯示器。「我也一直在想。這個壞了。芮珍逃出棺材的時候一定把它弄壞了。」

「我以為我在跟誰打架呢，」芮珍說：「所以拳打腳踢。」

「是啊，」湯瑪士說：「聽起來很像妳會幹的事。」

「不過我研究過，」賽斯說著輕敲顯示器。「其中有一半不合邏輯，但看起來把人放回棺材其實沒那麼難。」他按下一個框框，棺材吱嘎開啟，只是不像監獄裡那些開得如此平滑。芮珍跟湯瑪士也圍過來看。賽斯特地拾起其中一根導管。「這根大概就是離思。」

「大概？」芮珍問他。

「它原本放在妳嘴裡。妳大概在吸氣。我中斷了程序，妳才沒有吸滿。而吸進的量讓妳意識清醒卻又無法抵抗。」

「但如果你沒吸導管就回去……」湯瑪士說。

「或許就會記得一切。或許會記得自己是誰、身在何處，又或許，只是或許而已，可以像虛擬世界剛開始啟動時那樣。來去自如。」

但芮珍已經不斷搖頭。「你又無法確定一切都會照你想的走。你回去之後，可能只是跟我一樣，一再體驗瀕死經歷。就算跳脫那個循環好了，你怎麼知道不會卡在兩個世界中間？我印象中可沒有哪扇門上寫著**出口**。」

「我有你們兩個在這裡當後盾啊。」賽斯說。

「假如出了什麼差錯，我們可以拉你出來。」湯瑪士說。

「你怎麼知道我們辦得到，」芮珍說：「你一頭栽進去又哪能知道？我們得先死了才能變到這裡來欸。」

「有我罩你們。以前人們經常往來自如。我們可以先從迷你的短程旅途開始——」

「如果真有辦法操作它的話。但你又何苦？何必回去呢？那又不是真實世界。」

賽斯深呼吸。這個問題令人費解。他懷疑自己是否真如自己所想的那麼篤定。「因為我現在懂得比較多了，」他說：「世界好像完全封閉了，但這不是事實，對吧？我要說的是，世界並不完美，但我誤以為它無藥可救。我們都在偶然間得到重新來過的機會，所以我想好好把握。」

「你也想再見你的古的慢一面。」湯瑪士說。

「對，這我不能否認。我的身體在這裡，卻跟他隔了千山萬水，所以如果想跟他重逢，就非得回去不可。我想要設法找他，跟他說我都懂。也去找H。甚至莫妮卡。」

「可是你在那個世界已經死了，」芮珍仍舊堅持。「上星期左右死的。而我在那裡已經死了好幾個月——」

「可是我住的地方明明是冬天。這裡說什麼都不是冬天吧。就像我先前說的，時間的運作可能不同。之前妳是返回死前的瞬間。但如果妳具備足夠的了解，回去改變歷史——」

「那出席你告別式的那些人都會怎麼著？不好意思，誤會一場？」

「每個認識我弟的人，記憶都被程式變更了，好像他根本沒死一樣。妳不覺得如果是活著的真人出場，記憶應該會更容易調整嗎？系統小故障的事本來就層出不窮，人們也會記得他們不該想起的事——」

「可以任意挑選時間回去嗎？」湯瑪士打岔道。「這樣我就可以在媽媽跟壞人說話之前趕回去。這樣就可以救她了……」他嗓音發顫地說：「但她真的死了。她確實過世很久了。」

「湯瑪士，我很抱歉。」賽斯說：「我們應該沒辦法任意挑時間。司機把芮珍放回棺材時，控制板上有個特定的時間，跟這個一樣。」他又把顯示器打開，指向一個日期。「我怎樣都改不了時間。大概是因為程序需要修正錯誤，我們才有漏洞可鑽。畢竟那是它的職責。」

「這些都只是你的假設。」芮珍說。

「如果妳有更合理的解釋，我洗耳恭聽。」

她長嘆一聲。「我希望這一切只是你的幻想。」

「聽著，」賽斯說：「也許我大錯特錯，但妳不覺得這值得一試嗎？妳可以想像我們在兩個世界間穿梭自如嗎？我們可以向大家散布消息，可以提醒他們自己真正的身分。」

「他們不會想聽的。」芮珍說。

「有的人不會，但或許有的人會。假如有辦法喚醒他們——」

「他們不會願意來的，」芮珍說：「有誰願意離開一個諸事順利的世界，來到一個一片死寂的世界？」

「妳媽媽或許願意。只要我們找到出入的方法，也許——」

他停住不說，因為她的神情像是要對他揮拳。「不准你提到我媽，」她說：「不准你許下跟她有關卻永遠不能成真的承諾。」

「我不是那個意思——」

但她往椅背一靠，眨眼擠掉淚水。「人沒有你想像中那麼容易救。而且你一直忘了，他們搬去那裡是有原因的。因為世界毀了。」

「它沒毀，」湯瑪士說：「世界正在自我療癒。這裡有鹿。還有我們。」

「世界有一半是燒成焦土的社區，另一半覆滿爛泥。」芮珍說：「不，接下來賽斯會回去。知道他沒死，大家都開心得不得了。真正的朋友、真正的家人，他全都可以失而復得，然後他就會——」

她嘎然而止，眉頭深鎖。

「我就會怎樣？」賽斯問她。「忘記你們？妳是這麼想的嗎？」

「怎麼可能不忘？是人都會忘。」

「因為，妳這個傻瓜，」他終於回嗆：「我之所以自殺，是因為我很確定世上沒有更多東西可以期待。以後也不會有更多可以期待。我會一輩子孤單憂愁。」

「是是是，」芮珍作出百無聊賴的表情：「現在你學到寶貴的一課，人們不會老是想賽斯有多可憐，他的問題有多揪心困擾？」

「不是的，」賽斯堅定地說：「我學到的是：其實還有更多。還有你們。你們就是我的『更多』。」

「哦，妳也聽到了，」湯瑪士對芮珍說：「他這麼說很感人呢。」

「話講得好聽又怎樣，」芮珍堅持己見：「萬一你回去，結果卻死了咧？就因為你喜歡我們，我們就該為你辦場隆重的告別式嗎？」

「聽我說，我知道有風險——」

「你這是拿命去賭。」

「但值得冒這個險。聽著，兩個我都要。我要他們，也要你們。既然我知道不只這樣，就想擁有更多。如果生命中真的還有更多可以期待，那我每樣都要體驗。每個人何嘗不該如此？難道這不是我們應得的嗎？」

湯瑪士和芮珍互換眼色，陷入冗長的沉默。

「也或許根本行不通。」賽斯又開口了。

「也許行得通。」芮珍說。

賽斯嘆了口氣。「芮珍，妳得拿定主意——」

「這會改變一切，對不對？」

「那有什麼不好？妳難道不認為情況需要改變嗎？妳難道不認為人們應該甦醒嗎？說老實話？假如我們可以找到方法進出，說不定也能找到方法改變其他現象。」他望著她。「讓它變得更好。」

但芮珍一臉狐疑。「我覺得你太英雄主義了。」

「試著要我面對現實的是妳欸。我說這只是我的幻想，反而還被妳兇——」

「哦，你終於相信這裡是真實世界了，是不是？」

賽斯用兩手做出天平的樣子。「信比不信多一點。」

「如果我說這全是你的幻想呢？」芮珍說：「我們只是希望你更能接受自己死掉的事實呢？」

「那我會擦亮雙眼，記得自己是誰，隨遇而安。」

聽見自己的至理名言從別人口中說出，芮珍詫異得說不出話來。

「世界不只如此，」賽斯說：「讓我們一起去發掘。」

「這個嘛，」半晌過後，湯瑪士說：「我不知道你們怎麼想，但我現在好激動哦！」

# 76

他們決定那天下午先初步測試。賽斯心急如焚，但就連他都知道經歷了早上那段驚險之後，最好先補個眠。

問題是誰也睡不著。

「算了，」最後芮珍放棄，把湯瑪士跟賽斯從他們的臥房叫醒。「先出發好了，等你失敗之後，我們就能好好睡一覺了。」

「這種態度就對了。」賽斯說。

他們開始收東西，準備帶去賽斯家，那裡似乎是嘗試的最佳地點。他們要檢查他的棺材是不是比芮珍的完整，然後再看著辦。

「你那個改變程式的構想很棒，」湯瑪士說：「我或許可以學著弄。」

「那很複雜哦。」賽斯說。

「我這麼聰明伶俐，一定可以搞懂的。到時候只要我變！湯瑪士就能再度拯救世界。」

「你只要梳個頭，大概就能拯救世界了。」芮珍邊說邊把瓶裝水遞給他。「我發現你的時候，明明是個平頭，現在怎麼長成荊棘了？」

「男性荷爾蒙。」他擺出一副博學的姿態說：「我快要進入快速生長期了。到時候會竄得比你們兩個還高。」

「最好是啦，」芮珍說：「你繼續自我催眠吧。」

他們的單車要不是丟了就是壞了，所以只好步行出發。

「你想想看，」動身時，湯瑪士對賽斯說：「如果你掛了，這可能是你最後一次看見這棟房子。」

「所以才要你們兩個跟著來呀，」賽斯說：「以試著確保我活下來。」

「哦，賽斯先生，我們會盡力而為，只是盡力也不見得會成功哦。」

「那湯瑪士再度拯救世界的理論呢？」

湯瑪士聳聳肩。「我總會搞砸個一次嘛。」

「你想過回去以後要幹嘛嗎？」芮珍橫越大馬路時問道。「萬一你睜開眼，發現肩膀斷了又救不了自己怎麼辦？」

「妳是從樓梯頂重溫記憶的，」賽斯說：「啟動在故障之前沒多久。或許我可以在冷到游不下去之前啟動。或許更早，才到海灘就決定不要下水。」

「情況可能沒你想得那麼簡單。我那時被搞得暈頭轉向。做過的事很難翻轉。」

「妳真的希望我就這樣坐著等死？連試都不試？」

她緊抿著嘴。「我只想確定你做過全盤考量。」

賽斯咧嘴一笑。「看來守護天使的拍賣會我來遲了，對不對？我真想標下你們兩個。」

「我們過得很好，不勞你費心。」湯瑪士說。

「我才不信有什麼守護天使呢！」芮珍嚴肅地說：「只有共患難或冷眼旁觀這兩種人。」

「對，」湯瑪士說：「對，我同意。」

「只有凡人。」賽斯覆述道，發現自己也表示贊同。

他們步上賽斯初次真正見識這世界的大街，然後穿過超市，他曾在那裡搜刮許多救命食物，接著經過戶外用品店，得到許多必要裝備。

這時，那個從未真正消失的想法再次浮現腦海。為什麼這裡會提供他生存所需的一切，包括食物、遮風蔽雨的屏障、和溫暖的氣候。為什麼這兩位不是守護天使的凡人，會在千鈞一髮的緊要關頭一再救他。他又為什麼能在需要的時候得到重要情報，採取正確的步驟，朝……

朝什麼邁進？接納？回去？垂死？

「這個嘛，」他幾乎是自言自語。「答案馬上要揭曉了。」

「什麼答案馬上要揭曉？」湯瑪士邊問邊和他們走近滲坑，坑裡長出的雜草宛如緩緩衝擊的浪潮。

「看這個地方是不是我的幻想——」

「別又來了。」芮珍咕噥道。

「把這裡當作一部電影或一本書好了，」賽斯說：「假如這裡只是我自我催眠的某個故事，那它就會等待我們出現。」

湯瑪士跟芮珍一聽懂賽斯所謂的「它」，便立刻止步。

「賽斯先生，這可不是開玩笑的。」湯瑪士說。

「它早就死透透了。」芮珍說：「不可能出現的。」

「我只是想說：如果以我腦袋理解世界的方式分析，這就是將會發生的事。」賽斯說：「燒得半焦的司機會在我家埋伏，瘋狂地向我們報復，趁我們採取行動前發動最後一擊。」

「但那也不要緊，」湯瑪士歡快地說：「因為故事裡總有最後一擊，而英雄永遠是勝利的一方。」

「說得好，」賽斯說：「我喜歡這個版本。」

「仗早就打完了，聽到沒？」芮珍說：「再也不用打打殺殺了。」

「我只是隨口說說——」

「那就別再胡說八道。你話太多了。」

賽斯高舉雙手表示投降。「只是個想法嘛。什麼事都不會發生。我們幹掉它了。它活不成了。這就是結局。」

然而，當他們轉過最後一個彎，進入賽斯家那條街時，所有人都陷入沉默。街上空蕩蕩的。沒廂型車，也沒人影。一如以往只有停著的車、野草和爛泥。芮珍如釋重負地吁了口氣，然後對他繃起臉。「你把我們都嚇壞了啦，」她厲聲說：「笨蛋！」

湯瑪士笑了幾聲。「其實有那麼一下，我真的以為——」

就在此刻，蜷伏在兩輛車之間的司機跨步現身。它的頭盔已經融化，形狀幾乎無聲辯識。腿雖然斷了，卻改用一條細細的金屬格架支撐。

它用兩個已經融化、噼啪作響的拳頭抓起湯瑪士，從地面舉起來，幾乎扔過整條街。他砰地撞上車身、滾落地上，再也沒有爬起來。

# 77

我不相信，即使芮珍驚叫湯瑪士的名字，即使司機抓住她的手臂、把她往下壓，賽斯依舊想著。我不相信會發生這種事。

他還是跟它拚了。

奮不顧身地撲向司機——

但即使在他躍起的千分之一秒間，他也發現它不若以往力大無窮，還得不斷壓制芮珍的反抗——他朝它的胸口一個擒抱，雙雙跌向人行道上。被他壓住的司機砰然落地，此時此刻他就像落在一袋金屬碎片上。不過賽斯打死也不放手。

不會發生這種事的，他腦袋有一部分不斷自我催眠。發生這種事的唯一可能就是：這些遭遇沒有一樣是——

「閉嘴！」他驟然咆哮，彷彿是司機在跟他說話。他猛擊它的頭盔，可是拳頭削過融化的表面，黏呼呼的黑色瀝青包覆他的指關節。他抽回手臂，準備再次出拳——

司機猛一伸手，勒住他的脖子，將他扭到一旁，把他的腦袋撞向一旁的車門——

但賽斯早料到它會出這招，況且司機已不如之前那麼強壯。他搶在腦袋全速撞上車門之前，先止住它手臂的動作。

問題是它仍掐緊他的脖子，既然拿賽斯的頭撞硬物不成，它便鎖住他的咽喉——

賽斯聽見右方傳來一聲呼喊，有道暗影遮蔽陽光。原來是芮珍拿起一塊大石，準備砸向司機頭上——

司機發現不妙（怎麼發現的？賽斯在狂亂的瞬間思考：它用哪隻眼看到的？）便把腦袋一歪。石塊砸偏，司機用空出的手抓住芮珍的腳。她一個踉蹌，往後跌進幾叢野草中。賽斯大喊一聲，脖子從司機的爪中掙脫，對它再次出拳——

拳頭落在堅硬的金屬部位，被瀝青般的物質搞得極其黏膩。司機打算回擊，但賽斯也伸出手臂阻擋——

司機的力量無疑削弱了，但這不表示它就不堪一擊。那一拳簡直要打斷賽斯的手腕，他痛得退縮，也給司機再次出擊的機會。這拳擊中他的腦側，害他在人行道上連滾幾圈——

司機準備起身——

豈料芮珍又找上它。她拿另一塊石頭砸向它的後腦。它立刻轉身，抓住她的胳臂使勁一捏。她疼得大叫，只好鬆開石塊。它朝她的臉用力出拳，把她打得飛過毗鄰前院的矮石牆。

她躺著不動了。

司機面向賽斯。如今只剩他們兩個。

賽斯站了起來。

一個駭人但莫名真實的念頭注入他的腦海。

我將獲勝，他邊想邊閃避逼近的司機。故事都是這麼寫的，不是嗎？敵人在故事終了前出其不意地回歸，最後一次與英雄正面交鋒——

然後英雄獲勝。

「你這個垃圾！」賽斯叫罵。「你什麼也不是！只是個有目的的厚片塑膠！」

司機繼續朝他大搖大擺走來，但賽斯再次閃開。那根假腿使他稍顯蹣跚，細細的金屬在膝蓋部位咯吱作響。司機前行時發出響亮的刮擦聲。賽斯之前將他按倒在地時，它肯定折斷了某個地方。

很好。太好了。

「還沒完全復原，對吧？」賽斯邊吼邊躲開另一拳。「你也不是所向無敵的。我猜猜看，過保固期了吧！」

閃過另一拳，再跨一步。

賽斯東張西望，想找什麼武器或任何東西跟他對幹，卻不曉得芮珍是從哪裡撿到那些石塊的。

但或許有什麼法子，至少先攔住它。假如能夠把它攔下，那——

那我就能打敗它，賽斯又開始想。接下來就會這樣。這就是故事的結尾。

司機又搖頭晃腦地過來了，賽斯再次閃避。

他靈機一動，想到法子了。

「你，」他說著又躲過一拳，計算時間，發動攻勢：「只不過是，」閃避、跨步：「作廢的，」閃避、跨步：「故障的，」閃避、跨步：「看門狗！」

他向司機拳頭一躍——

把所有重量放在右腳跟——

瞄準司機咯吱作響的膝蓋——

全力出擊。

它的腿斷成兩半。

司機摔進旁邊的一部車裡，車窗因此砸得粉碎。它還沒來得及站穩腳步，又跌到人行道上。賽斯躍過它，左彎右轉免得被它搆著。他拾起芮珍撿的第一塊石頭，比較大的那塊，石頭沉得他蹣跚而行。老天哪，那女的真夠壯。

他轉身面向司機，只見它正掙扎起身，斷掉的半截腿沒用地躺在它面前。賽斯哼了一聲，將石塊高舉過頭。他放聲大叫，朝司機狂奔的同時叫聲也愈加嘹亮——

司機抬頭看他，融化的頭盔面向賽斯，一如往常地空白與不可知——

「我贏了！」賽斯吼道。「故事結束了！」

他向前衝——

胳臂往後拉，準備扔出石塊——

沒想到司機手臂的動作疾如電閃，比任何生物的速度都快——

賽斯感覺有塊冷冰冰的鋼鐵深深插進他的身體正面——

石塊在他面前哐啷滾落，無害地掉在人行道上——

司機斷掉的那條腿插進了賽斯的腹部。

# 78

賽斯倒在人行道上，側臥喘息，冰冷又灼熱的鋼鐵貫穿他的身體。他出於本能地握住，雙手全被自己的鮮血浸濕，血也濺在爛泥和野草地上。他轉頭一看，只見這支金屬箭已將他射穿，末端從背後伸出。

他驚恐地望向人行道。

司機用僅剩的一條腿拉自己起身。一手撐在沿著人行道停靠的車上，保持平衡。它半跳躍，半拖著身子前進。朝賽斯而來。

一切似乎都明朗了。司機待在它該待的地方，待在賽斯料到它會出現的地方。倘若那是真的，其他事也一定是真的。他會擊倒最後一次從死神指縫間溜走的司機。他會戰勝司機，成功走向……什麼？

他不知道。全都變得沒把握了。

因為現實是：司機的格架金屬腿插進他的胸廓正下方，從他背後探出。這樣的錐心刺骨之痛和不可思議，他的腦袋根本無法消化，只能把焦點放在流得到處都是的鮮血上。

和他就快死了的這件事上。

但是到頭來，他還是拚了命地不想死。

「拜託，」他聽見自己低語，試著將身子沿著人行道往後推。「拜託。」

那根錯得離譜、貫穿身體的金屬，沉重到教他難以思考。因為這意味著他這次逃不了了。沒有最後關頭的英雄壯舉。沒有湯瑪士或芮珍跳出來拯救。有沒有人阻止司機已不再重要，畢竟最後他都會因血流過多而死。

太遲了。

他咳了幾聲，口中嚐到血味。

司機步步近逼。

「拜託，」他再祈求一聲，無奈體力正迅速流失。還有那撕心裂肺之痛。無論他怎麼動，都無法緩解疼痛。忽然間，那駭人的忽然間，他覺得自己暈厥了。

世界變得漆黑幽暗——

——古德蒙在那裡牽起賽斯的手，這個世界只剩他們倆。他們正在看電視，看些無關緊要、過目即忘的節目。但古德蒙伸手過來，牽起賽斯的手，沒別的原因，只因為他想牽，他倆就這樣一同坐著——

劇痛又回來了。

珍貴的片刻轉瞬即逝。

他仍倒在人行道上。

身上仍被金屬碎片貫穿。

依舊血流如注。

依舊垂死。

司機只要再刮擦躍起最後一次，就能搆著他了。

它站在他面前，俯視著他。

賽斯什麼都聽不見，沒有芮珍或湯瑪士攪局，沒有引擎在緊要關頭的轟鳴，也沒有人呼喚他的名字或吶喊著勝利。

最後。

只有他跟司機。

「你是誰？」他喘著氣問道。

不過司機當然沒答話，只是舉起破裂且融化的手，徹底終結賽斯的故事。

它沒有對他揮拳。它做得更慘無人道。一把抓住從賽斯腹部探出的金屬腿末端。

賽斯痛苦的叫聲驚天動地，不曉得自己會不會再次昏厥，希望自己能不省人事，甚至可以聽見自己在乞求——

司機扭轉假腿，疼痛不可思議地加劇。賽斯的軀幹好似泡在滾燙的鹽酸中，彷彿每根肌肉都如鋼絲般從骨頭上扯斷。

「**住手，**」他尖叫道。「**拜託你！住手！**」

司機並未停手？它從反方向再轉一次，像在測試怎樣才能帶給賽斯最大的痛苦——

一如賽斯最初與湯瑪士和芮珍躲在焦土社區所看到的，你從它身上嗅不出什麼來的，人性和悲憫，你要不到，它也給不了——

司機握著假腿的手法變了，它包著腿緊握成拳——

「不要，」賽斯察覺到它要幹嘛，連忙求饒。「拜託！不要！」

它用恐怖至極的最後一動，把卡在他體內的假腿往外抽。賽斯一度精神錯亂，畏懼金屬箭抽離透腹而出、害怕五臟六腑流得滿地（但他定睛一看，只見血流成河，除了鮮血還是鮮血）、他這回千真萬確死定了，真的躲不過了，不會再有更多可能了——

然後司機大掌一推，他仰臥在地。他呼吸不順，咳上來的鮮血宛如先前的海水令他窒息。

他正在溺水——

（或許最終就是這樣——）

（或許始終都是這樣——）

（或許他從未停止溺水——）

司機不費吹灰之力，把賽斯的手從傷口移開；縱使賽斯的大腦叫他抵抗、叫他回擊，卻沒有力氣採取任何行動——

只能聽從司機擺佈——

而司機不會對他施捨任何憐憫——

它湊向他面前，對賽斯抬起手臂，手握成拳——

賽斯希望好多事的結局都有所不同，希望知道芮珍跟湯瑪士平安無恙，只願他能阻止司機，不讓它傷害他們——

司機的指關節冒出一排銳利似針的尖釘——

賽斯看見火花在它的指關節間閃現，小小的電弧不斷來回投射——

就這樣了，他積累足夠的力氣思考——

就這樣了——

不——

司機的拳頭射出電光——

在那千分之一秒，那凡人無法承受之痛——

然後一切歸於空無。

# 79

「把它吃光。」他母親邊說邊把菜餚擺在他面前。「雖然不是你的最愛，但我們也只有這些了。」

他面前的餐桌長得荒謬，長到沒有任何正常的房間能塞得下，她放下餐盤的鐺鋃聲響在乳白色的深處迴蕩。這地方絕無僅有。他從未見過。也不可能存在。

「這是我的最愛。」歐文說著，身子探向桌前，拿湯匙舀起一勺熱騰騰的食物往自己盤子裡放。

「焗烤鮪魚麵？」坐在歐文旁邊的湯瑪士說：「我從來沒聽過。」

「超好吃的！」歐文邊說邊舀給湯瑪士一些。

「賽斯，你不是最討厭吃這個嗎？」鄰座的H問他。

「是嗎？」坐在餐桌盡頭的父親問道。

「恐怕是這樣沒錯，」古德蒙在賽斯右邊屈身向前說：「我的意思是，他真的討厭死這個了。煮熟的鮪魚是全世界最難吃的食物，然後又把它跟**洋蔥**混在一起——」

「他說得對，」看著歐文將焗烤麵舀進她的餐盤，莫妮卡也附和。「噁心死了。」

「網路世代就是這樣對待我們，」他母親邊說邊坐下。「你不喜歡的東西就自動歸類成噁心，只要喜歡這些東西的人就是白癡。多元觀點世界到此終結，對吧？」她咬下一口。「我覺得很好吃呀。」

「品味成了見解，」他的父親表示同意，拿起一份報紙，將它攤開。「但任何傻瓜都該知道這是兩碼事。」

「話雖然這麼說，」湯瑪士說，並對著他的盤子皺眉：「我對這道菜的品味和見解都不怎麼高。」

「你可以吃點我的。」古德蒙對賽斯說著，把餐盤往外推，盤裡裝的雞絲磨菇義大利麵正是賽斯的最愛。

「吃我的也可以，」H說。他也遞上相同菜色。

「這麼熱鬧，我也要加入。」莫妮卡說。她也舉起餐盤，伸到對面給賽斯，她盤裡的焗烤鮪魚麵已被同樣的義大利麵取代。

「我都沒有那個，」湯瑪士說。如今他的餐盤已擺滿芳香開胃、殷紅的鮮肉配蔬菜：「但這是我從小到大的最愛。」

他母親搖搖頭。「每個人都以為自己知道什麼才是最好的。沒有一個例外。」

然後有個聲音從他身後響起：「不過，有時你得發現自己並非無所不知。」

他轉過身看。原來是芮珍。她站得離餐桌有點遠，身後的光將她映成剪影。她跟其他人不一樣。有點距離。他感覺她在等待著什麼。

不知怎地，或許是在等他。

他著光線瞇起眼。「這是我該發現的嗎？」他開口問她，嗓音沙啞，彷彿千百年沒說過話。

「這就是我該學到的一課？」

芮珍踏出光亮，身後的光變得黯淡，變成映著夜空的一道星光，銀河星光燦爛。她站在他面前，這動作笨拙的大塊頭正是他所認識的芮珍。

只不過她在微笑。那是個叫他別傻了的微笑。

「別傻了。」而他身後的人聲也變得模糊。

「這不是回憶，」他說：「跟別的不一樣。」

「這很明顯啊。」

他回望寧靜的晚餐，大家仍在繼續享用食物、和同桌親友閒話家常。這些人他都認識。古德蒙回眸一望。面帶笑容。

「感覺也不像做夢。」賽斯說話的同時，心也隱隱作痛。

「你又來了。」芮珍說：「又要我為你所有的疑問解惑。」

「這是死亡嗎？」他面向她。「我是不是死了？終於死了？」

她只是聳聳肩。

「我在這裡幹嘛？」賽斯問她。「這一切是為了什麼？」

「我怎麼知道？」

「不是妳領我來的嗎？」他又往房間、往餐桌前的賓客比了比。古德蒙仍舊戒慎恐懼地注視他，關懷溢於言表。「這一切有何意義？」

芮珍輕聲竊笑。「你在說笑吧？現實人生永遠都是現實人生。一片亂糟糟的。它有何意義，取決於你看它的角度。你唯一要做的，就是想辦法在那裡活下去。」

她屈身向前，把臉湊到他面前。「所以呢，呆瓜，把握時機，錯過可惜。」

# 80

他睜開眼。

自己還躺在人行道上。司機仍舊在他面前。火花依然從它拳頭的針狀物尖端冒出——但漸漸熄滅、轉弱、退卻。

停止。

賽斯吸氣。

他能吸氣了。

鮮血咳上喉頭，管他怎麼狼狽，都非把血吐出口不可——但是他能呼吸了。肺部感覺沉甸甸的，充滿濕氣，彷彿得了重感冒，但至少能運作了。他再次呼吸。接著又換口氣。

呼吸順了點。

「怎麼了？」他問道。「我死了嗎？」

司機仍舊紋風不動。針狀物縮回它的指關節，但它仍陰森地杵在賽斯面前。他試圖拔腿飛奔，可是疼痛貫穿胸廓。他抬手摀著傷口——

情況不同了。

他雖仍渾身是血，但已不再血流如注。

「怎麼……？」賽斯問道。

司機似乎端詳著他，看他下一步要怎麼做——像是正在等待。

賽斯掀開被司機的假腿貫穿、鮮血浸濕的襯衫，疼痛依舊錐心刺骨。衣服底下，他的皮膚——可見在肋骨下方呈弧狀的傷口。那慘不忍睹，看起來不真實又致命的傷口——竟然像在自我癒合。

賽斯迷惘地抬頭瞄了司機一眼，只見它依舊不動聲色，只是繼續盯著他，於是他又低頭檢查傷勢。傷口內部，彷彿在皮肉裡，閃爍著點點火花。他可以感覺火星燃燒的電擊——感覺火星在縫合傷口。

他還是痛，痛得要命，但就在觀看的同時，皮開肉綻的肌膚正開始閉合，宛如小小的指頭交扣。過了半晌，已不見滲血的痕跡。

他放聲大叫，因為火花似乎往他身體內部移動。後來他發現火花轉移到背部的傷口開始縫合。他把手伸到背後，但電光火花刺得他不得不抽手。

司機還是端詳著他。不管它是用哪裡的眼睛看，賽斯都覺得自己正被它監視。

「你做了什麼？」他上氣不接下氣地說，再次面向疼痛的傷口——似乎正在癒合的傷痛——

「你做了什麼？」他情緒激動地再問一遍。「我不懂。」

體內再次觸電，他往前蜷縮，雙臂環抱腰際。不過這樣的疼痛已能承受。他再次抬頭，淚眼汪汪地凝視司機。

「為什麼？」他輕聲詢問，然後複述一次：「我不懂。」

司機沒吭聲，彷彿根本沒聽見他的問話。它一如以往地神祕，教人摸不透，它的臉好似真空茫然空洞。

賽斯體內的電擊似乎在消散。他又俯視傷口。紫色的疤雖然醜陋，疼得他不敢碰，但至少結疤了。他的致命傷口癒合了。

他又凝視司機，重複稍早的問題。「你是誰？」

司機沒有回應。它用一條腿保持平衡，撐著停靠的車起身，再次矗立賽斯眼前，凝望著它。賽斯舔舔嘴唇，嘗到正在乾涸的血。他太過虛弱，跑不動也打不了。唯一能做的，就是靜待司機的下一步。

至於它的下一步是什麼，賽斯根本無從得知。

接著司機開始痙攣，整個破爛的身體猛抽一下，詭異地扭絞——

它伸手像要搆著什麼——

問題是它面前啥也沒有，啥也沒得搆，賽斯仍躺在它腳前的地面——

司機的胸膛中央亮起一個光點，起初只是個小白點，後來激增為狂亂傾洩的火星。人行道上的賽斯連忙往後退，軀幹中流竄依舊的疼痛整得他哀叫不已。

司機不停顫抖，背抵著停靠的車，彷彿被某種力量按著。電光圍繞著它，不停在它身體竄進竄出，使它全身痙攣，它的接縫與關節也開始彎曲。空氣中嗡嗡作響，哀鳴聲增劇，電流在司機體內浪湧，不但更密集，流竄速度也越快，純粹的電力網在它周圍交織——

賽斯挪動身體，尋找避難處。拖著自己的身體躲到石牆後，只見芮珍仍舊動也不動地躺著——

他回頭看——

一聲**爆破**巨響劃破空中——

司機崩解了。

它炸開了燃燒的、融化的小碎片——

賽斯蜷著身子，蹲低閃避彈片，趴在芮珍身上保護她——

但在那之前，他親眼看見司機的頭盔裂成碎片、電路、和不可知的材質，曾幾何時，他以為那可能是血肉之軀——

後來只剩靜默。只剩粉身碎骨的司機，如有毒的雨水啪噠啪噠落地。賽斯伸展身體，望向牆的彼端。

司機不見了。

燃燒的、融化的，支離破碎，覆蓋一切——

但它不見了。真的消失了。

只見湯瑪士從司機倚靠的車子座位直立起來，滑稽的是，他頭頂有塊頭髮被燒光了。

他手上拿著那支棒子。

「噯，」他說：「我可沒料到這個下場。」

# 81

賽斯緩緩起身，腰部依然疼痛。他低頭瞥了芮珍一眼，確定她仍有呼吸，然後走向湯瑪士。

「我從另一邊爬進來，」湯瑪士邊說邊下車。「從背後捅它。」

「是啊，」賽斯呼吸沉重地說：「是啊，看得出來。」

湯瑪士略顯蹣跚地走向他，畢竟被扔了那麼遠，他走起路來還是有點搖搖欲墜。他倒在賽斯懷裡，賽斯也回抱他，近距離觀察湯瑪士頭頂燒得近乎平整的那塊頭髮。

「我看見它把你殺了，」湯瑪士嗓音沙啞地說。他把手搭上賽斯襯衫的裂口。「我看見它動手。」

「對，」賽斯說：「我也不曉得是怎麼回事。」

「我以為你死了。」

「我也是。我也以為我可能——」

湯瑪士望向石牆彼端，放聲吶喊。「芮珍！」然後朝她狂奔而去，賽斯也跟在後頭。

「它大概只是把她打昏。」賽斯邊說邊同他一起跪在她身旁。司機出拳揍了她右眼，如今那裡腫了個很醜的包。不過似乎沒有其他傷口，她的後腦勺也不見血漬。

「芮珍！」湯瑪士幾乎直接朝她耳門呼喊。

她臉部抽搐一下，雙唇微啟，發出低沉的呻吟。「湯米，說真的。」她說。她又說了些什麼，但被湯瑪士如釋重負的叫聲掩蓋。他整個人投入她懷中，她先是抱住，但沒過多久就說：「快把我放開。」

賽斯把湯瑪士往後拉，他們在一旁靜候她慢慢坐起身子，問道：「怎麼回事？」

「我知道就好了。」賽斯說。他環顧四周，看著司機灼燒的屍骸四處散落。

「我幹掉它了。」湯瑪士說，但語氣不像平常那般得意邀功。「我拿棒子從它背後捅進去。」他從口袋取出棒子，只見它末端破裂，整根被炸乾了。「大概是電力超載。」

「司機死了？」芮珍問道。

「它從一開始就沒活過。」賽斯說。

她對他掃了個白眼，不由得又抽搐一下。「我對天發誓，如果你再裝模作樣地假裝哲學家——」

「它救了我一命。」

這使她轉移話題。「它什麼？」

「它先要了他的命。」湯瑪士仍舊語帶憂慮地說。

「它用假腿把我刺穿，」賽斯邊說邊掀開襯衫，給她看紫色結疤的瘀傷。「然後從我身上拔出來，又做了些……什麼。想辦法讓傷口癒合了。」

「我沒看到那一幕，」湯瑪士說：「當時我正爬進車裡。我只看見它把那玩意兒扔向賽斯，刺穿他的身體，然後以為……」他皺起整張臉。「以為它把你殺了。我也沒看到芮珍。然後我以為……」

「我知道。」賽斯說著說著便用胳臂圈著湯瑪士，讓他好好哭一場。

芮珍直搖頭，後來顯然是頭痛了才不搖。「這不合邏輯啊。」

「對，」賽斯說：「不合邏輯。」

芮珍一手按著臉頰。「靠，我臉好痛。」

「我全身都痛，」賽斯說。

「我頭髮痛。」湯瑪士不悅地用手指向頭頂剛變禿的那塊空地。

賽斯依舊摟著湯瑪士，湯瑪士把一半體重壓在芮珍身上，芮珍則用她伸長的腿輕推賽斯。他們一同坐了一會兒，負傷、困惑。

但還活著。

# 82

他們慢吞吞，晃晃悠悠地打起精神，攙扶彼此起身，無須討論，動作輕緩溫柔。賽斯給他們看司機在他身上留下的其他傷疤，懷疑那些傷痕是否存在。

「看起來是什麼樣？」賽斯問正在檢查他背部的芮珍。

「跟你正面一樣，」芮珍說：「只不過，」她從他背上的皮膚拾起某個玩意兒，拿給它看。那是一塊浸了血的破布，跟他襯衫正面的裂口形狀完全相同。

「看樣子它也幫你清理了傷口，」芮珍說：「我實在不懂它幹嘛救你。」

「假如它是管理員，」賽斯說：「或許職責就是保住我們的性命。」

「對你丟金屬標槍可以幫你保命？」湯瑪士問道。「你可能馬上嗝屁欸。」

「它獵殺我跟湯米的時候，似乎也很樂在其中。」芮珍說。

「我也不懂為什麼，」賽斯說。他輕聲細語，仍在反芻剛發生的事，司機為何先下手又相救，以及現在倒臥人行道的它究竟是生是死——

但那又代表什麼？

「生命不用照你預想的那樣走，」湯瑪士說：「就算你多篤定會發生什麼事也都會有例外。」

賽斯看得出來他在想他母親。生命確實沒照他們預期的那樣走。他揣想著：芮珍也是。三人步履艱難地往賽斯家走，途中一一避開司機仍在小水坑中燃燒的屍骸。

沒錯，生命不會老照著你預想的方式走。

有時候它一點道理也沒有。

賽斯揣想：你唯一要做的，就是想辦法在那裡活下去。

「你家應該沒止痛藥吧。」芮珍邊問邊和他倆步上大門步道。

「沒有的話可以去超市看看，」賽斯說：「找點過期的阿斯匹靈。」

「或者過期的嗎啡。」芮珍又摀著眼呻吟。

「我可以想辦法幫忙，」湯瑪士舉起棒子說：「拿這個電妳。或許能止痛哦。」

芮珍摑了他後腦勺一下。

他們進門了。屋裡一切如故。前窗還是破的，廚房和客廳仍舊堆著當初朝司機扔擲的家具。

「我不敢相信它消失了。」芮珍說。賽斯則爬過倒落的冰箱，替他們拿水。「但它又是怎麼活下來的？我們親眼看見它被燒死的。沒有機器禁得起這樣燃燒。」

「現在又該怎麼辦？」湯瑪士說著便撲通一聲坐上靠背長椅。「沉睡的人要由誰照顧？」

賽斯沒有回話，因為他也不知道答案。他拿了瓶水和三個杯子，再次翻過冰箱。他們圍著咖啡桌坐著喝水休息。

坐了好久。

「不過，你知道嗎？」過了半晌，芮珍開口，把像是說話說到一半卻沒發覺自己打起盹的賽斯驚醒。

「知道什麼？」他問道。

「你不是說司機會在你家埋伏、發動最後一擊嗎？真的被你料中了。」

賽斯眉頭緊蹙。「我沒想到真的會猜中。」這句話近乎事實。

芮珍低頭看自己的杯子。「你說這一切只是你的腦袋編出的故事，我們是你的——」

「守護天使，」湯瑪士接著說：「她說得對。這是不是表示我們是天使呢？因為如果當個天使也這麼矮，那我很不爽。」

「它出現了，對吧？」賽斯一面說，一面感覺自己肋骨上的傷疤。「就像我之前說的。」

「就像你之前說的。」芮珍覆述道。

他們凝視他的眼神，彷彿期盼著他提供什麼他們沒想到的解釋。問題是他也毫無頭緒。先前鐵面冷血的司機竟大發慈悲。置他於死的司機竟救他一命。沒有單一的解釋能涵括一切，無論這一切是現實或是他腦中上演的小劇場。

但話說回來，或許意義在於：其實沒有所謂的意義。這個嘛，也不是說沒意義，因為望著芮珍跟湯瑪士，他便能不假思索地找出兩個意義。

那麼，如果這只是我的腦袋編出的故事，他暗忖道：或許——

「哦，算了，」他帶著感情說：「沒有人能明白這些事。」

他抬頭望向壁爐上那幅畫，驚懼尖嘯的那匹馬終其一生都在驚嚇他，展現蘊藏在全世界的痛苦。

但這只是幅畫，不是嗎？

他又回望芮珍跟湯瑪士。

「來這裡要辦的事，是不是該辦了？」他說。

「你確定？」他們上閣樓後，芮珍已經問了他一百遍。

「不確定。」賽斯再說一遍：「但我還是要試。」

「應該只剩這麼多了，」湯瑪士邊說邊把金屬膠帶纏在賽斯赤裸的腹部，小心別在他結疤的傷口上施加太多壓力。

他們花了點時間才走到這一步。先拿洗碗精和冷水清潔身體，再去超市搜刮一些過期的止痛藥——他們都服用了超標劑量。接著到戶外用品店搬幾箱賽斯在那兒見過的金屬膠帶，順便拿幾把剪刀，芮珍也拿那來幫湯瑪士剪掉剩下的頭髮。

然後賽斯便啟動棺材。它似乎不像芮珍的那麼殘破。開啟之後，它甦醒過來，在螢幕上發問，有的問題還煞有介事。賽斯全憑推測，用非常基本的方式操作，歷過幾番挫折，並在湯瑪士協助下，方塊裡終於顯示**重返進程就緒**。

他已換上短褲，他們在他的雙腿和上半身纏繞繃帶，同意只是測試一下性能。湯瑪士堅持「數數不超過六十」，看賽斯是否進入另一個世界。短短六十秒，所以不用插入導管。短短六十秒，就算發生悲劇，他也有辦法存活。

不過，就這麼一次，賽斯胸有成竹，覺得不會發生悲劇。

「你要知道，這樣可能行不通，」這話芮珍也說過不下百遍。「事實上，非常可能行不通。」

「這是個好兆頭，」賽斯邊說邊輕敲頸背的光，打從啟動棺材，它就一直閃著規律的綠光。「不過妳說得對，這事誰也說不準。」

「賽斯先生，只差你的頭還沒包，」湯瑪士高舉著繃帶說。

「讓我來，」芮珍說著便接手。她開始展開繃帶，但又突然停住。「賽斯——」

「可能什麼事都不會發生，」他說：「我或許永遠都離不開這裡。」

「你也可能在海底醒來，在我們趕去救你前就死了。」

「或許不會。」

「又或許一切都很順利，但我跟湯米卻再也找不到你。」

「或許你們能找得到。」

「你也可能想留在那裡，把我們忘得一乾二淨——」

「芮珍，」他溫柔地說，她的關懷令他感動莫名。「我不曉得接下來會發生什麼事，但我想要找到解答。這是我長久以來第一次這麼認真。」

她一副想繼續質疑他的表情。

但她沒那麼做。

「賽斯先生，」湯瑪士邊說邊嚴肅地牽起他的手：「我祝你能夠非常非常幸運。但我也由衷希望你能回到我們身邊。」

「湯米，我也是，」賽斯說，然後改口為：「湯瑪士。」

「啊，」湯瑪士面露微笑：「這個時候我應該允許你叫我湯米，只不過我很喜歡你叫我湯瑪士，也希望你一直這麼叫下去，繼續叫好多好多年。」

賽斯對他點點頭，接著也對芮珍點了個頭。

「你確定？」她問道；他聽得出這是她最後一次這麼問。

「確定。」他說。

她遲疑片刻，再為他的頭裹上繃帶，將起始的繃帶頭留在太陽穴上。

「下次見。」她一面道別，一面矇上他的雙眼。

# 83

這個名叫賽斯的男孩，男人，被輕巧地放回棺材，朋友的手領他就位。

他不確定接下來會發生什麼事。

但他很確定這就是意義所在。

假如這全是一篇故事，那這就是故事的意義。

假如這不是杜撰的故事，那也是意義所在。

當朋友操作最終的步驟，按下按鈕，回答螢幕上的問題，他不禁揣想：永恆的真理是：永遠都有更多可能。永遠。

歐文或許死了，或許沒死，但無論如何，這件事對他父母造成的影響遠超過他的考量。也許他們對待他的方式，其實與他無關。

還有古德蒙、H、甚至莫妮卡。他們懦弱又堅強，他們也會犯錯，跟任何人一樣，也跟他一樣。愛與關懷有各種不同面貌，在愛與關懷內，才有了解，才有原諒，才有其他更多。

更多，更多，更多。

有時是透過其他人的形體出現，令人驚訝的他人和他們令人始料未及、難以想像的故事。以截然不同的視角去看世界的那些人，而正因為視角不同，視野也判若天淵。

那些後來會成為朋友的人。

他不曉得朋友輸入最後程序時會發生什麼事。也不曉得自己會在哪裡醒來。這裡。還是那裡。

還是第三地，比這裡更教人意想不到的地方。畢竟到頭來，哪裡更真，哪裡較假，又有誰說得準？

但無論發生什麼事，無論將有什麼遭遇，他知道自己都能接受。

是時候了。他知道這樣的沉默是種期待。

「準備好了嗎？」朋友問他。

他心想：好了。

心想：隨遇而安。

他回答：「準備好了。」

小說精選
# 我死了，然後呢？

2015年8月初版　　定價：新臺幣360元


著　　者　Patrick Ness
譯　　者　謝　雅　文
發 行 人　林　載　爵

叢書編輯　程　道　民
封面設計　Mondriv

出　版　者　聯經出版事業股份有限公司
地　　　址　台北市基隆路一段180號4樓
編輯部地址　台北市基隆路一段180號4樓
叢書編輯電話　(02)87876242轉227
台北聯經書房：台北市新生南路三段94號
電　　　話：(02)23620308
台中分公司：台中市北區崇德路一段198號
暨門市電話：(04)22312023
台中電子信箱　e-mail：linking2@ms42.hinet.net
郵政劃撥帳戶第0100559-3號
郵撥電話：(02)23620308
印　刷　者　文聯彩色製版印刷有限公司
總　經　銷　聯合發行股份有限公司
發　行　所：新北市新店區寶橋路235巷6弄6號2樓
電　　　話：(02)29178022

行政院新聞局出版事業登記證局版臺業字第0130號

本書如有缺頁，破損，倒裝請寄回台北聯經書房更換。　ISBN 978-957-08-4600-3 (平裝)
聯經網址：www.linkingbooks.com.tw
電子信箱：linking@udngroup.com


國家圖書館出版品預行編目資料

我死了，然後呢？/ Patrick Ness著．謝雅文譯．
初版．臺北市．聯經．2015年8月（民104年）．408面．
14.8×21公分（小說精選）
譯自：More than this

ISBN 978-957-08-4600-3（平裝）

873.57　　104013754